ノーゲーム・ノーライフ
NO GAME NO LIFE
12
ゲーマー兄妹たちは『魔王』に挑むようです
著／イラスト◎榎宮祐

「んじゃ、勇者として――
魔王攻略《ゲーム》を始めようか」

「佳いぞ。
その絶望と恐怖は、
魔王たる我《ボク》への礼賛である。
沈黙の不敬は、
弱者への寛容によって赦す。
くく、くはは……
くぁ——はっはっはっはっ!!」

「……なあ……アレって……」
「くくっ……あ、失礼大変申し訳ありませんですが
しばしご静聴をお願い致しますです？」
……あ、はい……

「ななな、
なんっ、ですのよ
これええッ!?」

「着用した者をあらゆる攻撃から守る
——地精種《ドワーフ》女性戦士が使った伝説の鎧であります!?」
「これで何が守られるんですの!?
最低限の尊厳!? いえそれも怪しいですわ!?」
「安心しろステフ!!
女性キャラ装備は露出と防御力は正比例する——常識だ!!」

十の盟約

唯一神の座を手にした神、テトが作ったこの世界の絶対法則。
知性ある【十六種族《イクシード》】に対し一切の戦争を禁じた盟約――即ち。

【一つ】この世界におけるあらゆる殺傷、戦争、略奪を禁ずる
【二つ】争いは全てゲームによる勝敗で解決するものとする
【三つ】ゲームには、相互が対等と判断したものを賭けて行われる
【四つ】〝三〟に反しない限り、ゲーム内容、賭けるものは一切を問わない
【五つ】ゲーム内容は、挑まれたほうが決定権を有する
【六つ】〝盟約に誓って〟行われた賭けは、絶対遵守される
【七つ】集団における争いは、全権代理者をたてるものとする
【八つ】ゲーム中の不正発覚は、敗北と見なす
【九つ】以上をもって神の名のもと絶対不変のルールとする
【十】みんななかよくプレイしましょう

CONTENTS 12

ノーゲーム・ノーライフ 12
ゲーマー兄妹たちは
『魔王』に挑むようです

榎宮 祐

MF文庫J

口絵・本文イラスト●榎宮祐
編集●大竹卓

プレリュード

――『他人様《ひとさま》に迷惑をかけずに生きろ』……
よく耳にするこの言葉を口にする者は、ゲームをしたこともないのだろう。
勝負《ゲーム》をすれば、勝者と敗者に分かれることさえ、わかっていないのだから。

……たとえば、貴方《あなた》が善良な市民だとしよう。
善良なる貴方は、ある日何気なく食堂へ向かい、そして食事を手にして席に座る。
しばらくして周囲を見回した貴方は、空席がなく困っている人を見つけるだろう。
そう……貴方がその椅子に座った。その結果、座れなかった誰かが迷惑したのだ。
誰が悪いか？　安心して欲しい。もちろん善良なる貴方ではない。
貴方は正当な権利で席に座った。ただそれが、他人に不利益を与えただけだ……

――ゲームに勝てば嬉《うれ》しいだろう？
貴方が勝利したことで敗北した誰かが泣こうとも。
受験に合格すればさぞ嬉しかろう？
貴方が落ちていれば合格できた誰かがいようとも。

……どだい、誰にも迷惑をかけず生きるなど不可能だ。
社会とは、所詮は椅子取りゲーム、ただのゼロサムゲームであり。
何かを得ることは、必然、誰かから奪ったことを意味するからだ。
いや？　なにも社会に限ったことでさえないだろう。
生命《われわれ》が他の命を頂いて生きる以上、生きる行為が既に迷惑なのだから……

――そう。何をしようと無駄なのだ。
善良なる貴方《あなた》が、如何《いか》に他人に気を遣い、顔色を窺《うかが》って生きようとも。
善良なる貴方の顔が気に入らぬ者には、その事実が既に迷惑なのだ……
故にあえて問おう――『他人様《ひとさま》に迷惑をかけずに生きろ』と。
そう口にするおまえは、では誰にも迷惑をかけずに生きて来たつもりか……？
もし『ＹＥＳ』と答えられるなら、心底羨ましい。さぞ生きやすい人生だろう。
その足で踏みつけにして来たものに、気づかず生きて来られたのだから。

――誰にも迷惑をかけない。
そんな方法があるとすれば、嗚呼《ああ》――きっと。
……〝生まれない〟他に、ありはしない……

■■■

ルーシア大陸西部——エルキア王国・首都エルキア。
紅《あか》い月を掲げた夜天に、しかし今夜、星はない。
都市を騒がす喧噪《けんそう》と歓声、無数の灯火《ともしび》が、夜空から闇を押し返していた。
湾口に接続された中央運河では、吸血種《ダンピール》をお供に海棲種《セーレーン》が歌い踊り。
運河を挟む両隣の大通りを、祭装束《ユカタ》を纏《まと》った獣人種《ワービースト》が御輿《みこし》を担いで練り歩く。
その後ろを、二足歩行の人型霊装《ロボ》に乗った地精種《ドワーフ》が意気揚々と続いている。
そんな地上を、都市上空にずらりと並んだ鋼の艦隊が万色の船灯《ライト》で導き照らし。
星を掻《か》き消《け》す光の中を、天翼種《フリューゲル》たちを連れた幻想種《アヴァント・ヘイム》が悠々と泳ぎ。
そして少数の機凱種《エクスマキナ》の一団までもを、妖精種《フェアリー》が花びらと泡で飾り立てる——

——それは誰もが目を奪われ、同時に目を疑う〝パレード〟だった。
通りの隅から隅までひしめき合い、建物の屋根まで埋め尽くす観衆も。
あるいは行進するパレードの後を追う人々も、決して人類種《イマニティ》ばかりではない。
オーシェンド、東部連合《とうぶれんごう》、ハーデンフェル、アヴァント・ヘイム——

更には自治領の独立宣言を行い、妖精種《フェアリー》の国家となった『スプラトリア』まで。
各国各種族が、各々の種を示す色や旗、紋章を掲げ、祝福の歌を口に行進する。
その全てが、共通の目的地――エルキア王城前広場へと向かっている。
すなわち――エルキアの伝統衣装を身に纏《まと》った人類種《イマニティ》の一団が出迎える広場に。
天地を問わず集った代表団と国旗を交わし合い、共に掲げる瞬間へと……

――七つの種族が共に旗を掲げ、連邦《ひとつ》の旗を仰ぐ。
そんな光景を、かつていったい誰が想像できただろう。
まして、多種族共生を象徴するように急速な発展を遂げたこの都市《エルキア》が。
一年前には廃れ寂れ、滅亡の危機に瀕《ひん》していたと――今や誰が信じるだろう。
それは『十の盟約』後、六〇〇〇年もの間――否《いな》。
十六種族《イクシード》誕生から一度として、夢見ることさえ叶《かな》わなかった光景。

期せずして、そんな有り得ぬ歴史の当事者となった者達《たち》。
この日、この夜、この都市、この広場に集った全ての知性ある者達が。
揃《そろ》って視線を向けるのは――エルキア王城バルコニー。
その場に立つのは、この場に集った七つの種族を代表する者達。
在らぬ夢を、確かな現実にした者達だった――そう……

二つ尾を持つ金色狐《きつね》の女性、獣人《ワービースト》種の指導者——巫女《みこ》。
夜を編んだような美貌の少年、吸血《ダンピール》種最後の男性体——プラム。
艶《なま》めかしく魚鱗《ぎょりん》の尾をくねらせる、海棲《セーレーン》種の女王——ライラ。
動かぬ翼を垂《た》らして地を踏む天翼《フリューゲル》種、第一番個体——アズリール。
人智《じんち》を超えて創られた鋼の少女、機凱《エクスマキナ》種・全連結指揮体代理——イミルアイン。
真霊銀《ミスリル》の髪と感応鋼《オリハルコン》の瞳が眩《まばゆ》い地精《ドワーフ》種の少女、頭領代理——ティル。
花弁を散らして舞い踊る小さな少女、叛逆《はんぎゃく》を謳《うた》う妖精《フェアリー》種——フォエニクラム。
そして虚空より霊験灼《れいげんあらた》かに舞い降りた、小さな神霊《オールドデウス》種——帆楼《ほろう》。

いずれもが各々の種族を代表する全権代理・代行者達である。
だが……そんな彼・彼女達さえもが、この歴史的な夜の主役ではなく。
すなわち、全ては最後に一段と大きな喝采を浴びながら現れた二人のため——
闇夜に映える濃紺の燕尾服《テイルコート》を纏い、女性用の王冠を腕章のように巻いた青年と。
星空を仕立てたような夜会服《イブニングドレス》姿の、男性用の王冠を髪留めのように戴《いただ》いた少女。
そう、この豪華絢爛《ごうかけんらん》なパレードも、万雷の拍手も、天地を揺るがす歓声も。

全てはこの二人。エルキア王兄妹の〝戴冠一周年〟を祝福するものであり。

ああ、つまり、それは――かの青年、空《そら》が。

童貞のまま十九歳を迎えたことを祝う宴でもあった…………

■■■

――それは、一週間前に遡る。

「エルキア国王即位一周年記念式典を開催しますわ――来週」

国立図書館――ジブリールの書庫に入り浸って本とゲームに埋もれていた空と白《しろ》に。

赤毛の少女ステファニー・ドーラがそう切り出したのが、ことの始まりだった。

「…………来週、って……また急、だね……？」

「よく知らんが、そういうのって、もっと前から準備するもんじゃね？　あと、知らないなりに少なくとも即位を祝われる国王《おれら》の承諾は事前に取るもんでは……？」

と半眼で不平をぶつけてくる空と白に、ステファが真顔で問う。

「事前に相談すれば承諾しましたの？」

「するわけねえな」

「ですから、虎視眈々《こしたんたん》と、無断で！　前々から準備した次第ですわ♪」

仕事をしない——政治に無関心な王。

そんな二人に隠れて式典の準備を進める？　なんて容易いこと《イージー・ゲーム》だったか。

暗にそう、ドヤ顔の笑みで告げるステフに、空と白は小さく舌打ちした。


——ステフめ。なかなか俺らのこと理解《ワカ》ってきたな、と……


「エルキア連邦は今や世界を二分する大同盟ですわ。その盟主たるエルキア国王お二人の即位記念日を、各国要人も招待して盛大に祝う——加盟国の結束と多種族の共生を内外にアピール——政治的にも経済的にも大きな意味がありますわ。お二人の礼装も全て滞りなく手配してますし、当日のスケジュールも分刻みで決定済みですから——」

——ぜってー逃がさねーですわよ？　と……

言外に退路を断つステフを、だが空と白は遠い目をして聞き流す。

「しっかしそっか〜……俺らがこの世界《ディス・ボード》に来てもう一年か……」

「……時間、経《た》つ、の……早いよう、な……遅いよう、な……」

思えば……この『盤上の世界《ディス・ボード》』に降り立ってから、様々なことがあった。

成り行きとはいえ、亡国の危機にあった人類種《イマニティ》最後の国——エルキアの王になり。

東部連合《とうぶれんごう》と連邦を築き、オーシェンド、アヴァント・ヘイムそしてハーデンフェル。

多くの国々を傘下に加え、神霊種《オールドデウス》、機凱種《エクスマキナ》、そして妖精種《フェアリー》の半数までをも味方につけて。

かくしてステフが語った通り、今や世界を二分する大同盟へと至った。

これらが、たった一年の出来事。

白《しろ》が呟《つぶや》いた通り、短いようで長い一年で…………、

——んん？　ちょっと、待て。

え？　は？　一年・・・——経ったのか——ッ⁉


「——あの、当日の進行を説明してるんですけど……聞いてますの？」

無論聞いているわけもない空《そら》と白は、激しくそれどころではない、と。

揃《そろ》って取り落としそうなほど慌ててスマホを取り出し、画面を睨《にら》んだ。

そして、未《いま》だ元の世界の標準時と年月日を刻み続ける表示に——

「はぁぁああ⁉　俺とっくに十九歳なってんじゃん⁉　ウッソだろいつの間に⁉」

「……うそうそうそ。しろ、身長と胸囲《バスト》、一ミリ、も……変動、ない……のに⁉」

つまり、なんだ——？　と。

空は長らく『空童貞十八歳』を自称していたが、その実。

いつの間にか——というか割ととっくに『空童貞十九歳』へ正当退化していた事実に。

そして白もまた、なんら身体的変化がないまま一年が過ぎ——十二歳を迎えた事実に。

揃って天を仰ぎ慟哭《どうこく》し――だが、いやまだだッ！　と！
まだ現実《あきらめ》を受け入れんぞ――ッ!!　と!!

「い～や！　俺らの誕生日は〝この世界《ディス・ボード》に生まれ直した日〟だッ!!　少なくとも書類上はそうなってるはずだ!!　そうだよなぁあステ～～～～～ッッッフ!?」

「……!!　それっ！　それだよ、にぃ!!　し、しろ、まだじゅういっちゃい!!」

――元の世界と、この世界では、そもそも暦が違うこと。

また異世界の出自である空と白に、エルキアの戸籍がなかったことから！

即位の際、この世界に来た日を誕生日と、王権で公文書捏造《ねつぞう》もとい作成して貰《もら》った!!

なら、己等《おのれら》はまだ『空童貞十八歳』と『白ぺたんこ十一歳』であるッ、と――!!

そう高らかに訴える二人に、だがステフは粛々と頷《うなず》き――

「ええまあ。ですから即位記念日の四日前――明後日がお二人《ふたり》の誕生日ですわ。ですから、国王の誕生日と即位一周年を兼ねた式典を――――ってですから聞いてますのッ!?」

無論、聞いているわけもない空と白は、超絶激しくそれどころではなかった。

つまり――元の世界での誕生日は無視するというアクロバットを以《もっ》てして、なお。

明後日、己等は問答無用で『空童貞十九歳』と『白ぺたんこ十二歳』になる……と。

空は無念を胸に、白は涙目で胸を測りながらステフの声を遠く聞き流した……

■■■

──かくして、エルキア国王即位一周年記念式典は。

盛大なパレードに始まり、七日に亘《わた》って大々的に、粛々と執り行われた。

連邦加盟国の代表団を招いての、伝統芸能の観覧等に始まり。

各国各種族の首脳陣との個別会談、合同会食からの、祝辞を述べ合い。

果ては全代表が居並ぶ中、やれ『エルキア王国と連邦加盟国及び各種族は対等かつ友好関係にある』だの『今後とも相互の発展に尽力し』等々の形式的な共同声明を出し。

それらを地精種《ドワーフ》と妖精種《フェアリー》協力の下、エルキア連邦全土にライブ中継して。

──用意周到にステフが計画し、根回しした通りに、分刻みのスケジュールで。

無論、こんな国際式典の場で、空《そら》と白《しろ》も普段着など許されようはずもなく。

空は燕尾服《テイルコート》、白は夜会服《イブニングドレス》という、これまた息が詰まる格好で。

対人恐怖症かつ視線恐怖症の空と白は、欠伸《あくび》と震えと疲労を必死に押し殺して過ごし。

各全権代理者《いつメン》──特に巫女《みこ》とプラムは、その二人の様子を愉《たの》しげに笑いを噛《か》み殺して。

そんな地獄のような七日が過ぎ──……

■■■

——地獄の一週間、最終日の夜。エルキア城の廊下を。

死人《ゾンビ》さながらの足取りと虚《うつ》ろな眼《め》の空と白を連れて歩くステフは——

「お二人ともお疲れ様でしたわ！　次が最後——いえ、メインの行事《イベント》ですわ!!」

「……まだあんの……つか、おまえのその無限の体力どっから来んの……？」

「……しろ……寝たい……ステフ……いつ、寝てる……の……？」

この七日間、ステフは常に空と白の側《そば》に控えていた。

つまりステフも二人と同じ分刻みで——否《いな》、それどころかステフは式典の進行・管理も含めた裏方《バック》の責任者だ。主催《ホスト》の二人よりもさらに忙しかったはずなのだが……？？

そんな空と白の半眼に、だがステフは由来不明の無限体力で、満面の笑みで応じる。

「肝心のが残ってるじゃないですの——お二人の誕生パーティーですわ！」

——ほう。

確かに今回の式典——『誕生日と即位一周年を兼ねた式典』と聞かされていた。

その割にはここまで〝誕生日〟要素がなかったが——

「退屈な行事に一週間も付き合わせて申し訳なかったですわ。ですから最後はぱーっと！　お二人の誕生日を個人的に祝いたい皆さまとの、私的な誕生会を用意しましたわ!!」

私的な誕生パーティー……なるほど。

ステフとしては最大級のサプライズと、慰労も兼ねているのだろう。
だが――

「……そうか。誕生日……まあ、でも白《しろ》にはめでたいよなぁ……うん……」

「……誕生日……十二歳……一ミリも成長、してない……のに十二歳……」

「誕生パーティーやるって言われてそんな絶望と葛藤に染まる人いますのッ!?」

とっておきのサプライズに対し、虚《うつ》ろな眼《め》から更に光を消して。

死に腐れた表情の空《そら》と、譫言《うわごと》を洩《も》らすばかりの白に、ステフは悲鳴を上げた。

「あ、あの……やっぱり記念式典で無理させすぎました――わよね。そ、そこまでお疲れでしたら、皆さまには私《わたくし》から説明しますから、また日を改めることも――」

「ああ……いや。そうじゃない……そうじゃないんだよ、ステフ……」

そう申し訳なさそうに顔を歪《ゆが》めたステフを遮って、空は頭を振って――


「……誕・生・日・が・め・で・た・い・の・は・十・八・歳・ま・で・だ・ろ」

「…………、」

「………………え？　そ、そうなんですの？」

一片の疑いなく断じる言葉に、ステフは思わず己の常識を疑い、

「まさか知らなかったのか……仕方ない。では詳しく教えよう……」

空は深々と嘆息して、続けた。

「まず、そもそも――〝歳《とし》をとるメリット〟って何だ？」

「……？　メリット……？　それは……色々ありますわよね？」

「ああ、色々ある。何故《なぜ》なら――歳をとることは自由を得ることを意味するからだ」

そう――具体的には、

「たとえば体の成長、発達、何より〝権利解放〟による行動の自由化」

「……しろ、一ミリ、も……発達してない、けど……ね……っ」

と怨念を吐き出しつつも、だが後半には同意なのか、白も頷《うなず》いてみせる。

「そう――〝自由〟だ。契約の自由、運転免許等の資格を取る自由、親の庇護《ひご》から抜け出す自由、働いて金を稼ぐ自由――すなわち、己の意思で己の人生を決める自由！」

「……っ！　……婚姻の、自由……っ！　……あと、六年……っ！」

ハッ、と絶望に抗《あらが》うものを見つけたのか、力強く補足しつつ顔を上げた白に。

空はよくわからないが、ともあれ立ち直ってくれて何より、と白に頷く。

そう、婚姻の自由――つまりは性的な自由。

要するに――エロいコンテンツに触れる自由――ッ!!

「嗚呼《ああ》!! 確かに子供の頃は大人になるのが待ち遠しかった!! 特に思春期を迎えてから十八の誕生日を夢見なかった日はなかった!! エロゲとエロ漫画とエロ同人とエロ動画に触れる権利――究極の自由を手にする、祝福に満ちたその日をッ! 指折り数えて待っていたッ!! 歳《とし》を重ねることは期待であり――まさに希望だった!!」

「エロばっかですわ!? 他にないんですの!?」

「ないね!! 男の脳内なぞ六割はエロいことで占められてる!!」

「断言!? ――え、違いますわよね? ソラだけですわよね!?」

なお、残り四割も富や地位――つまりはモテたい渇望であり!

モテた先に待っているモノを思えば、結局はエロいことであるが故に!

広義においては〝十割エロ〟で占められている、とさえ空《そら》は考察するが。

ま～そこは個人差もあろうし断言は控えよう、と謙虚に飲み込んで、続ける。

「かくも自明に十八歳までは確かに、加齢とはほぼメリットのみ!! よって誕生日が祝福されて然《しか》るべき記念日であることに疑いの余地はない!! 嗚呼――だがッッ!!」

ボルテージを上げて語った空が――一転。


「じゃあ――それ以降は……?」

と、感情が死んだ能面の顔で続けた空に、ステフは思わず息を呑《の》んだ……

十九歳以降――精々でも飲酒や喫煙……細かいことが解禁されるくらいだ。

だが空は興味がなく、ましてそれらを考慮してさえ――二十歳《はたち》で打ち止めだ。

では二十一歳以降は？　三十歳、四十歳以降は――？

「十九歳以降、歳を重ねて得られる権利と自由――そんなものはないのさ」

そう。むしろ――っ!!

「労働に納税!!　社会貢献の強制――〝義務〟だけが増えていく!!　加齢で肉体は衰え、精神は硬直し！　希望に満ちた未来はいつしか今日を生きるのに精一杯の不安に塗《まみ》れ！仕事に追われ失われる自由と！　残された寿命を数える人生が待つだけだッ!!」

「加齢を呪うには早過ぎますしソラは一年前からとっくに王なんですのよ!?　そんな悲痛な台詞《せりふ》は一日でも社会貢献と労働の義務を果たしてみせてからにして頂けますの!?」

「……あと、にぃ、二十五歳……しろが十八歳、なったら……ある権利、が解放される、よ……？　……ぁ、でも……確かに……どっちかというと……義務、だね……」

そんなステフの的確な反論《ツッコミ》と、白《しろ》のよくわからない指摘は、だが優雅に聞き流し。

空は断言する。誕生日がめでたいのは十八歳――きっかりその日までである、と!!

――ならば白はともかく、十九歳《じぶん》が祝われる理由とはなんだ？

そう絶望に顔を染める根拠を明かし終えた空に、

「〜〜いえ！　というか誕生日ってそんなややこしい話じゃないですわ!?　誕生日って、一年を無事生きられたことに感謝して祝う日――それだけの単純な話ですわよね!?」

空《そら》のペースに呑《の》まれていたことに気づきそう吠《ほ》えたステフに、だが——

「そうか。ならばステフよ——〝生きる〟とはそもそも何だ」

「——もぉ～……今度は何ですのよぉ……」

なおも哲学的な問いを投げかけた空に、ステフはげっそりと零《こぼ》した。

——生きるとは、何だろうか……？
そも生命は、ほぼ例外なく生まれた瞬間、いつかは死ぬことが決定づけられている。
人類種《にんげん》の場合——最大限幸運に恵まれ、奇跡が積み重なってさえ——一二〇年前後。
ともすれば明日、なんなら一秒後にでも、不測の事態で突然死ぬこともあるだろう。
ならば生命は——生まれた瞬間からゆっくり、ただずっと死んでいるのでは……？
その上で——ならば〝生きる〟とは、何か？

「——〝生きる〟ってのは……〝希望すること〟だと、考えられないか？」

「…………」

「何かを成す、成そうと望み、歩み続ける——それが〝生きる〟ってことじゃないかな」

そう……この〝生〟が——否《いな》。この〝死〟が。

いずれ終わり、最期には全てが土に還《かえ》って無意味になると知って、その上で。

それでもなお、文字通りに——そう……〝必死〟に。

何かを望み、積み上げげんと歩む、その意志こそが〝生きる〟ことではないか？

何を成す気もなく、成せる望みもなく、ただ漫然と存在するだけなら——


それはきっと……生きてはいない。

ただ死んでいるだけなのである……


「では以上を踏まえ、祝われるべきだという俺のこの一年を振り返ってみよう……」

王となり、文字通りに多種多様な超絶美少女に囲まれて過ごした——この一年。

その上で、結局は何も成らずに——彼女も作れず、童貞のまま過ぎ去った一年。

つまりは、一年どころかこの先十年、百年が過ぎても——己は童貞のままだろうと。

そんな確信を得るばかりだったこの一年に、さあ果たして！

いったい、どこに……〝希望〟が、あろうと………？

「一年生きたことに感謝する日——？　なら俺は生きてないから祝われる筋合いはねえな
……いっそのこと葬式でも開いてくれた方がまだ納得できるかもしれん……」

もはや清々《すがすが》しくすらある諦念に至った顔で締めくくった空に、

「……彼女作れない程度でそこまで絶望できるの、いっそ凄《すご》い気がしてきましたわ……」

「……という、か……にぃ、拒否《チキ》らなきゃ……いつでも、ハーレムできる、し……」

ステフはおろか、もはや白《しろ》さえ呆《あき》れた眼《め》を向ける。

そうして、ついに食堂の前に到着したところで、痺《しび》れを切らしたのか——

「あ〰〰も〰〰〰いいから行きますわよ!? この扉の先に答えがありますわっ!!」

ステフは問答無用で空《そら》の手を掴《つか》んで、扉を開けた。

——そして……

■■■

「空、白!! 誕生日めでてぇ、ですっっっ!!」

扉が開かれると同時、他の声をかき消す大音量の祝福と共に。

飛びついてきた大きな耳と尻尾の獣人種《ワービースト》——初瀬《はつせ》いづなと。

「………………」

眼の前に広がっている光景を認識した空と白は、困惑に言葉を失った——

食堂にはステフの言葉通り——〝個人的に空と白の誕生日を祝いたい皆〟だろう。

抱きついてきたいづなの他に、イミルアインに、ティルに、帆楼《ほろう》——

そして光輪を頭上に戴《いただ》く天翼種《フリューゲル》——ジブリールが、空と白を拍手で出迎えていた。

——いづなの祖父である初瀬いのと、プラムまでもがいるのは意外だったが。

いのは、まあ、いづなの保護者としてだろう。

そしてプラムは間違いなく、腰を下ろしているその大きな水瓶のせいだろうが――

「あ、あとフォエニクラムさんも来ますわ。伝言で――『今エルキアに集まってる多種族の恋愛煽《あお》るのにちょ～忙しいのだわ！　あとで合流するのだわ✽』だそうですわ」

そんな報告に、だが空と白は呆然《ぼうぜん》としたまま――

「まあともかく！　主役はさっさと席に着いてくださいな♪」

ステフに手を引かれて、文字通りの誕生日席に座らされた。

改めて周囲を見渡せば――いつもの食堂は賑《にぎ》やかに様変わりしていた。

おそらくはこの場にいるメンツの手作りだろうリボンや紙細工、鮮やかなタペストリー、カラフルなキャンドルや切り花が所狭しと盛られ、装飾されており。

そして誕生日席のテーブルには、これもおそらくはステフのお手製だろう――だが。

この一週間の会食で散々目にしたどの御馳走《ごちそう》より、美味《おい》しそうな料理が並び――

「マスター？　申し訳ございません。何かお気に召しませんでしたか？」

「え――？　あ、いや……そんなことないぞ。そうじゃなくて……」

「……ちょっと……ぅうん……かなり、驚いた……という、か……」

――よく考えたら、こんな風に誕生日を祝われたこと、なかったな、と。

まして〝個人的に自分達《たち》の誕生日を祝いたい〟という者が、こんなにいるとは、と。

拍手や祝福にも、どう反応すればいいか、ただただ困惑する空《そら》と白《しろ》に——

——すっ、と一歩歩み出て、優雅にスカートを摘《つ》まみ、

「【祝辞】ご主人様及び妹様。二名の生誕に当機は『心』から述べたい。おめでとう」

気持ちいつもより深い一礼と共にイミルアインが告げ、そして続けた。

「【粗品】当機及び全連結指揮体《アインツィヒ》より贈答品《プレゼント》を用意。受け取って貰《もら》えると嬉《うれ》しい。ぽっ」

いつも通り無表情ながら、仄《ほの》かに頬《ほお》を赤らめたように錯覚させる声音は——

「ちょ——プレゼントはケーキと料理の後、って段取り説明しましたわよね!?」

「【肯定】ただし当機は同意してない。先手必勝。当機へのご主人様の好感度を優先上昇」

制止するステフをそう一蹴し、堂々たる抜け駆け宣言と——同時。

——『ぽーん』と。

空と白、それぞれのスマホから、高らかに通知音が響いて。

画面には『不明なファイルを受信しました』と表示された。

……『受信しますか』ではなく『受信しました』と……

つまり、空達《たち》の元の世界——異世界《ちきゅう》の技術で作られた端末に容易《たやす》く干渉し、あまつさえ一方的にデータを送信された……セキュリティなど存在もしなかったかの如《ごと》き通知。

相変わらず勘弁して欲しい機凱種《デタラメ》に、空は諦めに乾いた笑みで画面をタップして。

送信されたファイルの中身を表示、確認するや――


――己が、確かに〝生きている〟ことを理解した……


「【報告】当機の解析から、ご主人様は自身・及び妹様の意思により当機との性交は不可。ただし過去の発言・言動から〝自慰行為〟は問題に抵触しないとは既に確定済み。また、ご主人様が目下最も望むのは、当機ら機凱種《エクスマキナ》により損失した〝オカズ〟の補充と推定」

そう――それは、まさしく超越演算機《ハイパーコンピューター》の為《な》せる業。

空と白の生態、思想、意思行動パターンから、その穴まで分析解析し尽くした。

あまりに完璧かつ究極の誕生日プレゼントであった――嗚呼《ああ》――ッッ

「【不安】……〝当機の自撮り〟……オカズに、つかえます……か？」

そう……それは眼前で羞恥にもじもじと身をよじる美少女《メカっ娘》の――こう、なんだ？

オブラートに包んで言えば――〝あられもない姿〟の、大容量データであった。

数百枚に及ぶ静止画と、スマホのストレージの一〇％を占有する高画質動画に。

「もちろん。イミルアインありがとな。きっと俺は、このために生きた……っ」

深い絶望を乗り越えた空は、晴れ晴れとした心境で。

朝日のように眩《まばゆ》い笑顔で、親指を立て、胸に満ちる希望を抱いて、思う——

——よっしゃあと一年生きてみようかッ!!　と——!!

「……長々語った〝生きる〟がそんなインスタントでいいんですの……?」

呆《あき》れ返《かえ》ったステフの声は、だが当然の如《ごと》く無視して。

生きる希望をカップ麺より即席に得て、力強く立ち直った空《そら》は——だが、

「——ん?　いや、ちょっと待て……まさか白にもコレを送信したのか!?」

先程、白《しろ》のスマホからも同じ通知音が響いていたことに思い至り。

己の膝上で無言のままスマホを凝視している白に、焦った声を上げるが——

「【否定】妹様に当機の自撮りは需要がない。また妹様の当該データ閲覧は倫理規定に抵触。【付随】ご主人様以外の当該データ閲覧。断固拒絶。【報告】妹様には全連結指揮体《アインツィヒ》からの——全年齢対象贈答品《データ》を送信した。みっつうえーすぃ《あんしんして》」

その答えに、空は、痛烈に己を恥じた。

嗚呼《ああ》、ここまで完璧なプレゼントをしてみせる常軌を逸した機械の少女が。

己如きが思い至れる問題点を検討していないはずがなかったのだ、と。

安心を通り越して痛み入るほどの、至れり尽くせりの気遣いである——が。

「……？　けどじゃー、白《しろ》は何をそんな食い入るように見て――」

「……にぃ、黙っ、てて……？　いま、集中してる、から……っ」

と、怖ろしい速度でスマホに指を滑らせ画面を凝視する白に代わり。

「【確認】ご主人様達《たち》の元の世界――日本《ニホン》において『文芸』に年齢制限はない」

空《そら》の問いに答えたのは、やはりイミルアインだった。

「【開示】妹様に送信したのは全連結指揮体《アインツィヒ》謹製の人類語九二万字の『小説』」

………ほう。

機械の種族が、ついに芸術の創造まで始めたか……。

まあ、もはや人間よりも人間らしい超越機械な機凱種《こいつら》なら、今更驚きもない。

よって、気になるのは白を釘付《くぎづ》けにしているその芸術《しょうせつ》の内容であり――

「【詳細】『愛しい人《そら》と本機《アインツィヒ》』題材の官能小説。全連結指揮体《アインツィヒ》はご主人様への送信も厳命。当機は独断でこれを却下。……一応【確認】ご主人様………読む？」

「誰が読むかよ。イミルアインナイス独断だ――んで、白、そんなもん読んでんのッ!?」

面白いのかソレ!?　そんな夢中になるほどに!?

あのポンコツ《アインツィヒ》自身が書いた――俺とポンコツの夢小説がッッ!?

「……にぃ総受け……解釈、一致……機凱種《エクスマキナ》……やはりおそろしい、種族……っ」

――信じがたいことに、どうやら白もプレゼントに大変満足しているらしい……。

もはや空さえ理解できない白の一面を理解したらしい機械の種族は、

「【主張】　贈答品《プレゼント》は受取主が喜ぶものでなければ無意味」

と薄い胸を張り、うっすらと微笑を浮かべる。

だがその言葉は、明らかに空と白でなく――その背後へ。

「…………」

琥珀《こはくいろ》色の瞳に十字と――今は怒りを宿すジブリールに向けられていた。

だが、そちらには視線さえ送らぬまま、イミルアインは唇を歪《ゆが》めて――嘲《わら》う。

「【疑問】　番外個体《イレギュラー》が手にする品――ご主人様ドン引き確率九六・七％の不明生物の頭骨。

及び現時点のご主人様達では解読困難と推定される古代天翼文字で記された書物――当該二点。ご主人様達への贈答品と関係ある？　当機、とてもふしぎ～」

「…………っ、くっ……っ!?」

「や……あージブリール？　プレゼントなんて気持ちの問題で――」

どちらもジブリールには特別な価値がある、大事な宝物なのだろう、と。

嘲りに反論もなく戦慄《わなな》いているジブリールに、空は慌ててフォローを入れる。が――

「【肯定】　気持ちの問題。何を贈れば喜ばれるか推定するその気持ち。努力の問題」

イミルアインは空に同意を示しながらも、

「【必然】　その気持ちもない贈り物。押しつけと等価。迷惑。おばかのすること」

そしてついにジブリールに向き直り、人形のように整った顔に美しい微笑を浮かべて。

わざとらしく、こてん――と、機械仕掛《カラクリ》けじみた動作で小首を傾《かし》げ、問う。

「【質問】当該二点は番外個体《イレギュラー》からのご主人様達《たち》への贈答品《プレゼント》ですか？」

「――――」

「【訂正】【自答】【謝罪】あり得ない。天翼種《フリューゲル》の知能指数が著しく低いのは既知。けれど一年共に過ごした自称・第一の従者が。その程度の努力を欠いて。贈答品《プレゼント》を選ぶわけない。当機の著しい誤推に疑いの余地ない。丁重に謝罪する――申し訳ございません♥」

――……、
それは――数秒程度の静寂、だったのだろう。

だが末尾に流暢《りゅうちょう》な声真似《まね》を添えたイミルアインの全力の煽《あお》りに対し。

極限に達したジブリールの殺意は、その数秒をまるで永遠のように感じさせ――

「…………マスター。白様《しろ》。主《あるじ》の生誕の祝席で不敬千万ながら――タブレットの借用と、一時離席をお許し頂けますか。一〇分……いえ、五分で戻ります。申し訳ございません」

イミルアインへの殺意と、マスター達への祝儀――

双方を天秤《てんびん》にかけて、どうやら後者が勝ったらしいジブリールは、タブレットを受け取ると一礼して、すぐに虚空へ消えた。

そして――

「【報告】――以上〝番外個体の自撮り〟も含めたご主人様へのオカズ贈答シークエンス。終了。ご主人様。当機の努力《きもち》を評価してくれるなら褒めて欲しい。……撫《な》でて？」

――ジブリールを煽り、誘導するところまでが〝プレゼント〟だった、と。

計画通りの微笑を浮かべて一礼したイミルアインの頭を、空《そら》は求められるままに、これ以上なく丁寧に撫でながら――思った。

――ジブリール《こ》とイミルアイン《い つ ら》、割と仲良くやってるよなぁ、と……

「〰〰〰〰〰なげぇ、です⁉　いづなも空と白にプレゼントすん、です‼」

抜け駆けを前にしても行儀良く順番待ちしていたいづなが、ついに限界に達したのか。

空に撫でられるイミルアインの頭を押しのけ、二人の前に身を乗り出して、

「空、白！　いづなからのプレゼント、です！　貰《もら》いやがれ、ですっ‼」

そう叫んだいづなが差し出したのは――小さく折り畳まれた紙束だった。

手作りらしき五枚綴《つづ》りの券には、拙い手書きの人類語で、こう書かれている――

「……『一日だけなんでもしてやる券』――？　え、なんでもする？」

「……いづな、たん……なんでも、する……って、言っ、た……っ？」

「な――――なんだとぉおおおおおっ⁉」

そう読み上げた空《そら》と白《しろ》の言葉に、初瀬《はつせ》いのが大声で悲鳴を上げる。

だが、そんな祖父の悲鳴など聞こえてもいない様子で——

「……いづなぁ、なにあげたら、空と白、うれしいか考えた、です。すっげ〰〰〰〰〰〰〰〰〰〰〰〰

考えた、です。……でも、やっぱわかんなかった、です……すまねぇ、です……」

と申し訳なさそうに耳と尻尾を垂《た》らしたいづなは、だが一転。

「だから空と白が決めん、です！　空、白！　いづなぁ、なにすりゃうれしい、です!?」

ついに思いついた名案を誇るように、胸を張って笑顔で問うたいづなに。

今度こそいのの悲鳴——否《いな》。咆哮《ほうこう》、慟哭《どうこく》が食堂を震わせた。

「い、いづな!?　じーじには『肩たたき券』すらくれたことないのに!?」

「？　じーじ強ぇしいづなん肩たたきイミねぇ、です？　まっさーじや行け、です」

「そういう問題ではなくてだなぁ!?　可愛《かわい》い孫にこう、とんとん、とんとん、と!!　肩を
叩《たた》いてもらうのは全祖父の夢でなあ——いや！　そんなことはこの際よいのだッ!!」

魂の叫びを飲み込んで、だが涙を拭ったいのは、ビシ——ッ、と！

空と白を指差して、力強く吠《ほ》える！

「『なんでもしてやる券』だと!?　そんなものをそこのクソザル二匹に渡してどんな悪辣
なことをさせられるのか——いづな、いったい何を考えておるのだ————くぅっ!?」

――叫びながら、空と白の手から券を奪い取ろうとしたのだろう。

だが、いづなが空と白に『贈与』した以上、それはもう、空と白の所有物であり。

十の盟約で〝略奪行為〟をキャンセルされたいのは、だがなおも牙を剥《む》いて唸《うな》る。

――今すぐそれをいづなに返却しろ、と。

さもなくば正式にゲームで挑んで奪《と》り還《かえ》す――この命を賭けてでも――!!　と。

そう決然と視線で語るいのに、だが――


「……じーじ。いづなぁ、怒んぞ、です……?」

当のいづなは不愉快そうに、その可愛い顔を歪《ゆが》めていのを睨《にら》んだ。

「空と白、いづながホントにイヤなこと、やらせると思ってん、です?」

「……――ぐ、む……」

確かに――それはないだろう、といのは思う。
空と白の倫理観は奇妙なほど高い――空と白がいづなにいかがわしいことをするという疑いは脳裏を過《よぎ》りもしなかった。自分でも驚くべきことに、どうやらその程度には自分も空と白《このふたり》という人類種《イマニティ》を信用していたようだ、といのは内心認める。
だが――あくまで、それだけである。
それ以外の方法で悪用をしないなどとは、信じられるはずもなく――

「あといーかげんクソザルいうな、です。じーじ礼儀《れーぎ》なってねぇ、です!!」

「――く……うっぐぅぅうっ!?」

……いづなの友達を侮辱するな、と……否《いな》、それ以前の話。

連邦に身を置き、多種族共和を掲げる者として、弁《わきま》えるべき礼儀があると。

愛する孫娘に最低限の礼節を説かれ、いのは返す言葉もない、と項垂《うなだ》れた。

だが――

――ふ。ふっふっふ……

「ありがとないづな。何をしてもらうか、じっくり考えてからでいいか?」

「……ありがと、ね……いづなたん……♪」

「おう、です! いつでも言ってくれやがっていいぞ、ですっ!!」

一片の疑いもない、純真ないづなの眼差しに、空《そら》と白《しろ》は満面の笑みで応え――嗤《わら》う。

ふふふ……初瀬《はつせ》いづな。なんとも利発で――だが無垢《むく》な子よ。

信頼してくれてるとこ申し訳ないが、この世界の基本的大原則は、騙《だま》し騙され!

今回に限っては、初瀬いのの懸念こそが圧倒的に正しいのである――ッ!!

――人は裏切る。絆《きずな》も、思い出も、過去も、何の保証にもなりはしない!!

そう、簡単に人を信頼するのは危険だということを、教育してやらねばなるまい。

──何をしてもらうか、じっくり考える？　ハハハ、まさか。

この巻を渡された瞬間、既に空は五枚中四枚は〝拷問〟に使うと決めていた──ッ!!

そう、拷問だ──まず一枚目で『水責め』する……っ！

ステフにでも頼んで、嫌がるいづなをムリヤリ風呂に入れ、隅々まで洗ってもらう!!

続いて二枚目で──今度は『拘束』する……っ！

丁寧に乾かし、いづながもうやめてと泣いて懇願するまで丁〜寧にブラッシングッ!!

そうして、ただでさえモフモフないづなたんが！　不本意にも更に一段と、さらっさらのもっふもふにされても──くくっ、無慈悲な〝拷問〟は終わらない！

そう──三枚目で、今度は『監禁』するのだ……っ！

空と白にモフられながら、もう眠いと音を上げるまでゲームに付き合わせる……っ！

そしてトドメに、四枚目で──『虐待』するッ！

そのまま柔らかい尻尾を枕に一緒に寝るのだ──!!

くっくっく……残る一枚で何をさせるかは、その後で様子を見て決めるとしよう……

そんな邪知暴虐の企み《たくら》──その詳細までは、いのには知り得ない。

だが空と白の笑顔に潜むその悪意だけは、確かに感じ取れているのだろう。

射殺すように鋭い視線を向けてくる初瀬いのと二人の嘲笑が交錯し──

「済んだでありますかあ!? では三番、ニーイ・ティルヴィルグの番であります!!」

──ドンッ! と。

綺麗《きれい》にラッピングされた巨大な箱が、テーブルを軋《きし》ませた。

険悪な空気も読まずに声を上げたのは、真霊銀《ミスリル》の髪と感応鋼《オリハルコン》の瞳を持つ地精種《ドワーフ》。

額から対の角を生やした、褐色肌の小柄な少女──ティルだった。

「誕生日の贈答と言えばコレであります!! ハーデンフェル最高峰の蔵元ヴァルグレイヴ家の特選クラフトエール全種セット──ッ!! で、ありまぁ〜〜〜あすっっっ!!」

そして呆気《あつけ》に取られた面々をよそに、ティルは誇らしげな笑みを浮かべつつ。

自ら包装紙を破り捨て、ティル自身の身の丈ほどはある巨大なボトルを、次々と。

ざっと二十本ほども取り出しては、ズラリとテーブルに並べていく。

……この場の全員で飲んでも一瓶空けられるか? という量の酒を前に──

「あ、エルキアは酒は二十歳《はたち》からであります。そら殿としろ殿の分はもちろん酒精抜きであります! 大丈夫、ヴァルグレイヴ印に外れなし! 味は保証するであります!!」

そう──最高に美味《うま》い飲み物で、まず空《そら》と白《しろ》を喜ばせ。

他の参加者にもたっぷり振る舞ってパーティーを盛り上げる……っ!

まさに完璧なプレゼント! と絶対の自信を抱いて、平たい胸を張ったティルは。

だが──

「……あー……うん。さんきゅー？」

「……ん。ティル、ありがと、ね？」

…………、

「あ、あるぇ!?　もしや全然喜ばれてないでありますか!?」

地を這《は》うテンションで雑に応じた空と白の様子に、愕然《がくぜん》と目を剥《む》いた。

「や……その～、正直な話、あんま酒に興味ないな……」

「……くさい、し……酔っ払い、イメージ悪い、し……」

「しかも酒精抜《ノンアルコール》きって、それ苦くしたジュースだろ？　ぶっちゃけ意味わかんねえ」

「え、えぇえぇえッ!?　――さ、酒に興味がない十六種族《イクシード》がいるでありますかあ!?」

――酒に興味のない生物がいる、という事実が想像の埒外《らちがい》だったのか。

驚愕《きょうがく》に全身を震わせて叫ぶティルに、ステフが頰《ほお》に手を当てて続ける。

「私《わたくし》も飲んだことはありませんけど、あまりお酒にいいイメージありませんわね……」

「私も――と言いますか獣人種《ワービースト》はあまり飲みませんな。巫女《みこ》様は愛飲されておりますが、一般的に、酒は獣人種《ワービースト》の味覚には刺激が強すぎるもので……」

「【考察】飲酒。酒精の作用による酩酊《めいてい》状態。錯乱を愉しむ嗜好品。無意味な行為」

……空や白と同じく、二十歳未満のステフはまだしも。

老年のいのには種族ごと否定され、あまつさえイミルアインには無意味と言い放たれ。

──え、マジで言ってるでありますか？　と。

感応鋼《オリハルコン》の瞳をガン開きにして絶句するティルに、空《そら》が首を傾《かし》げて問う。

「つかヴェイグを酒臭いって罵倒してなかったか？　てっきりティルも飲まないと──」

「頭領はふっつーに風呂入らないから腐った加齢臭がクッサいだけであります⁉　適量の酒に罪はないであります‼　いえ、あの、マジで。絶対美味《おい》しいでありますってホント」

渋い顔の空に、ティルは熱弁を振るって続けた。

「絶対飲まず嫌いでありますよ‼　ほ、ほら！　姉上としてちゃ〜んと飲み方を教えるであります！　ささ、そら殿としろ殿、ステフ殿も！　まず酒精抜きを一つ、ぐいっと！」

よほど認められないのか、大慌てで瓶を一つ開けて酒杯に注ぎ。

ぐいぐい詰め寄ってくるティルに、仕方なく空と白《しろ》、ステフはグラスを受け取った。

そして空は、ブツブツと文句を言いながら──


「……いいけどさぁ……それ俺らの元の世界では〝アルハラ〟ってんだよ……ていうか、いい加減ちゃんと確認したいんだけどティルのその姉設定、どこまでマジな──んっじゃこりゃ‼　っはぁあ⁉　おい何だコレくっそうめぇええええな、オイっ⁉」

一口飲み込んだ直後、不満も疑問も全てを吹き飛ばす悲鳴を上げた。

「え、これがお酒ですの？　いいえ、酒精抜きなら正確には違うのでしょうけど……」

「……めっちゃ……おい、し……え……なに、これ……？」

「ふっふっふのふであります！　そら見たことかであります!?　言っておくでありますがいくらヴァルグレイヴ家の麦酒《エール》でも、さすがに酒精抜きは本来の味に劣るであります!!お酒が飲めるようになる来年を楽しみにするでありますよ!?」

空とステフ、更に白までもが絶賛する様に、ティルはこれ以上なく薄い胸を張る。

——マジか。こんなウメぇもんが〝本来の味に劣る〟……？

これなら確かに、酒が飲めるようになる来年が楽しみ——

「【報告】有機生命体の酒精摂取。前頭葉の一時的機能低下。また長期服用には脳の萎縮、肝機能低下も確認済み。ご主人様。飲酒への興味は非推奨——」

「るっせぇ!!　御高説〝ふぁきう〟《クソくらえ》であります!!　——ぺっ!!」

そう淡々と警告するイミルアインに、ティルは珍しく強気に反論した。

「過ぎれば水だって毒であります！　飲まなきゃやってらんない人生——適量の酒楽しむ余裕もなくなったら終わりであります!!　ぺっぺっぺ、——っっっっぺ!!」

……何故《なぜ》だろう。ティルの叫びに、問答無用の、強烈な説得力を感じる……

「……なんと。これは……確かな刺激、だがそれを遥《はる》かに上回るコクと深み……ニーイ殿、この麦酒《エール》、獣人種《ワービースト》の舌にも合いますぞ。輸出する気はありませんかな——売れますぞ？」

「——【受容】当機の認識不足。認める。驚異的な味覚情報。……これはうまい」

「くっくっく……そうでありましょう？　そうでありましょうとも!!」

酒精入りの麦酒《エール》を飲んだ途端、いのばかりか。

イミルアインまでもが掌《てのひら》を返して絶賛するその様子に――

「…………なあ……一口くらい俺も酒を味見《そっち》させて貰《もら》えたりしね……？」


「ダメに決まってますわよ？　王が法を守らないでどうするんですの」

「その通り俺が王、俺が法だ！　今からエルキアの飲酒年齢を十九歳に引き下げる!!」

「ちょ――っ!?」

欲望丸出しで暴君化した空《そら》が叫ぶ、が――続いて堕《お》ちた白《しろ》の言葉に、

「……ん。しろも王様……エロ解禁年齢、婚姻年齢、も……まとめて十二歳、に――」

「嗚呼《ああ》!!　我欲で法を歪《ゆが》めるなぞ言語道断！　法は民のために!!　王さえも法の下に平等
――それこそ法治国家という偉大な発明である！　よしティル、来年こそ頼むぞ！」

瞬間的に賢王に覚醒した空は、酒精抜き《ノンアルコール》でも十分美味な麦酒《エール》を呷《あお》った。

■■■

――ティルが振る舞った美味《うま》い酒が入ったからだろう。

誰からともなく食事に手がつけられ、その間もプレゼント大会は続いた。

……続いた、というか……

「ええ～？　ズッ友に定評あるボクらの仲でプレゼントなんて水くさいですぅ～」

蠱惑的《こわくてき》な少女のように嗤《わら》う——吸血種《ダンピール》の少年プラム。

そして、彼が木蓋の上から座っている巨大な水瓶《みずがめ》の中から、

『ちょっと!?　なんか蓋が開かないんだけど!?　〝プレゼントはあ・た・し♥〟って準備万端で待ってんのよ誰か開けなさいよ!?　——あ、ひょっとして蓋の上、ダーリン座ってたりする!?　その上で放置プレイ!?　あはぁ～んそれなら大歓迎!!』

ガタゴト揺れつつ、くぐもった喚《わめ》き声《ごえ》を洩《も》らしている海棲種《セーレーン》の女王ライラ。


「のお！　空、および白！　是《これ》は本当にプレゼントになっておるのか!?　帆楼《ほろう》いつも通り歌い踊らされておるだけではないのか!?　仮定——帆楼また騙《だま》されておる!?」

——プレゼントとは何也や。空と白が喜ぶ——喜ぶとは何也や、と。

疑い、躊躇《ためら》い、考え、しかし最後まで仮定を出せずに問い掛けた神霊種《オールドデウス》・帆楼は。

空と白が即答した通りに、必死になって歌い踊り誕生日限定ライブを敢行——

更に、戻ってきたジブリールからは、イミルアインに対抗したのだろうブツを。
そう——超過激な自撮りを大量に記録したタブレットと、白が読める言語で書かれた中では最も貴重という稀覯本《きこうぼん》を、丁重に受け取って——

「ふーむ……地精種《ハーデンフェル》の食はどれも刺激が強いと聞いておりましたが……いけますなぁ」

「自分も生魚を食べる東部連合《ワービースト》の正気を疑ってたでありますが、美味《うま》いであります！」

「この魚のメシうめぇ、です！　なんて料理、です!?」

「オーシェンドの料理でございますね。東部連合《とうぶれんごう》風に味付けされているようですが」

「……【疑問】オーシェンドは海底都市。──水中で調理？」

「あはは～口開けてるだけで海産物が食べられに来てくれる食文化皆無な魚類──海棲種《セーレーン》と違ってぇ、吸血種《ボクら》は結構グルメなんですよぉ～？　このアレンジも悪くないですぅ」

『ねえ!?　あたしだけ酒も食事もハブられてんだけど!?　いい加減出しなさいよ!?　ダーリンの放置プレイは歓迎だけどそれ以外は構いなさいよあたしを誰だと思ってんの!?』


──種族の垣根を越えて、集い賑《にぎ》わう食卓。

その光景を眺めて空《そら》はなるほど、と己の主張を内心、素直に改めた。

メシが美味い。酒（ノンアル）も美味い。

いづなのプレゼントも楽しみだし、マジ神アイドル帆楼《ほろう》の独占ライブもファボい。

そして懐には、イミルアインとジブリールのオカズがたっぷり──夜が楽しみだ。

これなら、確かに誕生日も悪くないものかも知れない……

「……つーか、そ～いやステフからはプレゼントまだ貰《もら》ってねぇな？」

——無論、空も本当はわかっている。

この食卓に並ぶ料理——各種族、各国の郷土料理を用意したのは、ステフだろう。

八方手を尽くし、レシピと素材を集め、更に各々の口に合うようにアレンジまでして。

この〝場〟がステフの、空と白《しろ》、そしてここにいる全員へのプレゼントなのだろう。

だが一向にそれを口にしないステフに、空は揶揄《からか》い半分の。

そして気恥ずかしさ半分に、礼に代えて周知させるべく軽口を叩《たた》いたのだが——


「あ、私《わたくし》は段取り通り——食事後に渡そうと思ってたんですけど……」

もうこうなったら関係ないですわね、と苦笑を一つ。

意外にも——話題を振られたステフは、少々お待ちを、と言い残して席を立ち。

そして、しばらくして——包みを手に食堂へと戻って来た。

「はい。お誕生日おめでとうございますわ。ソラ、シロ」

そう言ってステフに差し出された包みを、空と白は受け取って開く。


——中にあったのは、この七日間、見かけていなかったもの。

『I♥人類』と書かれたシャツとジーパン、そして黒いセーラー服だった。

空と白の、二人の見慣れた服——いや、訂正。

一年間も着潰して、すっかりよれていたはずの、新品同様な二人の服だった。

「お二人には思い入れのある服でしょうし、針子の皆さんと頑張って整えましたわ」

「──────」

そう事もなげに言ったステフに、空《そら》と白《しろ》は揃《そろ》って眼《め》を丸くした。

この世界──少なくとも空達《たち》の知る限り、石油由来の化学繊維《ポリエステル》の類はない。

空と白の服を縫い直すにも、染め直すにも、試す素材さえなかったはずだ。

──同じような服を一から仕立てる方がよほど確実で早い──

そう主張したろう針子達を説得し、連邦の識者を頼ってまで修繕させた──否《いな》。

一緒になって修繕しただろうステフの姿が、空と白の瞼《まぶた》の裏に浮かぶ中。

当のステフはそんな努力はどこ吹く風と、ただ照れくさそうに咳払《せきばら》いを一つ──

「誕生日は、普段恥ずかしくて言えないことを言う日でもありますわ」

そう、意を決したように空が問うた──誕生日を祝う意味。

ステフがあの扉の先にあると告げた──その答えを口にする。

「この七日間が。そしてこれが、お二人がこの一年で成したことですわ」

柔和な笑みで食堂を──エルキア連邦という、二人が始めた新しい世界を示す。

「──────」

──食料さえままならなかったエルキアに、多種族が集って祝祭を催す。

テーブルには多種族多国籍の料理が並び、それらを多種族が囲んで賑《にぎ》わう……

それは空達の一連の行動の結果であり、つまりは──


──誰もが己だけの利を優先して、争い、奪い合うよりも。

少しずつ損し合ってでも、互いを受け入れ、妥協し合って。

それでも手を取り合えば、最終的に得られる利は争うより大きくなると。

そんな夢物語の、だがその断片を世界に示してみせた、事実だ、と……


ああ──確かに。

それは、まだ何も終わっていない。

むしろ始まったばかりであり、問題は山積している。

だが、それを始めたのは。

決してあり得なかった、その最初の偉大な一歩を。

この世界に、踏み出させたのは──

「ですから私《わたくし》は言うんですの。お二人の誕生日に。言わなきゃいけないですわ」

他ならぬ空と白という、二人に──そう……

「ソラ。シロ。生まれてくれて、生きていてくれて、ありがとうございますわ」

そう告げたステフの微笑《ほほえ》みに、空《そら》と白《しろ》は呆然《ぼうぜん》と、周囲を見回した。
ジブリールやイミルアイン、ティル、いづな——帆楼《ほろう》はともかく。
いのやプラムも——思うところはあれど、概《おおむ》ね反論する気はない視線に。
つまりは——種を超えて自分達の誕生日を個人的に祝いたいと集った、一同に。
「…………………」
空と白は、呆然としたまま、揃《そろ》って同じことを思う。

——そんな大それたことなんて、思っていなかった。
自分達《たち》はただ、テトにこの世界に召喚されて、喧嘩《けんか》を売られて。
ただその喧嘩を買って——気に入らないもの全てに、喧嘩を売って回って。
好き勝手やりたい放題、この世界という——ゲームを楽しんで来ただけだ。

仮に、自分達の為《な》したそれが、そんな大それたことだったと言うならば。
それはステフをはじめ、同意を示している彼らの功績で——自分達の功績ではない。
——こいつらみたいなゲーマーが、この世界には元々、最初からいたのだ。
自分達がいなくとも、いつかは誰かが成し遂げたし、いずれ世界はこうなったはずだ。
だが——好き勝手やってきた、馬鹿で阿呆《あほう》なこの一年を、共に過ごしたステフが。
この場に集う一流のゲーマー達が。あえてそう言うのなら——

「…………ま、まあ、その……なんだ……？」

「…………ど、どう、いたしまし、て……？」

――『生まれてくれて、生きていてくれて、ありがとう』……か。

そんな〝感謝《ことば》〟を、互い以外に向けられる日が来るとは思わなかった、空と白は。

何やら面映《おもは》ゆく、故にきまり悪く、ただ曖昧な疑問形で返して――

「――んんっ！　でも、その～なんだ？　だからってあんな大袈裟《おおげさ》な式典は必要だったんですかね～？　この誕生日パーティーを迎える前に他界するところだったんだが？」

――空と白が、照れている。

その珍しい光景に、ニヤニヤする一同の視線を振り払うように愚痴って。

この誕生会だけでよかったのでは、という空の照れ隠しの軽口に――だが、

「……………、それは」

「必要だったのですなあ……残念ながら……」

答えたのは、言《い》い淀《よど》んで目を伏せたステフではなく、初瀬《はつせ》いの。

そう、ステフの……空と白への感謝は、紛《まご》うことなき真なれど――

「世界に対して大々的な宣伝が必要だったのです。我々――エルキア連邦は万事順調で、その結束も固く、この先も決して負けることはないという――〝プロパガンダ〟が」

――二人の誕生日を政治的利用しなければならなかった、と。

後ろめたさ故に歯噛《はが》みするステフの代わりに、いのは続ける。
和気藹々《わきあいあい》とした場に、沈痛な静寂を落とす、一言を——そう……
「エルキア連邦《われわれ》は『対エルキア連邦戦線』に対し——明確に劣勢にありますからな」
つまりは——空《そら》と白《しろ》が始めたこの世界変革。
いの主《あるじ》である巫女《みこ》も、かつて夢見て、されど見果て。
そして改めて希望を得た、この世界は——だが。
——このままでは遠からず潰えるのだから、と………

………、

「待たせたのだわ✽ フォエニクラム可愛《かわい》く登★場!! プレゼントはなんとぅ!! 今まさにエルキアで繰り広げられてる熱い恋バナスクープ——ってなんだわこの空気? はは～んさては不貞バレだわ!? ほれ詳しく聞かせるのだわ相手は? 種族は? ぐっへっへ～」
そう、唐突に騒がしく現れた妖精種《フェアリー》——フォエニクラムは。
誕生パーティーの席を盛り下げた罪を責める一同の視線に貫かれ、孫の『じーじマジでくーき読め、です』の苦言に打ちのめされ、涙目で自棄酒《やけざけ》を呷《あお》って啜《すす》り泣《な》く初瀬《はつせ》いのに、
ノータイムで絡み酒を始めた……——

■■■

――かくて、盛り上がりを取り戻した宴もたけなわに、夜は更け。

白といづなが船を漕《こ》ぎ出《だ》したところで解散となった、草木も眠る丑三《うしみ》つ時《どき》。

空は、エルキア王城中庭――自室へと、白を背負って帰宅して、

最後の気力を振り絞った白が、ステフから受け取った制服に着替えるや否《いな》や、気絶するように布団へ轟沈《ごうちん》したのを、しっかり確認して！

同じく、着慣れた『I♥人類』Tシャツに袖を通し――だが。

ジーパンはまだ穿《は》かず、視線は鋭く、耳は澄まして、周囲を確認する。

「……右よし。左よし。前後と上下も、よし。耳でも確認――――ヨシ！」

念入りに――特に白の寝息を、たっぷり三〇秒費やして、確認。

ようやく全てから解放され、一人になったのを神経質なまでに確かめてから。

室内の深い闇の中、すっと取り出したスマホとタブレットに明かりを点《とも》した。

――ナニをするか？　愚問だろう。

イミルアインとジブリールから頂いた画像と動画《オカズ》の精査である――ッッ!!

誕生日プレゼントを誕生日に確認しないなどという非礼を働くわけにはいかず！

一方で、空は極めて真摯に、至極紳士的に！

大変に不本意かつ無念ながら——どちらを先に確認するか、と！

二人の誠意《エロさ》に優先順位をつける不可避の非礼を詫《わ》び、深く苦悩していた——

そう……右手は当然予約済みである。

必然、スマホとタブレット——同時に二つは持てないのであるッ！

どちらを左手に持《つか》つか、苦渋の決断を迫られた空《そら》は果たして——ッ!!

「……そら殿？　下穿《は》いた方がいいでありますす風邪引くであります」

「…………………………」

唐突に背後から覗《のぞ》き込《こ》んだ者の声に、だが空は驚きも焦燥もなく。

ただただ冷静に——そして緩慢に。必死の確認作業も虚《むな》しくいつの間にか自室に上がり込まれ、あまつさえ背後に立たれていたティル女史に向き直り、告げた。

「……ニーイ・ティルヴィルグくん」

「はっ！　なんでありますかそら殿!?」

「ボカァそろそろ寝るところでしてね？　かつ、その前に極めて重要な確認事項があるのですよ。大変申し訳ないが重大な用件でないなら日を改めて頂けるかね？　ン〜〜〜？」

——ふふ、なーにいつものことだ。

つーかそんなこったろうと！　故に下着《パンツ》は脱がなかったのである!!　と！

想定範囲内の事態に、クールな思考で『出てけ』と暗に告げた空に。

「は。そら殿の確認事項より重大かは自分には判断つかないでありますが──」

ティル──自称ダメモグラ。感性の種族地精種《ドワーフ》にあるまじき察しの悪さの少女は、

「連邦が劣勢にあるって、どういう意味でありますか？　だって自分等《ら》『戦線』に対して
──余裕で圧勝してるでありますよね？　『戦線』なんて取るに足らないであります」

──────…………

「………………はぁ………うん。なるほどその件か……」

──空の〝確認事項〟より遥《はる》かに重大な用件を告げたティルに。

空は深くため息吐《つ》いて、渋々と、もぞもぞとジーパンを穿いた……と同時。

「……まったく、相変わらず空気の読めないモグラでございますね……」

【抗議】ご主人様の重要タスク。及び当機らのその観測の阻害。強い遺憾の意を表明」

「……ティル？　……そろそろ、時と場合《タイミング》、っての……覚え、よ……？」

ジブリールとイミルアインが、突如として虚空から出現する様子と。

あれほど確認したのに、狸《たぬき》寝入りだったらしい白《しろ》がむくりと起き上がる様に。

空はこの一年──この世界に来て以来、一貫する疑問に天を仰いだ。

……もしやこの世界――〝プライバシー〟って概念、ないのだろうか。

元の世界でも近世以降に成立した――蹂躙《じゅうりん》されている己《おの》が権利を憂える空《そら》は、

「じ、自分なんかマズいことしたでありますかぁ!? し、死にたくないでありまぁす!!」

「いいや、ティル。おまえは俺を護《まも》った。大丈夫だ、こここ、今度は俺が護る……っ！」

天翼種《フリューゲル》と機凱種《エクスマキナ》、そして十二歳の人類種《イマニティ》から注がれる殺意に。

ちっぽけな己の尊厳を護ってくれたティルの悲鳴に、空は感謝を示して。

決然と、震える足で三人の前に立ちはだかった……――

■■■

「……んじゃー改めて、現状の整理からしていこうか……」

なんとか三人の怒りを鎮め、あぐらをかいた膝に白《しろ》を座らせた空は、そう――

「は、はいであります……あの、自分本当に大丈夫でありますか……？」

未《いま》だ半眼の三人と、正座で震えるティルの気を逸《そ》らすべく、あえて無視して語る。

「まず……先の件で世界は二分された。つまりはエルキア連邦《おれら》と――ハッキリ言えば俺ら以外のほぼ全ての種族と国家――〝対エルキア連邦戦線〟って二つの勢力に、だな」

――〝対エルキア連邦戦線〟――通称『戦線』……

エルヴン・ガルド——森精種《エルフ》を筆頭に、龍精種《ドラゴニア》、巨人種《ギガント》、妖魔種《デモニア》、月詠種《ルナマナ》、更に複数の幻想種《ファンタズマ》からなる大勢力に『連邦の解体・支配』——事実上の殲滅《せんめつ》を宣言されたのが現状。

そして——

「んで、人類種《イマニティ》も、その唯一の国だったエルキアは分断。俺ら連邦側の〝エルキア王国〟と『戦線』側の〝エルキア共和国〟と——っつー二つに分かたれたわけだ」

そう——空と白は、未だエルキア王国の王——全権代理者だが。

かつてとは違って、もはや人類種の全権代理者ではなくなった。

人類種《イマニティ》は分断し、『戦線』が掲げるのは連邦の殲滅——つまり〝絶対戦争〟だ。

どちらかが滅ぶまで止まらない——全面戦争へと世界が突入する流れである。

——ああ、本来なら。あるいは空達《たち》の元の世界なら。

だが『盤上《こ》の世界』では。この条件では、そうはならない——

「ああ。ティルは正しい。『戦線』はただのザコだ。なんせ奴《やつ》らは共闘できない」

——確かに、世界は二つの勢力に二分された。

だが『戦線』が掲げるのが『殲滅』である以上……所詮は烏合《うごう》の衆なのである。

仮にその宣言通りに——『戦線』が解体・支配つまり殲滅に成功したとして。

では、世界の半分に等しいその資源と領土——『種のコマ』は、どう分配する？

——均等に仲良く分配？　あり得ないだろう？

誰もがそう考える。故に、如何《いか》に『戦線』と名乗って結託しようが連中の目的は端《はな》から連邦の奪い合いであり。つまり『戦線』内での主導権の取り合いであり。まして仮に連邦を降《くだ》せたとて——連中が次に矛先を向ける仮想敵は——『戦線』《じぶんたち》同士に他ならない。

そんな連中に統一された指揮系統などあろうはずもなく。

まして手の内を明かしての共闘なぞできようわけもない。

……付け加えれば、その『戦線』の盟主であるエルヴン・ガルドも崩壊寸前……

「そんな連中と連邦《おれら》——ぶっちゃけ正面から戦《や》って敗北なんて、万に一つもないな？」

そう——宣戦布告を受けてから——計四回。

ハーデンフェルと東部連合《とうぶれんごう》に対し大規模な対国家戦《ゲーム》が挑まれたがその全て——空《そら》と白《しろ》、天翼種《フリューゲル》や機凱種《エクスマキナ》、時には妖精種《フェアリー》さえ協力して迎撃——ティルの言通り〝圧勝〟している。

十の盟約に基づき——ゲーム内容は挑まれた側が決定権を有する。

ただでさえ自分から挑むのは相手の舞台——極めて不利に立つことになる条件で。

そんな烏合《うごう》の衆が、互いの手の内・切り札を共有し共闘する連邦を相手に……？

勝算など皆無なのは自明。故に挑まれたのは〝たった四回〟だけであり——

「【必定】『戦線』の主戦場は〝対国家戦〟ではなく〝対民間戦〟になる」

そう――勝ち目の薄い対国家ゲームを挑むのではなく。

貿易や経済――企業や、個人を切り崩すのがほぼ唯一打てる手となる。

だが――

「……でありましたら、なおのこと恐るるに足らないでありますよね……？」

その貿易、経済においても、連邦は『戦線』に劣っていない。

ならば対国家戦で連勝中の連邦から、個人や企業を離反させるのも至難だ。

――ああ、本来ならば。


「んじゃ、ここで一つティルに質問をしようか」

そう、空は手を叩《たた》いて、笑顔で問う。

「二つのチームでゲームをする。チームAは強いが、負けたら死だ。一方チームBは弱いが負けてもまー、たぶん死にはしないかな――おまえならどっちのチームに入る？」

「BBBぃ！　圧倒的び〰〰であります自分、死にたくないでありま〰〰すっ⁉」

そう敬礼と共に即答したティルに、空は笑顔のまま頷《うなず》き――

「だよな？　普通そうだ。んで――チームAが連邦で、チームBが『戦線』なのさ」

「――――へ？」

そう笑顔に苦渋を滲《にじ》ませた空に代わり、イミルアインとジブリールが続けた。

「【解説】『戦線』の殲滅《せんめつ》宣言は『戦線』に共闘不能の構図を構築。ただし連邦に対しては〝裏切り得〟の構図を構築した。対民間戦においては当該構図が致命的《クリティカル》な問題になる」

「……〝エルキア共和国〟の造反を看過せざるを得なかったが故……でございますね」


そう……他種族と内通していた《商工連合会》──当時のエルキア議会が。

エルキア共和国と名乗り独立宣言──エルキア王国に造反、裏切りを働いた際。

王国──空《そら》と白《しろ》は本来、これに対して──徹底的な制裁を加える必要があった。

──信賞必罰は統治の前提。

国家叛逆《はんぎゃく》を罰しなければ、国家の根幹が揺らぐ。

だが空達《たち》は〝犠牲を伴わない制裁〟が浮かばず──結果これを看過させられた……

一方──『戦線』が掲げているのは連邦の〝殲滅〟──最低限〝隷属〟である。

この対比が、誰の目にも明らかな構図を構築したのだ。すなわち──

「……あくまでも、連邦、に……付いて、負ければ……〝殲滅〟……の、対象……」

「一方で『戦線』に付いて負けても、連邦から過度な報復はないと楽観できる──」

そう、つまりは。

「リスク管理するなら、連邦に味方し続けるのは危険すぎるって構図になったわけ」

そしてそれは──主導権を未だ握られていることを意味する、と。

空と白は、苛立《いらだ》ちを隠そうともせず、吐き捨てるように零《こぼ》す。

「要するに、連邦《おれら》はこのまま時間が経《た》つほど離反者が増え——自滅して行くんだよ」

「……ちょー……ムカつ、く……っ」

——事実、ステフから上がってくる報告によると。

エルキア王国はステフの八面六臂《はちめんろっぴ》の活躍、矢継ぎ早に実行される政策——先の即位式典のような国力安泰の喧伝《けんでん》によって辛くも人民を繋《つな》ぎ止《と》めているが、それでも諸侯らの離反の動きを完全には食い止められてはいないのが現状らしい。


東部連合《とうぶれんごう》に至っては——更に深刻だ。

そも、僅か半世紀前まで、部族に分かれ六〇〇〇年間も内戦を繰り返していた国だ。

エルキア共和国への制裁がなかったことから、巫女《みこ》の求心力にも疑問が見え始め。

表立った離反こそないが、既に『戦線』との繋がりが疑わしい団体も多いそうだ。


オーシェンドも——吸血種《ダンピール》がいる以上、いつでも裏切り得る。

アヴァント・ヘイムさえ、戦況の硬直に十八翼議会の連邦支持は揺れている……

そう連邦傘下各国の内情を語った空に、心底意外な話だったのか——


「……なんといいますか、ドイツもコイツもめんどくっせぇでありますね……」

呆《あき》れた顔で零したティルに、空は一応頷《うなず》いて、言葉を返す。

「同感だし、だから政治は嫌いだ。ただ——地精種《おまえら》も特殊すぎるからな……？」

妖精種《スプラトリア》の国——フォエニクラム達《たち》は、全て承知で連邦に加わった。

機凱種《エクスマキナ》——アインツィヒ達も、誓いを違《たが》えないだろう。

だがハーデンフェルには、造反の気配さえないという、その理由——

「〝森精種《エルフ》の味方になるなら潔く滅ぶ〟っつーそのガンギマりの覚悟の方がオカシイのは一応、自覚しといてくれ……つか、おまえらマジでどんだけ森精種《エルフ》嫌いなんだよ……」

ともあれ——要約すればこのままでは連邦はジリ貧——という結論に。

ティルは何度か小首を傾《かし》げ、最初の疑問が解消されていない、と問う。

「……でも『戦線』はザコ、でありますよね？　でありましたら攻勢に出てさっさとそのザコども——特にあの歩く植物は念入りに伐採すれば片付く話ではありませんか？」

——どうやら連邦側ながらもワンチャン〝殲滅《せんめつ》〟を求むほど嫌いらしい。

「〝連邦の敗北なんて万に一つもない〟と示せば離反は止まるでありますよね……？」

ティルの言葉に、空《そら》は口角を引《ひ》き攣《つ》らせながらも、一応頷《うなず》いてみせる……

——そう。確かに十の盟約に基づき、ゲームは挑むほうが圧倒的不利。

だが、空達はその圧倒的不利な条件で、これまで勝利を重ねて来たのである。

共闘もできない『戦線《ザコ》』——ならばいつも通り、各個撃破すればいいのでは？

ティルの尤《もっと》もな疑問に——空は答える。

「ああ。攻勢に出てこの状況を変える必要がある。そのための穴も見えてる。白《しろ》と立てた策も一つ二つじゃないし、なんなら〝布石〟も既にいくつかは打ってある」

「でありましたら――」

だが期待する顔のティルに、空と白――ジブリールと、イミルアインまで。

それぞれに目を伏せ、あるいは苦虫をかみつぶしたような表情を浮かべ――

「――けど、どれも下手に実行できねえんだよ」

「へ。え？　なんでであリますか……？」

その問いには、だが空と白が歯噛《はが》みして無言で応じた。


ああ――『戦線』は戦略も描く統率も取れていない。本来容易《たやす》く切り崩せる。

だが――それでも決定的に――そして、致命的に機能している、たった一手。

――〝殲滅宣言〟……それは連邦が制裁を行わないと、確信して打たれた一手。

なにせエルキア共和国とは、まさしくその結果生じる構図、リスクヘッジで離反する者達の受け皿として用意された装置であることに疑いの余地がないからだ。

その構図、装置を完璧に機能させる一手を打った者に――空《そらとしろ》は白は警戒して動けない。

――そう。空と白から未だ主導権を奪ったままの者。

すなわち――――と、空と白のその思考は……だが。

――きゅど――――ん!!　と。

唐突にエルキアに響き渡った爆音によって断ち切られた。

■■■

爆音――遥《はる》か彼方《かなた》、城の外。エルキア郊外から響いたそれ。

その振動《おと》が空《そら》と白《しろ》の耳朶《じだ》を打つより、十秒以上も早く。

何を感知したか――ジブリールとイミルアインが彼方に視線を向け、空間転移《シフト》。

そして突然のことに困惑する空達《たち》の下に、やや遅れて爆音が伝わり――

「――んな、なんだぁあ!?　な、何事だぁあ!?」

「……い、隕石《いんせき》……でも、降ってきた……っ?」

「――あ。ぁぁああ!?　じ、自分ちょっと逃げるでありま――ぁ。ダメであります間に合わないでありますしろ殿スカートの中拝借させて頂くでありま――――ぐぇっ!!」

轟音《ごうおん》に慌てる兄妹の言葉をよそに、何かを察したらしきティルが飛び上がり。

バタバタと慌てて白のスカートの中に飛び込もうとしたところで――間に合わず。

にゅっと突き出た腕に襟首を掴《つか》まれ、その悲鳴ごと吊《つ》るされる。

——何が起きたのか？

人の身に過ぎぬ空と白には、神速で行われたその一切は視認できなかった。

故に結果から推察する他なく、その事実の把握に、更にたっぷり数秒の間を要した。


すなわち——いつの間にか室内に出現していた者。

窓の隙間から飛来したのだろう、短刀を左手で、背負った大剣に器用に格納して。

右手でティルの首根っこを掴み持ち上げる——赤錆《あかさ》びた真霊銀《ミスリル》の髪と赤熱する隻眼。

その才の大きさ故、体格以上に大きく感じる男が、疑似転移《デミ・シフト》して来た、と……


「よォ～クソ姪《めい》……三ヶ月とちょいぶりだァなァ？」

そう——つまり、

「キッチリ前人未踏の小惑星まで行って『巨乳の星』って、旗立てて戻って来たぜェ？

オゥ、これでテメェと口利いても文句ァねェよなァアアあァ～ンッ!?」

「あぁぁあ平穏な日々よぐっばいさよならでありまぁすそら殿しろ殿へるぷでありまっつっつっせぇであります!?」

——って——いう、か……お、叔父上史上最悪にく
宇宙から帰って来た〝叔父〟に向けて、ティルは悲鳴を飛ばした。

「んナっ!?　ァ、ッせーなァ!?　しゃーネェだろ精霊すらネェ宇宙空間に水なんかねェン
だからよォ!?　貴重な飲料水をカラダ洗うンに使えるワキャねェだろーがァ!?」

「へ？　で、では三ヶ月以上風呂入ってないでありますか!?　あああり得ないでありますで汚物でありますでありますか体洗って出直して来るであります!!　ぺっ、ぺ、ぺっっっ!!」

「―――――――――」

――ああ……何を隠そう、それは。

地精種《ドワーフ》史上、空前にして絶後と謳《うた》われた天才に、追いついた男――否《いな》。

三ヶ月前、ティルに渾身《こんしん》のプロポーズをして、派手に玉砕して粉微塵《こなみじん》になり。

――『巨乳の星でも行ってから口利くであります！』とまで言われ！

そして――あろうことか、本当に『巨乳の星』へと行ってきたらしい――

十六種族《イクシード》初の星間航行を成し遂げ、小惑星に着陸し、旗を立て『巨乳の星』と名付け！

先程の爆音はその宇宙船の墜落音だったのか――ともあれ、帰って来たというッ!!

そう……空前絶後の天賦を過去にして――今や超えるに至った最新の天賦。

感性の怪物。最強の地精種《ドワーフ》。至天の霊装職人にして、神域の天才。

ハーデンフェル全権代理者――ヴェイグ・ドラウヴニル――!!

――が、改めて愛しい女性《ティル》を口説《くど》こうとして、光の速さで拒絶され。

膝を抱えて顔を埋め必死に涙を堪《こら》える……悲愴《ひそう》感漂う哀れな姿だった……

「…………ヨォ。マブダチの誕生日にャ～ギリ間に合ったかよォ……？」

少しして、顔を上げたヴェイグは洟《はな》をすする声で、

「……悪《ワリ》ィ。帰って来たばっかでプレゼントは持ち合わせがねェンでヨォ……巨乳の星と
途・中・で・寄・った月の石で今ァ勘弁してくれヤ……また改めてなんか用意すっからヨォ……」

そう言って、無造作に二つの石ころを空達《そらたち》に放り投げた。

――未知の小惑星の石と、月の石……

学術的にも歴史的にも、文字通り天文学的価値があろうそれらを受け止めて、

「お、おう。その、ありがと、っつーかお疲れ……？」

「……ヴェイグ……つよく……生き、て……ね……？」

こちらの背中に隠れつつ、なおも『ぺっ、ぺっ、ぺっ』と。

拒絶の意志を示し続けるティルに、ヴェイグへの同情を禁じ得ず。

空と白《しろ》は、なんとか優しい笑みを作って、礼を告げた……

「……ンじゃァ、オレ様ァちとカラダ洗って出直して来っからよォ……悪ィがそこの庭の
池使わしてくれっかねェ……クソがよォ……酒もタバコもガマンしたってのに……」

宇宙から帰還して意気揚々と会いに来て即座の、愛しい姪《ティル》の拒絶……

首と肩を落とし、途方もない才覚を担いだ背中を小さく丸めて、とぼとぼと。

戸を開けて庭へと向かおうとするヴェイグに――

「ああ、それは別にいいけど――相変わらずタイミングがいいな」

さすが——〝なんとなく〟だけで最善手を打てる男。

最高のタイミングで来てくれた男を、空《そら》は引き留め、

「下さえ脱がなきゃ洗いながらでいいから、ちょっと話聞かせてくれねえかな」

「……話ィ？」


そう——先程ティルが問うた疑問の答え。

空と白《しろ》が攻勢に出られず、様子見を強いられている理由。

自分達から主導権を奪ったままでいる——謎めいた人物。

たった一人の存在について——問う。

「アウリ＝エル・ヴィオルハート……ありゃいったい——何者だ？」

すなわちエルヴン・ガルド、森精種《エルフ》全権代理者。

……《アウリ＝エル・ヴィオルハート》……

先の空達《たち》の『毒《さく》』を全て読み切り、逆手にさえ取ろうとした——

空と白……『　』《くうはく》が、初めて完膚なきまでの敗北を喫した相手。

「情報は探れる限り探った。十分に得た。だがどうしても腑《ふ》に落ちねえんだ」

そう……アウリ＝エル・ヴィオルハートの情報は、ある。

別に隠されてもいない。家名も、経歴も、その生い立ちさえはっきりしている。
どこから、誰から、どう探っても、返ってくる情報と評価は、一様にして同じ。
──『良くも悪くも完璧な男』。
だが……空の直感は断じる。絶対に違う、と──
その正体を掴《つか》めない限り──『戦線』との戦いは、この男の掌《てのひら》の上だろう。
この違和感を無視したまま攻勢に出れば──また利用され、今度こそ詰まされる。
その確信によって動けずにいる空は、
「ヴェイグ、おまえはアウリ＝エルと、公式に三回──〝直接対決〟してるそうだな？
それも結果は『二勝一敗』で──おまえの勝ち越しだと聞いてる」
故に、ヴェイグに問《と》い糾《ただ》す。
直接対決し、おそらく拳を──『魂』を交わしたであろう、その上で。
感性の怪物──その神域の直感が、かの男をどう評したのか。
「ン～？　…………、あァ……アレかァ……？」
だが……そう、上着を脱いで池へと向かう足を止めることもなく。
「そーさなァ。動きまわる目障りな草、ってのヌキにして強いて言ヤァ──」
ヴェイグはただ、吐き捨てるように切り出して。

「……この世界でぶっちぎり一位のくだらねぇオトコ──ってとこだナァ？」

心底くだらなそうに、そう──己《おの》が直感《しんじつ》を語った──………

■■■

──同刻、エルキア城・正門前。

高高度から迫る巨大質量を検知し──それがヴェイグの宇宙船である、と。

即座に看破したジブリールとイミルアインは、その墜落の一切を無視して。

広域探査の結果発見した、別の精霊反応の下へと空間転移《シフト》していた。

すなわち──

「よもや妖魔種《デモニア》風情が、我が主《あるじ》の居城に潜入できると思ってはございませんよね♥」

ジブリールの刺し貫く敵意の先にあるのは虚空のみ。だが──

「【解析】──妖魔種《デモニア》《九魔将》最終残存個体──通称個体名『智《ち》のシェラ・ハ』と断定。

【命令】速やかな用件開示。従わない場合『敵』と認定。──当方に迎撃の用意あり」

天翼種《フリューゲル》ばかりか、機凱種《エクスマキナ》──生きる解析装置たるイミルアインに。

稚拙な姿隠し魔法など、一切無意味であると告げるその警告に──

「くくっ……隠れているつもりはありませんでしたですが……」

——虚空から姿を現したのは、闇色のドレスを纏《まと》う妖艶な少女だった。

地を這《は》う黒髪は深海よりもなお重く昏《くら》く。頭の左右には欠けた大角。

腰から尾のように生えた四匹の蛇と同じく、虹色の瞳は瞳孔縦が縦に割れていた。

美しさと醜さ相反して同居し、調和している——妖魔種《デモニア》の少女は、かくて優雅に。

両手を腹の前で合わせ、二匹の尾蛇でドレスを摘《つ》まみ、ゆっくり一礼した——

「訪問には少々早すぎる時間ですし。夜が明けるのを慎《つつ》ましく待っていましたですが……

くくっ……かえって呼び立ててしまったようで申し訳ありませんです」

上品な振る舞い。丁重な言葉遣い。物柔らかな微笑。

それらと矛盾する、嬲《なぶ》るような声音と嘲るような眼差しで、

「お二方とも、勇者御一行様・・・のお連れ様とお見受けしますが——ご挨拶しても？」

「「…………」」

上品に、邪悪に、挨拶の許しを求めた眼前の妖魔種《デモニア》に。

ジブリールとイミルアインはやや怪訝《けげん》そうに、だが警戒は解かず、無言で眼《め》を眇《すが》める。

「この喜ばしき出会いに祝福の呪詛《じゅそ》を捧《ささ》げますです。名をシェラ・ハ——偉大なる魔王様に創造されし《九魔将》の一角にして、当世においてはまことに僭越《せんえつ》ではございますが、魔王軍・統合参謀本部議長を先日まで拝命しておりましたです……くくっ……」

――妖魔種《デモニア》の、事実上の最高幹部。

「かつて去りし日に、魔王様より比類なき『智《ち》』を賜った者。最も優れた知性を有すると定められた者！　……ですがこの身は所詮、魔王様の卑しき下僕に過ぎませんで。どうぞお見知りおき頂ければ幸いです……く～っくっくっく」

――そして同時に妖魔種最高の頭脳、と。

知的で魅力的な声音に、しかし戯《おど》けた邪悪さをとってつけた名乗りに。

ジブリールとイミルアインは、改めて警戒を強めて身構え――

「くくっ……さて、本日はお忙しいところお時間を頂き、まことに恐縮ではございますが――おや？　ちょっと失礼………あれっ？　どこ仕舞《しま》いましたですっけ……？」

シェラ・ハが慇懃《いんぎん》なお辞儀から言葉を切り、ごそごそとドレスの隠し《ポケット》をまさぐり。

そして「あ、ありましたありましたです」と。

小さく折り畳んだ一枚の紙片――メモ用紙を取り出して広げる。

その様に、警戒に困惑の色が混ざり始めたジブリールとイミルアインをよそに。

シェラ・ハはあくまでもマイペースに、「こほん」と、慎《つつ》ましい咳払《せきばら》いを一つ――

「えー『聞くが良い！　我らは今宵、汝《なんじ》らに絶望を伝えに来た』げほっ！　……『さあ怖《おそ》れ戦《おのの》き震えよ――我ら魔王軍がついに世界を滅ぼす時が来たのだッ‼』――以上けほっ」

喉を痛めたのか、目尻に涙を浮かべつつ。

それでも「ご清聴ありがとうございましたです」と一礼で締めて、

「くっ……さし当たりお二人に滅んで頂きますです。お覚悟願いますです!!」

尾蛇と合わせて十の瞳を、好戦的に細めて吠《ほ》えたシェラ・ハに——かくして。

「「…………………」」

ジブリールと、イミルアイン。

天地を裂き殺し合った不倶戴天《ふぐたいてん》の種族二人は、互いを見やって。

珍しく共通の疑問を、互いに確認するように半眼で首を傾《かし》げた。

——まさかとは思うが、この自称・妖魔種《デモニア》最高の頭脳とやらは。

自分達二人に、同時に、ゲ・ー・ム・を仕掛けている——？　と……

「くっ……！　さあ、どんなゲームでもどっからでもかかってくるがいいです!!」

——どうやら、本当にそのまさからしい。

不思議と気品が漂う謎の構えで邪悪に、そう宣戦布告するシェラ・ハに。

果たして、ジブリールとイミルアインは、揃《そろ》って肩をすくめ。

……はあ。ではまあ、遠慮なく……？　と……

約三分で、智《ち》のシェラ・ハとやらをこてんぱんに負かした。

第一章——魔王《ファンタズマ》があらわれた！

エルキア国王即位式典の閉会から——四日。

各国の要人、特使団らも帰路につき、後片付けも終わった頃。

国立エルキア大図書館——ジブリールの書庫。

いづなの『一日だけなんでもしてやる券』を計画通り四枚消費して、いづなを堪能した最後の仕上げ——さらっさらのもっふもふになったいづなの尻尾を枕に本を読むという、至福を噛《か》み締《し》めていた空《そら》と白《しろ》は——ふと、

「……つか、そーいやそっちは帰らなくていいのか？」

「……ていう、か……なんでまだ……いる、の……？」

その至福を妨げる、図書館の片隅から響く騒音——

トンテンカンと打音を響かせる者に問うた……が。

「は。何故《なぜ》とは逆に何故でありますか？　自分の居場所《おうち》はお二人《ここ》でありますよね？」

——え、違うでありますか？　自分捨てられるでありますか？

と、槌《つち》を振るっていた騒音の主——ティルが手を止めて、一転。

子犬のように震え、青熱する感応鋼《オリハルコン》の瞳に涙を浮かべた様に、

「——いや、まあ、いいけど……そろそろティルの姉設定の周りを——」

すれ違いが重なった結果とはいえ、ティルがそう望むなら、拒む理由もない。

強いて言えば、三ヶ月以上も棚上げにされたままのティルの姉設定について確認しようとした空に――だがティルは『まあ、いいけど』以降は聞いていなかったのか――


「そもここ!!　さすが天翼種《フリューゲル》の書庫――魔法理論書の宝庫であります!!　霊装製作捗《はかど》って仕方ないであります!!　――そこにそら殿としろ殿がいて!?　しかも素材は本国から取り寄せられる――ああ……夢のような工房でありまあ～すっ!!」


――求める物も、求める者も、全てがここにある……

我、楽園を見つけたり！　と瞳を輝かせるティルが、さらに――

「叔父上――頭領も帰ったでありますし!?　も～頭領にも、頭領代理とかわけわかんないこと押しつける連中にも追い回されないであります!!　ただでさえふぁきうな《クソくらえ》――まして頭領が戻った地精種《ハーデンフェル》の国!?　死んでも帰んね～でありま～～っす!!　――ぺっ」

その楽園の条件に、ヴェイグ・ヴェイグの不在を強調した様子に。


空はそっと、今は遠く離れた親友《マブダチ》を思う……


……大丈夫だ――諦めるな、ヴェイグ。

ティルはこの通り、霊装製作を――おまえを超え返すのを、諦めていない！

そこになんの脈もないってことはない！　――はず……だよな？　たぶん。

なにはともあれ――ティルの霊装暴発による火災対策は至急必要だろうと。

改めてスマホのタスクスケジューラに予定を一つ追加入力した空《そら》は――

そのまま画面を眺め、考え込み、そしてポツリと呟《つぶや》いた。


「……やっと突破口は見えたが……『戦線』に目立った動きはなし、か……」

ティルにも語った通り、複数の策、既に打ってあるいくつかの布石。

だがそのどれも、敵の方から隙を見せたタイミングで動くのが理想である。

とはいえ、連邦はこのままではジリ貧――理想的な機を窺《うかが》っている猶予はない。

リスク覚悟でこちらから動くべきか――と、決意を固めようとした空に、

「…………【失念】――。あ」

「も、申し訳ございませんマスター!! か、完璧に忘却しておりましたが――」

――この四日。ずっと姿と気配を消し己を監視していた者ら。

空がいつ〝自分達《たち》の自撮りを使う〟のか――そして何より。

ジブリールとイミルアイン、どちらのを先に使うのかを窺っていた者ら。

そのため、結局どっちも未《いま》だ使えていない――そんな二人が姿を現して。

心底申し訳なさそうに頭《こうべ》を垂《た》れて告げた言葉に。

空――のみならず、白《しろ》まで、思考が止まった。

「妖魔種《デモニア》の――〝元〟最高幹部『智《ち》のシェラ・ハ』が訪ねておいでです……」

…………――――？

「――――――いつ？　え、まさか今!?　妖魔種《デモニア》の遣いがエルキア王国《うち》来てんの!?」

声を張り上げた空に、だが更に一段深く頭を垂れ、

「……い、いえ……今、と申しますか……そのぉ～……」

「【開示】約八九時間前来訪。【陳謝】【猛省】記憶領域から欠落してた。ごめんなさい」

そう申し訳なさそうに告げた二人に、空と白――そして。

ティルと寝ていたいづなまでもが目を醒《さ》まし、揃《そろ》って半眼を向けた……

■■■

「くっくっく…………お待ち申し上げておりましたです」

果たして――ジブリールとイミルアインに案内され。

空と白、いづなにティルと、慌てて駆けつけたステフを加えた一同は。

「偉大なる魔王様に賜ったこの智が告げた通り――元・魔王軍統合参謀本部議長にして、最も優れた知性を有する妖魔種《デモニア》たる、この『智のシェラ・ハ』の予想通りに……そろそろいらっしゃる頃だといいなと思っておりましたです……くっくっく」

牢獄《ろうごく》に囚《とら》われてなお優雅に、そして邪悪《アホ》っぽく笑う妖艶な美女。

鉄の格子を挟んでこちらを見つめる、縦に割れた虹色の瞳に——だが。

「さすがのシェラ・ハも実は忘れられているのではないかと疑い始め、寂しくて泣きそうでしたです……さすがは勇者御一行の皆様。盟約を順守しながら的確に心を削る、見事な拷問と感服しましたです。くっくっくっく…………くすん」

本当に忘れられていたとは、その智《ち》を以《もっ》てしても知れぬのか、思いたくないのか。

どこかやつれても——四日四晩、食事も水も与えられなければ当然だろうが——

瞳の輝きは失わず、だが目尻に涙を浮かべたその姿に、

「ジブリール、イミルアイン。説明を…………いや、その前に——」

——ぐきゅるるる～～～と。

大きく鳴り響いている『智のシェラ・ハ』と名乗った者のお腹《なか》の音に、

「誰かにをメシ持ってこさせ——つか、普通に食堂に案内しよっかステフ……」

「え、ええ……そ、そうですわよね……？　大至急食事を用意しますわ！」

その哀れさ——もとい気品に対して、空《そら》とステフは丁重にもてなすよう命じた。

■■■

「んじゃ、まあ……改めて妖魔種《デモニア》についてと、諸々《もろもろ》の説明を頼もうか？」

食堂に移動してテーブルについた空は、頬杖《ほおづえ》をついて切り出した。

――この世界に来て早一年。更にここしばらく情報収集に没頭していた空と白《しろ》。

当然妖魔種《デモニア》についても、図書館の蔵書とジブリール自身から多少の情報は得ていたが。

事情整理を兼ねた説明を求めた空に恭しく一礼して、ジブリールが口を開く――


「――【十六種族《イクシード》】位階序列・第十一位――『妖魔種《デモニア》』――」


魔王領《ガラド・ゴルム》を唯一の領土とする――種・々・の・総・称・だそうだ。

総称――ああ、妖魔種《デモニア》はその・姿・形・に・共・通・点・を・持・た・な・い・種・族・ら・し・い。

オークやゴブリン、スライムやスケルトン、キマイラ等々と――

つまりは地球のファンタジー作品で総じて『魔物《モンスター》』と括《くく》られるようなものから。

果てはこのシェラ・ハのような人型の――『魔族』に分類されるものまで。

そう――

「辛うじて意思疎通可能な者から高度な知性を有する者まで、実に多種多様で――」

外見のみならず、内面も――知性の程度までもが千差万別。

書に曰《いわ》く、本来〝一つの種族〟と括るのも困難なほど、共通点がない種族ながら――

「幻想種《ファンタズマ》の突然変異体――『魔王』に創られた種族であること。また、それに由来すると思われる〝世界滅亡を至上目的とする性質〟を共有する群体の種族でございます」

「……ふむ」

概《おお》ね把握していた通りの説明に、空《そら》はとりあえず頷《うなず》いてみせる。

――『魔王』に創られた種族。だから世界を滅ぼそうとする……

お約束じみたそんな設定に疑問は浮かぶものの、一旦飲み込んで、

「……で？　そんな妖魔種《デモニア》が、なんでこうなってんだ……？」

そう、食堂へ案内されて――ステフが用意した四日ぶりの食事をガツガツと。

だがあくまで上品な作法《マナー》を崩さず無言で口に運び続けるシェラ・ハの様子に。

一同の視線――半眼での疑問を代弁して問うた空に、

「【報告】約九〇時間前。エルキア城・正門前に当該個体の精霊反応を感知」

「……ほう」

「要件を問《と》い糾《ただ》しましたところ私どもを滅ぼすと宣戦布告を受けました。具体的には――〝命を含めた己の全ての保有〟を賭けたゲームを挑まれまして……」

「…………ほん？」

「【結果】　当機が早指しチェスを指定。１７３・６秒後勝利。当該個体の全権獲得」

「…………ほ、ほ～ん……？」

淡々と報告を終えたジブリールとイミルアインに、空は困惑混じりの相槌《あいづち》を打ち。

そしてシェラ・ハに半眼を向ける一同の疑問を、再び代弁して問う。

「え……天翼種《ジブリール》と機凱種《イミルアイン》に同時に挑んだの？　え……バカなの……？」

――『十の盟約』に基づき、挑む側が極めて不利なのはこの世界の大原則。

あまつさえ、そんな世界を代表する、二大デタラメ種族を、同時に……？

……はて。記憶違いだろうか？

さっきコイツ〝最も優れた知性を有する妖魔種《デモニア》〟を自称したはずだが。

――もしも。万が一、その自称が事実であれば、妖魔種《デモニア》って……

「【肯定】　当機も同様に判断。当機に全権が移った当該個体の処遇を検討した」

呆《あき》れ顔《がお》の空に、イミルアインは同意を示して粛々と報告を続ける。

「【経過】　番外個体《イレギュラー》のしつこい『即刻自害♥　首ゲット♥』なる提案は棄却。ご主人様達《たち》に処遇を仰ぐべきと判断して拘留――一時記憶《テンポラリ》領域から欠落《ロスト》した。ごめんなさい」

……お、おう……

「ま、まあジブリールを止めたのはぐっじょぶ。その後の判断も的確だ」

危うく人死に案件を回避してくれていたらしいイミルアインを、空《そら》は賞賛したが、

「……イミルアイン、が……〝忘れる〟……って、珍し、い……かな？」

確かにイミルアインは些《いささ》か——いや、かなりポンコツなところはあるが。

機械の種族がうっかりで忘却なんてするのか……？　と怪訝《けげん》に呟《つぶや》いた白《しろ》の疑問に。

だが、答えたのは同じく忘れていたジブリール——


「その……現在の妖魔種《デモニア》は、敵にも味方にもなれない——全く無価値な種族で……」

「【結論】四〇八年前消滅した『魔王』不在の妖魔種。脅威度・優先度共に最低評価。『智《ち》のシェラ・ハ』捕獲報告。ご主人様達《たち》の睡眠時間を削減する価値——なし。ご主人様達の起床ルーチンを阻害する価値——なし。実行予定記憶《アクティブタスク》から保留を重ねた結果、記憶欠落《データロスト》。……ごめんなさい。当機が保有したままの当該個体の全権。ご主人様に委譲する」

と。揃《そろ》って深々と陳謝する二人に。

流れで雑にシェラ・ハの全てを譲渡された空と白は、小首を傾《かし》げた。

——現在の妖魔種《デモニア》は〝敵にも味方になれない無価値な種族〟……？

——あまつさえ、四〇八年間も『魔王』が不在とは……？

その詳細を問おうと口を開きかけた空に、

「くっくっく……まさにその誤った認識を正しに参りましたですして――」

食事を終えたのか口元をナプキンで拭きつつ、シェラ・ハが邪悪《アホ》な笑い声を上げ。

そして「おっと」と一旦言葉を切ると、ステフに対して頭《こうべ》を垂《た》れた。

「大変美味なお食事でした。虜囚の身に余る待遇に感謝致しますです……くくっ」

「――へ？　あ、は、はい……お、お粗末様、ですわ……？」

あくまで気品に満ちた声音と仕草で、丁寧に両手を合わせて。

律儀にステフに感謝を述べてから、わざとらしい邪悪な含み笑いを付け足す。

その様に誰もが困惑する中、顔を上げたシェラ・ハは一際深く微笑《ほほえ》み右手を上げた。

「――――っ!?」

その手。シェラ・ハが掲げた柔らかい握り拳に――何かを感じ取ったのか。

ジブリールとイミルアイン、いづなと、ティルに至るまで。

つまりは人類種《そらたち》以外が臨戦態勢をとり――そして。

シェラ・ハは尾のような蛇の一つでカンぺらしき紙を取り出すと共に――

「えー『いざ仰げ者ども！　しかして絶望せよ！　魔王の復活である!!』――けほっ」

それを大音声で読み上げたシェラ・ハが、噎《む》せつつ掲げた拳を開いた、直後。

――天が闇に覆われ、雷鳴が轟《とどろ》き。風が渦巻き――そして、

「────っっっ!?」

と。ティルが青ざめた顔で息を呑《の》んだのを、空《そら》だけが気付いた────……

■■■

世界が溶けていく。
シェラ・ハが頭上に掲げた掌《てのひら》を基点に、ぐにゃりと視界が廻《まわ》る。
──気が付けば、空達《たち》は城の食堂ではなく、荒野に立っていた……
血色に染まった天に歪《ゆが》む雷鳴、一秒後にでも瓦解しそうな──滅びかけの地に。
そして天に渦巻く暗雲から、糸を紡ぐように収束した闇が落ちてくる────……
「──な、なんだ……?」
辛うじて疑問──否《いな》。明確な〝恐怖〟が、空の喉から零《こぼ》れた。
ああ──この世界は『十の盟約』によって、危害も損壊も不可能である。
故に眼前に広がった光景が現実ではない──幻だとは明瞭に理解できた。
だがその理解と同等に明瞭な──強烈な不安と焦燥が、一同の胸を衝《つ》いた。
──誰の手にも負えないナニカが現れようとしている──と……

果たして――その確信を肯定するように。

紡ぎ糸のように天から落ちた塊――人知の及ぶべくもない闇は。

その言の葉で、そこに在る生命から希望を奪って、縫い止めた。

「此《これ》は〝希望を喰《く》らう獣〟――」

ああ――それは恐怖と、絶望の具現……

「此は〝全を滅し、されど不滅の幻想〟――」

ああ――それはあらゆる命を蝕《むしば》む天敵。

「滅ぶべき運命《さだめ》の哀れなものどもよ四〇〇余年の泡沫《うたかた》の安寧――愉《たの》しめたか？」

初めて聞くその声に、思考が吹き飛ぶ――だが知っている。

衝撃に揺れる頭でも、それが何者か――理解できてしまう。

「此《こ》の身を忘却に追いやった愚かなるものたちに、今再びあえて名告《なの》ろう――」

その言葉とともに。

それが漆黒の翼を広げた瞬間、天が晴れた。

渦巻く暗雲が砕け、血色に輝く空に抱かれた、荒野の中心で。

天地全ての闇が凝縮して現出したそれは――高らかに告げた。

「我《ボク》こそ——『魔王』である……ッ!!」

…………、

……………………、

誰もが声もなく佇《たたず》む中、闇の塊——『魔王』は。

獣毛に覆われた黒翼を広げ、金色の瞳で地上を睥睨《へいげい》し、

「……は。我《ボク》の威容に声も出ないと見える……まァそれも仕方あるまい。抗《あらが》えぬ絶望を前に打ち拉《ひし》がれるはおまえたちに許された最後の特権だ。不屈の『勇者』——おまえたちとてその勇気を奮い立たすには刻《とき》も要るであろう」

そう——『魔王』は、愉悦に口を歪《ゆが》め——

「——佳《よ》いぞ。その絶望と恐怖は、魔王たる我《ボク》への礼賛である。沈黙の不敬は、弱者への寛容によって赦《ゆる》す。くく、くはは……くぁ——はっ!!」

と——自称『魔王』が高らかに笑いを響かせ続け。

ただ沈黙……否《いな》、言葉が見つからない一同の中——

「……な、なあ……アレって……」

意を決し口を開いた空《そら》を、だがシェラ・ハが丁重な早口で制する。

「くくっ……あ、失礼大変申し訳ありませんですが今は久しぶりの魔王様ムーヴに絶好調《ノリノリ》な魔王様を鑑賞するのに忙しいのでしばしのご静聴をお願い致しますです？」

……あ、はい……

二の句が継げなくなった空は口をつぐみ、改めて――それを見上げる。

確かに……誰も声が出なかったのは『魔王』の言葉通り、その威容――……

……威容、というか姿。キャラデザに言葉を失ったからに他ならなかった。

そう、それは――

全ての闇が凝縮した――〝黒い毛玉〟であった……

もちもちの肉が、もふもふの毛に包まれた、もこもこの――可愛《かわい》い物体《なにか》だった。

翼のように広がる大きな垂《た》れ耳……とゆーか翼で、ぱたぱたと宙に浮くそれは。

一言で言えば――二頭身の……ケモいマスコットだった……

――姿を現した際の、問答無用の――本能的恐怖は本物ながら。

されど、仰々しい台詞《せりふ》も高笑いも……例えるならロリ声で人気の声優がショタキャラに声を当てたような……舌っ足らずで、甲高いのに聞き取り易《やす》い――可愛さの塊であり。

そんな魅惑のボイスが、なおも威厳を見せつけようと可愛く続けていた……

「怖《おそ》れよ。讃《たた》えよ涙せよ!! 世界を二分せし魔王軍が世界を滅ぼす刻《とき》が来た!!」

……うん、そだね、可愛《かわい》いね。

あざといまでに可愛い声を発する毛玉《まおう》が、プリティに何かを宣告する。

「そして終焉《しゆうえん》に抗《あらが》う愚かなるもの――すなわち勇者――おまえたちよ。我《ボク》が許す!! 怖れ戦《おのの》き、震えながらも足掻《あが》け! 健気《けなげ》な勇気を胸に、哀れな希望を信じて絶望に挑む、その蛮勇こそが我《ボク》の寵愛《ちようあい》に値する!! くっくっく……くぁ――はっはっはっはっは!!」

と、毛玉《まおう》が舌っ足らずな高笑いを上げ、翼(耳?)を広げると――


――再び、ぐにゃりと視界が歪《ゆが》むや、血色の空の荒野は一変。

次に現れたのは、深い森の中――黒く浮かぶ不気味な『塔』の輪郭だった。

……空達《そらたち》の視界を奪っているのか、それとも空間そのものを書き換えているのか。

かくなる映像は、空撮のように流れ行き――そして空達に気づかせた。

森に見えたのは、地上を埋め尽くすまでに犇《ひし》めく〝大軍勢〟だった、と……

ゴブリンやオークから、名前もわからない異形の『魔物』まで。

多種多様な妖魔種《デモニア》の群れに――よく見れば森精種《エルフ》や龍精種《ドラゴニア》の姿まで交ざっていた。

――世界を滅ぼすに足りて余ろう光景。不安を煽《あお》る重厚なBGMまでが鳴り響き。

そして地上を見下ろす映像の隅に、凝った字体《フォント》の人類語で、こう表示されていた。

──『魔王軍（イメージ映像）』と……


その表記に……誰もがずっと言葉を失っている中。

高笑いを続ける毛玉《まおう》はぱたぱたと、黒き『塔』の頂へ遠ざかっていき。

やがて暗転。真っ暗になった視界に、再び人類語の表記が浮かび上がり。

舌っ足らずの魔王ボイスが、それを読み上げた──そう……

──『世界滅亡かみんぐすーん』と……

────、

気が付けば、視界は元のエルキア王城食堂に戻っていた。

滅びかけの荒野でも、黒い塔を見下ろす空中でもない。

いや、そも先程目にした全てはただの幻──映像が終わっただけだ。

故に──


「くっくっく!!　ど～だシェラ・ハ!?　どうだった我《ボク》!?　カリスマであったか!?」

「御意ッ！　ああ魔王様!!　ええ、ええ、大変にお可愛い──もとい恐怖と威厳に満ちた魔王様の演説にこのシェラ・ハ感動の涙を禁じ得ませんです!!　くっ、うっく……」

「くぁ～はっは!!　じゃ～演出を考えた映像事業部に特別賞与を手配するがよい!!」

「嗚呼《ああ》、申し訳ございませんです魔王様！　シェラ・ハは現在虜囚の身――」

「ぬ!?　あそっかそうであった。では我《ボク》のお小遣いでおやつの差し入れでもしよう!!」

「嗚呼！　魔王様直々の激励――皆、感涙に噎《むせ》び泣《な》くことと存じますです！」

――と。

全てが幻と消えたはずの中、ただ一つ現実に残った黒い毛玉――『魔王』と。

その魔王をひたすら褒《ほ》め称《たた》え感涙を流すシェラ・ハだけが残された……

そのやり取りに、空《そら》は半眼から戻らない眼《め》を向けて、問う。

「えーと……とりあえず、シェラ・ハって、呼べばいい……のかな？」

「――あ、はい？　え、ああ……はい。現在のシェラ・ハの身柄は勇者様方に保有されていますですして。どうぞお好きに呼んでくださいです……あ。くくっ……」

「……そうか。ところでその邪悪に付け足して笑うの、無理してんならやめたら？」

――本当はそういうキャラじゃないの、もうバレてるし……と。

告げた空に、だがシェラ・ハは優雅に微笑《ほほえ》んで、頭を下げた。

「くくっ……お気遣い感謝致しますですが、この笑い方は魔王軍・統合参謀本部議長としての義務でございますです……辞任した身とはいえ、ＯＢとして」

……あ、その口調、仕事の内だったんだ……と。

あくまでも邪悪っぽく笑いつつ、礼儀正しく上品に振る舞うシェラ・ハに。

空は、脳裏で渦巻き増殖する大量の疑問に頭を抱えて。

それらをどう優先して処理するか苦悩する中——

「……な、なあ……すまねぇ、です……いづなぁ、もー限界——です!!」

「んなぁ——!?　ちょ、お、おいシェラ・ハ！　なんだこのわんこは!?」

——『魔王』がその姿を現してから、ずっと四《よ》つん這《ば》いで身構えて。

大きな尻尾ごとお尻を揺らしていたいづなが、痺《しび》れを切らし魔王に飛びかかった。

「な、何をするおまえ!?　勇者一行にしても勇気に限度があろう!!　我《ボク》魔王ぞ!?」

と。可愛《かわい》らしい悲鳴を上げる毛玉に、興奮に濡《ぬ》れた幼女が猛然と絡みつく。

……『魔王』の姿が、いづなの秘める獣の本能をいたく刺激したのだろう。

猫が毛糸玉を弄ぶように、げしげしとオモチャにされる毛玉《モノ》の姿に——

「…………よし、じゃーいくつか質問させてくれ。さしあたり——」

ようやく思考を整理できた空は。

まず先程制された問いを、改めて問うことにした。

——つまりは。

「この……なんだ。もうちょいデフォルメすりゃぬいぐるみとして商品化できそうな見た目した毛玉が……正真正銘、ガチで、本物の『魔王』ってことでいいのか……？」

「は～な～せ～よ～我《ボク》確かに弱者に寛容って言ったけど、そろそろ怒るぞぉ!?」

いづなに抱きつかれ、逃げることもできず涙目で訴える、この毛玉が。

――こう……『魔王』の使い魔、とか……

あるいは何かの手違いでデフォルメされている、とかでもなく。

正真正銘の、ホンモノの『魔王』の姿なのか？　と問うた空《そら》に。

「くくっ……ええ、いかにもこの御方《おんかた》こそ偉大なる魔王様に他なりませんです！」

シェラ・ハはジタバタ藻掻《もが》く毛玉に敬意を込めて頷《うなず》き――補足した。

「厳密には、本国に御座す『塔と領域』こそが魔王様の本体でいらっしゃいますですが。

しかしこちらの御姿《おすがた》も、シェラ・ハが拝領した魔王様の『核』の一欠片――その偉大なる御力《おちから》の一部と申せ、正真正銘、本物の魔王様に相違ございませんです。くくっ……」

「…………そっか……」

「……この、モフい、のが……『魔王』……」

「ぉいわんこ!!　我《ボク》魔王ぞ!?　不敬!!　魔王に噛《か》みつくとはどういう神経してんの!?」

よくわからないが、ついにいづなに甘噛みされ始めたこの毛玉が。

どうやら本体ではないにせよ『魔王』には違いないのは確かであり。

ならば先程の一連の演説も、間違いなく『魔王』直々の言葉であるらしい。

「くくっ……ちなみに原寸大魔王様ぬいぐるみは大好評販売中、妖魔種《デモニア》の職人が手触りと抱き心地に拘《こだわ》った匠《たくみ》の逸品ですが、お一ついかがでしょう？　くっくっく……」

そう言って、シェラ・ハがどこからか取り出したぬいぐるみに。


――ちょっと欲しいかも、と。


現在進行形で魔王《オモチャ》を弄んでいるいづなは勿論《もちろん》のこと。

白《しろ》とステフ、不覚にも空でさえ――ちょっと、そう思ったが。

「いや……今はいいや。それより次の質問をさせて貰《もら》えるかな……」

「……くくっ……実に残念です……こんなにお可愛《かわい》――もとい怖ろしいですのに……」

そう器用に、邪悪に笑って落ち込んでぬいぐるみをしまうシェラ・ハに。

空は前提確認を済ませた今、順番待ちする膨大な数の問いを。

順番に、吠《ほ》えることにした。

すなわち――

「なんで今世界滅ぼすん⁉ 今じゃね〜〜だろ空気読め空気をお⁉」

——エルキア連邦と、対エルキア連邦戦線……

世界が二つの陣営に別れ、睨《にら》み合《あ》い、削り合いをしているっていうこの現状!!

ただでさえクソ面倒くさく混迷極めてる世界情勢で、ここへ来て〝第三勢力〟⁉

「これ以上話をややこしくすんなっつ〜か妖魔種《おまえら》『戦線』側だろ⁉」

そう頭をかきむしる空《そら》の訴えに、

「……くっくっく？ なんでと仰せになられても困惑致しますです」

だがシェラ・ハは邪悪な笑いに疑問符を付けて、小首を傾《かし》げた。

「世界の半数が魔王軍に降《くだ》り、魔王様も御復活あそばされた——今この時に世界を滅ぼさずして、逆にいつ世界を滅ぼせばご納得頂けますです？ くっくっく」

ご要望があれば一応検討したいと存じますです——と真摯に問うたシェラ・ハに。

……ああ、なるほど確かに、と。

空もまた真摯に頷《うなず》き、己の間違いを認め、改めて——訂正を吠《ほ》えた。

「いつであろうと滅ぼさないでくんね!?　っつ〜〜〜かおまえも『魔王』も〝世界の半数〟とか言ってるけど――もしかしなくても〝魔王軍〟って『戦線』のこと言ってんの!?」

先程の演出でも、まるで『魔王』こそが『戦線』を従えているかのようだった。

よもや『魔王』――つか妖魔種《デモニア》、自分達《たち》が『戦線』の頂点だと思ってるのか!?

創造主含めてマジモンのバカ種族なのか――!?　と

そう頭痛を堪《こら》えて嘆く空に。だが――

「くくっ……申し訳ありませんです。シェラ・ハには質問の意図がわかりかねますです」

シェラ・ハはいたって丁重に、こてんと首を傾げて返す。

「『戦線』の勝利とはすなわち『殲滅《せんめつ》』であり、その先に待つのはさらなる戦争でございましょう。それが繁栄の未来であるはずもなし――ならば必然『戦線』の最終的な望みとは世界の滅亡である、とシェラ・ハの『智《ち》』は理解しておりますです。くっくっく……」

――よもやそんなこともわからない知的生命体などいようはずもなし、と。

いっそ傲慢なほど、心の底からそう疑う素振りもなく告げたシェラ・ハは。

沈黙するしかない空や白《しろ》、ステフの反応を肯定と受け取ったのか――

「であれば、それは魔王様の――ひいては妖魔種《われわれ》の悲願である世界滅亡に賛同し、軍門に降ったと解釈できますです。妖魔種《われわれ》だけでは到底為《な》し得《え》なかったであろう偉業を、よもや世界の半分が後押ししてくださるとは。大変喜ばしいことと存じますです――くくっ！」

と、感激に打ち震える『智《ち》のシェラ・ハ』の、付け足した笑い方が。

今の、この瞬間だけは──本当の意味で、邪悪な歓喜に聞こえた。


──もしやコイツ、本当に自称通り頭がいいのでは？

少なくとも──『戦線』の中では誰よりも……と……


不本意にも反論できない主張に浮かんだ疑惑は、だが一旦脇に置いて。

「──なるほど。じゃー最後に、ここまで流してきた質問をさせてくれ……」

そう一息ついて、空《そら》はあえて最後にとっておいた疑問を。

満を持して、高らかに、そもそものところ、と──


「根本的に──なんで世界を滅ぼそうとすんだ⁉」

ああ、確かにここは『盤上の世界《ディス・ボード》』──ファンタジー世界だ。

度々『魔王』の存在は耳にしていたし、魔王が世界を滅ぼそう、あるいは征服しようとするは古今東西、当然の流れであり今更驚くこともない──自然なムーヴかも知れない。

だが──いざその当事者となれば問わないわけにはいかない。

元の世界のファンタジー作品なら、時には禁忌である問いを。

すなわち──

「**世界滅ぼしたらおまえらも滅ぶだろ!?　目的イズ何!?　何がしたいんだ!?**」

──〝自殺〟に一々世界を巻き込むな!!　と。

数多《あまた》の作品への空の切実な訴えに。だが──

「くくっ……それは…………………うーん？　……あれ？　何故《なぜ》ですかね？」

──────、

「強いて言えば、魔王様がそう望まれたから、となりますですが……考えてみれば不思議です。魔王様、何故世界を滅ぼそうとお考えになりましたですか？　くくっ……」

……生まれて初めて抱いた疑問だったのか、シェラ・ハは魔王にそう問い掛け、

「んむ!?　なんでって──我《ボク》が魔王だからであるが!?」

「御意！　なるほど当然でございましたです。シェラ・ハの愚問をお許しくださいませ」

「うむ赦《ゆる》す！　赦すからそれよりこのわんこをそろそろなんとかせよ!?」

そしてついにいづなに蹴られ出した魔王の返答に満足した様子に──一方。

「ジブリ─────ル!!　妖魔種設定《コイツら》の詰めが甘いぞ『魔王』ってなんだああ!?」

一切満足できなかった空は、適切な解説を求めて悲鳴を上げた──

■■■

――再度、場所を変えて――エルキア城・玉座の間。

だが食堂から移動してなお変わらず……そこには可愛《かわい》い悲鳴が響いていた。

「～～～いい加減誰かこのわんこに我《ボク》を解放させよ!! 我《ボク》魔王だぞ!?」

「……や、です。コレ、いづなん、です。ぜってー放さねぇ、ですっ」

と――よほどこの『魔王《ぬいぐるみ》』が気に入ったらしい。

大事な玩具《おもちゃ》を取り上げられまいとするいづなが眼《め》を潤ませて訴える様子に。

空《そら》は優しく微笑《ほほえ》んで頷《うなず》き――『魔王』に、言い放った。


「……いいや違う。おまえは『魔王』じゃない」

「は～ぁ!? 我《ボク》魔王だが!? どっからどう見ても魔王であるが!?」

「見れば見るほど『魔王』じゃないのはさておき、おまえは『魔王』じゃないんだよ」

そう言い切った空は――そもそもいづなが魔王の意志に反していること。

つまりは『魔王』をオモチャにできていることがその証《あかし》、と語る――

「おまえは〝『魔王』の断片〟――シェラ・ハに所有されてる欠片《かけら》で、本体じゃない――

つまりシェラ・ハの所有物だ。で、シェラ・ハの〝全て〟は今俺らが保有してる」

「――――」

――よって〝ここにいる毛玉《まおう》〟に『十の盟約』の保護はなく。

「つまり、いづながおまえをオモチャにするのを止める力はどこにもない……諦めろ」

「あるよ!?　この我がシェラ・ハの所有物ならシェラ・ハかおまえたちが止めさせよ!!」

「それがないんだよ……何故《なぜ》なら」

「……しろ、達《たち》に……止める意志、が……ない、から……っ」

「ああ、申し訳ございません魔王様！　勇者様方に保有されているシェラ・ハにはどうすることも……くっ、魔王様が幼女に虐《いじ》められるとは何とおかわわ、もといお労《いたわ》しや！」

「シェラ・ハ!!　さてはおまえも止める意志がないな――っておい回すなわんこぉ!!」

ともあれ――無事全方位から『魔王』をオモチャにする許諾を得て。

嬉《うれ》しそうに毛玉《まおう》をお手玉し始めたいづなと、それを眺めるシェラ・ハを尻目に。

――改めて、

「【解説】個体通称『魔王』――【十六種族《イクシード》】位階序列・第二位『幻想種《ファンタズマ》』の突然変異」

「まず幻想種《ファンタズマ》を簡単に説明しますと――〝現象生命〟と定義される種族でございます」

イミルアインとジブリールは、空と白《しろ》に傅《かしず》き。

魔王を説明するため、まず幻想種《ファンタズマ》について――そう切り出した。

「幻想種《ファンタズマ》は〝かつて実際に発生した現象〟または〝今なお続く歴史的事実〟に基づく幻想──畏怖や恐怖など、その現象への『共同幻想』が形を帯び、その起源《もと》を再現する機構《システム》として顕現するに至った存在の総称、でございます」

──なるほど。全然わかんねぇ……

さすが位階序列二位──一位《かみさま》に次ぐデタラメ……と白目を剥《む》く空《そら》と白《しろ》は、

「例として──〝天に浮かぶ陸〟や〝全てを朽ち殺す霧〟あるいは〝大陸を覆う暴風雨〟など過去の天災──これらが意思を見出《みいだ》され、発生したのが幻想種《ファンタズマ》でございます」

「【当然】唯一神制定後、新たな個体発生は未観測。大戦時の残存個体のみの種族」

「……んな～るほど……？」

「……あー……」

続いた二人の言葉に辛くも、その概要だけは掴《つか》めた気がした。

──元の世界でも、地震や津波などの災害……

それらに意思を想起した者らにより〝神話上の怪物〟が生まれた事例は多い。

バハムート《地震》やテュポーン《台風》、ヴリトラ《日照り》に、ヤマタノオロチ《洪水》等々──

どうやらこの世界では、それら怪物が本当に発生していたということらしい。

……つくづく、よく大戦を生き残れたな……人類種《イマニティ》……

「ですが、突然変異体である『魔王』は色々と特殊でございまして」

辛うじて理解を追いつかせた空と白に、ジブリールとイミルアインは続ける。

「『魔王』は未発生の現象──〝世界滅亡という現象《げんそう》〟が形を得たもの。故に再現ではなく能動的にその現象を引き起こすべく機能する幻想種──とされています」

「【具体】生命根絶目的の無差別攻撃。【手法】妖魔種《デモニア》創造。及び自己領域の拡大等」

「一方で、何故《なぜ》か己を討伐せんとする者を『勇者』と呼称し、己の本体中枢──『塔』の中へ招き入れるなど、不可解な行動も多い謎めいた幻想種《ファンタズマ》でございます」

「【補足】幻想種《ファンタズマ》は『核』を破壊しない限り時間経過で復活。【逆説】『核』を破壊されると完全消滅……『魔王の核』は『塔』内部に存在。わざわざ敵を招き入れる意図。不明」

……ふむ。

正直なところ、空と白にはやはり曖昧にしか理解できなかったが。

つまるところ……『魔王』は世界滅亡という〝現象〟であって？

そういう存在《モノ》だから──で〝特に理由もなく世界を滅ぼそうとする〟もので？

挙げ句の果てに、自分を倒そうとする者を『勇者』と呼んで歓迎する……と。

ジブリール達《たち》の説明からそう理解した空は、いづなに弄ばれる毛玉を見やる。

──なるほど。俺らを『勇者』と呼んでいた理由はついに判明した。

なら、ついでだ──

「折角《せっかく》本人がいるんだ、直接訊《き》こうか……おい毛玉。なんでそんなことすんだ？」

自分を倒そうとする存在をわざわざ歓迎する『魔王』――

そんなお約束への答えを、だが期待せず問うた空《そら》に、案の定。

「くく、はーっはっは!! 愚問だな勇者!? 無論――我《ボク》が魔王だからであるが!?」

「やっぱ話にならんか。いづな、もうちょい強めに遊んでやれ」

「うぉおい――!? え、なんでなんで!? 我《ボク》完璧な回答したであろうシェラ・ハ!?」

「御意。魔王様は常に完璧にして無敵の可愛《かわい》さでいらっしゃいますです。くくっ……」

答えになってない答えを返した毛玉とそれを賞賛する者はいづなに任せて。

そんな間抜けな毛玉なら、必然生じる疑問を、空は続けて口にした……

「……『魔王《こいつ》』……そんな生態でよく大戦を生き残ったたな……」

全生命への無差別攻撃――つまりは、神々やら天翼種《フリューゲル》やら機凱種《エクスマキナ》……

世界を滅亡半歩手前まで追いやった連中に、無差別で喧嘩《けんか》を売りまくって？

しかも『核』があるという、その本体――『塔』への侵入をも歓迎する……

……世界を滅ぼすどころか、自滅ＲＴＡでもやってる勢いでは？

そう訝《いぶか》しんだ空に――だが、果たして返された答えは、

「はい。極めて遺憾ながら――『魔王』の討滅は事実上不可能でしたので」

「【記録】大戦。機凱種《エクスマキナ》は十六回『魔王』討滅を試み『塔』へ侵入。十六回全機喪失《ロスト》」

——神殺しの決戦兵器《デタラメ》どもを以《もっ》てしても〝討伐不可能〟と断じた結論に。

誰もが眼《め》を剥《む》く中、ジブリールとイミルアインは淡々と報告を続ける。

「『魔王』という幻想種《ファンタズマ》にはその奇怪な性質から数多くの異名がございます」

「【列挙】破滅の幻想。黒き夢。希望を喰《く》らう獣。終焉《しゅうえん》機構——そして」

——《絶望領域》……と……

「その異名通り——〝希望を喰らい尽くす領域〟という内包世界を有します」

「————」

「【解説】『魔王』の《絶望領域》に侵入した、あらゆる生命——有機物・無機物・実体の有無さえ問わず——は無条件でその一切の〝希望〟を喰い尽くされ〝絶望〟する。結果、自害または生命維持の自主放棄が観測される。これを回避する手段。——不明」

「つまり『魔王』に挑んでも戦う意欲を——生きる意欲ごと奪われ生ける屍にされます」

………と。

ただただ絶句するような言葉を、だが二人はなおも重ねて言う。

「また『魔王』内部——『塔』内に侵入して、生還できた者はいませんで——」

「【必然】当該情報は全て〝『塔』外部で発生する現象〟に基づく推測。不確定事項」

──それが意味するのは。そう──

『魔王』は〝巨大な塔を中心とした領域〟そのものでして。その内包する性質《せかい》は『塔』の内部のみならず、時間経過に比例して拡大し、外部を──世界をも浸食し始めます」

「────」

「その性質から当然──大戦時、多くの者が『魔王』の完全討滅を試みました」

「【既出】機凱種《エクスマキナ》。天翼種《フリューゲル》。森精種《エルフ》。地精種《ドワーフ》。また比較的弱い個体ながら神霊種《オールドデウス》の『魔王』討滅試行が二例──記録在り。【報告】成功例はゼロ。全て失敗」

誰にも……神さえ止められなかった、絶望。

世界を浸食、拡大して希望を喰《く》らう──絶望という領域。

ならば、それがいったい、何を齎《もたら》したのか──？

「【開示】機凱種《エクスマキナ》が記録した最大の拡大事例《インシデント》──ガラルム大陸全域。および隣する二大陸の計約四七％まで《絶望領域》拡大・浸食。当該影響圏内の全生命反応の消失を確認」

──……と。

淡々と話を締めくくったジブリールとイミルアインに。

「────……………」

……空《そら》と白《しろ》、ステフは、ただただ言葉も出なかった。

あまりにも途方もなさ過ぎて、想像すらできない。

それ自体が、既に『絶望』と呼ぶに相応《ふさわ》しい話に。

そして、何より――


「おま――その姿《ナリ》でそんな物騒なん!?　ギャップで風邪ひくぞ!?」

「くぁ〜〜〜っはっは!!　ようやく我《ボク》の怖ろしさを理解したか愚かなものたちめ!?」

想像を絶する凶悪な毛玉だったらしき『魔王』は、そう傲慢に笑い――

「理解したなら、このわんこから我をはやく解放せよ!!　我《ボク》もう涎《よだれ》まみれだぞッ!?」

続けて――一連の話をまったく聞いていなかったのか。

意に介する様子もなく己に戯《じゃ》れ続けているいづなを指して、高らかに懇願した。

だが、空達《たち》は空達で意に介する余裕がなく。故に放置して、唸《うな》る――

「つまり『魔王』の《絶望領域》が世界全土を覆えば、本当に世界が滅ぶ、って？」

……生命を問答無用で自死させる、神さえ討伐不能な拡大する領域。

この――舌っ足らずな、お可愛《かわい》いぬいぐるみ（ナマモノ）が……と。

第一印象をなんとか払拭し〝脅威〟と再評価に努める空と白、ステフに。

だが――

「【否定】あ。ご主人様。それは杞憂《きゆう》。心配ない」

「はい。なにせ確かに討滅は不可能ながら——無力化は容易かったので♪」

その第一印象を改める必要はない、と言わんばかりに。

散々絶望を語った二人は一転、気軽なノリで言葉を重ねた。つまり——

「【解説】『魔王』の『核』が存在する『塔』ごと外部から——魔王領全域への無差別飽和攻撃で文字通り〝消滅〟させる。——以上で最短五八年『魔王』は活動不能にできる」

「当然『核』が健在なので何度でも復活しますが。何度でも焼き払うまでで♥」

そう、大戦時の——『魔王』の処理法を語った天翼種《ジブリール》と機凱種《イミルアイン》に、

「それ!! それだぞ!? ずっと言いたかったが——おまえたち矜持《きょうじ》はないのか!? 勇者は勇者らしく正々堂々挑めよ魔王を高高度爆撃で葬ろうとする勇者がどこにいる!? ふん、ま〜所詮それでは我《ボク》を滅ぼせないのだから? 無意味な抵抗だったわけだが!?」

そう悠久の刻《とき》を重ねた毛玉の渾身《こんしん》の抗議に、空《そら》と白《しろ》は揃《そろ》って天を仰いだ……

……つまり、なんだ? 『魔王』——このぬいぐるみは。

復活するたび——『くっくっくっ……くぁーははは! さあ今度こそ世界滅ぼすぞ!? 来たれ勇者よ我《ボク》を止めてみせるがいい——』って、おやぁ〜?』と……

天からの問答無用の飽和爆撃《ぼうりょく》で黙らされてきた、ということらしい。

……なるほど世界滅亡の幻想。希望を喰《く》らう獣……《絶望領域》……

紛《まご》うことなき絶望の化身なる怪物は――ああ、だが悲しいかな。

世界を――滅亡半歩手前まで追いやった、それ以上の理不尽共《ぜっぽう》を前には。

――相対的に見れば、さしたる脅威ではなく。そして更に悲しいかな――

「あ、ちなみにマスター。『十の盟約』がある現在――大戦の頃のような武力制圧はできなくなりましたが。同時に――《絶望領域》ももちろん無効でございます」

――――、

「……そりゃ、まあ……そうだよ、ね……」

「冷静に考えりゃ――〝強制的に生命を自死に至らしめる〟って……」

「言い訳の余地なく盟約に反しますわね……？」

つまり大戦時でさえ、脅威に値しなかったという『魔王』が――現在。

ほぼ無力化されているという事実に空と白、ステフまでも呆然《ぼうぜん》と零《こぼ》す。

そうなると、必然――

「『魔王』の《絶望領域》は『塔』内部――つまり相互同意のゲームに基づく場合に限り」

「【付随】『魔王』は『塔』にして『領域』自ら動けない。【結論】当該毛玉は何もできない」

――可愛《かわい》らしい毛玉から、恐るべき毛玉、そして今度は不憫《ふびん》な毛玉へと……

ジェットコースターの評価変動を経た『魔王』に憐憫《れんびん》が浮かぶが――

「……なるほど。この毛玉が見た目通りに人畜無害な毛玉なのはわかった」

「我《ボク》魔王なのだが!?」

「けどおまえら気になること言ってたな。『魔王』不在の妖魔種は無価値って」

実際問題『魔王』はこの通り復活したわけだが。

では、その評価はどう変わるか──と問う空《そら》に。

「はい。確かに『魔王』が復活した以上、妖魔種《デモニア》の評価は少し変わってきますね」

「【肯定】【再評】妖魔種《デモニア》の評価──〝無価値〟から〝事実上無価値〟に。再設定」

──ゼロから、限りなくゼロに近くなった、と。

ともあれやはり無に等しい評価の根拠として──

「理由は二つ。まず──根本的に妖魔種がザコでバカだからでございます」

「────」

ジブリールがにこやかに指を一本立てて、問答無用の〝まず〟を断じ、

「【詳細】妖魔種《デモニア》は個体群による知性・能力に極端な差がある種族。ただしその上限は共に著しく低い。ゲームでは脅威に値しない。番外個体《イレギュラー》の評価は珍しく正当。ざこ。おばか」

更に追撃したイミルアインに、空は引《ひ》き攣《つ》った顔で食い下がる。

「や……で、でも、そこのシェラ・ハは『智《ち》のシェラ・ハ』なんだよな……？」

――よくわからんが、こう、二つ名？　ネームド的なアレなら強いのでは……？

それに自称でも『最も優れた知性を有する』って話だし――？　と訝《いぶか》しむ空に、

「はい。確かに大戦時――『魔王』は復活する都度、己の直轄の親衛隊――《八殲騎》や《七壘帝》、《四天王》など……特別に強力な妖魔種《デモニア》群を度々創造していました」

相変わらず期待を裏切らぬお約束設定を語ったジブリールは、だが。

「まあ、その都度、主に天翼種《わたくしども》がゲーム感覚で首を狩っていましたが。なにせワンオフのユ・ニ・ー・ク・ザ・コ――強・め・の・ザ・コとはいえ、レアリティはそこそこ高かったもので♥」

「…………」

同じく相変わらず期待を裏切らぬお約束ブレーカーぶりを続けて語り。

半眼を向ける空と白《しろ》をよそに、ジブリールは笑顔のまま――

「あちら『智のシェラ・ハ』はその最初期――四万年以上前に創られた《九魔将》最後の生き残りで、天翼種《わたくしども》が最後まで首を狩れなかった唯一の個体なのは事実でございます」

と、柔和な微笑《ほほえ》みを浮かべたシェラ・ハに視線を向けつつ言う。

「……じゃー、やっぱめっちゃ強いんじゃん……」

天翼種《フリューゲル》から四万年逃げ延びた実績――想定を超える強キャラな設定に。

なるほどジブリールが首を欲しがるわけだ、と納得した空と白に、だが――

「【否定】当該個体は戦闘力皆無。知性水準も低い。ただし、機凱種《エクスマキナ》による計十二回の空爆――その全てにおいて、交戦開始直前で戦闘領域から離脱。消息を絶ち続けた個体」

「つまり、主《まおう》を見捨てて逃げることに限り知性を発揮するザコ、でございます♪」

そう――特筆する力などなく、その知性も〝逃げ隠れ特化〟である、と。

身も蓋もなく断じた二人に、意外や愕然《がくぜん》としたのは――


「――ぇ。シェラ・ハよく生き延びるな～って思ってたが我《ボク》見捨てて逃げてたの⁉」

ガーン、と擬音を背負って涙目になる毛玉だった。

だが――

「御意！　魔王様に賜ったこの智《ち》を示せ、との御命令承りましたです。くくっ……」

いったい何を御意ったのか――ともあれシェラ・ハは、バッ、と。

ジブリールとイミルアインに向き直り、邪悪に語り出した……

「くくっ……確かに皆様の仰《おつしや》る通り、智のシェラ・ハは戦闘において《九魔将》最弱――いいえ⁉　歴代親衛隊で最下等の戦力であると断言致しますです‼」

と、高らかに己の弱さを誇ってみせ――ならば、と！

「そんなシェラ・ハが、天翼種《フリューゲル》や機凱種《エクスマキナ》の飽和攻撃を前に踏《ふ》み止《とど》まったところで魔王様の護衛はおろか、チリ紙一枚ほどの役にも立てないのは自明でございますです‼」

ならば――‼　と。

あくまでも邪悪な笑みを、一層不敵に歪《ゆが》め！

「お可愛《かわい》い魔王様は不滅！　故に仮令塵《たとえちり》一つ残さず消し飛ばされようと必ず御復活あそばされます──が、シェラ・ハは死にますです。その時、偉大なる『智』を魔王様より賜り最も優れた知性を有するシェラ・ハなくして！　一体誰が！　魔王様がお休みになられた妖魔種《デモニア》を束ね、支え、世界を滅亡に導く準備を続けられましょうです!?」

そう高らかに語って、そして何よりっと！

「くくっ……そしてシェラ・ハに偉大なる『智』を授けたのは、他ならぬ魔王様──」

故に──っ！

「全ては魔王様の為《ため》！　妖魔種《デモニア》の未来の為！　何よりも世界を滅ぼす為に──〝その智を以《もっ》て、何があろうと生き残るべし〟と!!　それが聡明叡智《そうめいえいち》たる魔王様の深謀遠慮に基づく盛徳大業を成すための勅令であることは明明白白──ですよね魔王様？」

────、

……と、たっぷり数秒の間を置いて、

「……ぁ。う、うん……くはは!!　よくぞ我の策略を看破した！　さすがシェラ・ハ！」

「御意！　魔王様に賜った『智』を以てすれば、この程度は造作もありませんです!!」

そう目を泳がせて頷《うなず》く毛玉に、盲目的な信者が跪《ひざまず》いて頭《こうべ》を垂《た》れる。

「……と、まあ……〝妖魔種《デモニア》最高の知性〟も、創造主がこのザマでございますので♥」

──『キャラの知能は作者の知能を超えられない』理論のように。

創造主がバカである以上、その被造物もバカなのは必定であると。

笑顔で妖魔種《デモニア》の知性を皮肉ったジブリールに──だが、

──俺はそう思えないがなぁ……？　と。

その言葉は内心に留《とど》めたまま、空《そら》は眼《め》を眇《すが》めて呟《つぶや》く。

「……ふむ。だとしても、妖魔種《デモニア》が無価値な理由にはならねーよな？」

仮に、ジブリールとイミルアインの評価通り、妖魔種《デモニア》がバカだとしても。

ならばこそ付け入る隙がある、ということで──むしろ優先目標では？　と。

そう問うた空に、ジブリールは恭しく頷《うなず》き、

「はい。以上は妖魔種《デモニア》が脅威に値しない理由に過ぎませんで。本命は二つ目」

妖魔種《デモニア》が敵にも味方にもなれない、無価値である、二つ目の理由を。

「──『妖魔種《デモニア》のコマ』は、常に『魔王』が有しているから、でございます」

二本目の指を立てて、その事情を語り出し……

──……………

────………………………

「――以上。『魔王』が復活しようがしまいが、妖魔種《デモニア》は無害かつ無力であり」

「【補足】ついでに事実上無価値な理由。【推奨】無視。放置。フルシカト」

と。長々と詳細を語り終えたジブリールに、イミルアインも同意を示し頷く。

「…………」

だが。空はただ沈黙して、情報を整理し、熟考を重ねていた。


――なるほど。確かに、今ジブリール達《たち》が語った内容が事実であれば。

妖魔種《デモニア》――『魔王』は無害であり、尚且《なおか》つ〝そ・も・そ・も・攻・略・不・可・能〟だ……

推奨通り、無視・放置・フルシカトするしかないのだが――

（――ま～そうもいかねぇんだよなぁ……）

空達の目的からも、『戦線』を崩す為《ため》にも、妖魔種《デモニア》の攻略は必須条件である。

ましてや――と。

――シ・エ・ラ・ハ・が・訪・ね・て・き・た・理由に、空は思考を深め――その時。

「……それ、は……自分はオススメできない、であります……」

ここまで――ただ独り、一貫して、無言で。

地・精・種・だ・け・が・知・る・事実故に、危機感を募らせていたティルが、ぽつりと零《こぼ》す。

その声に、空はゆっくりと顔を上げ――

「くっ……ええ、はい。それはシェラ・ハも推奨致しかねますですよ……？」

上品で優雅なその口調に、怖気《おぞけ》を覚える。

「そのために――シェラ・ハはこうして参上したのですから……くくっ……？」

……ジブリールとイミルアインの二人へ、同時に挑むという愚行を働き。

今やその全てを空達《そらたち》に保有された――とは思えぬほど、自信に満ちた声と眼光。

ああ――まさしく、蛇のような知性を湛《たた》えた鋭い瞳が。

――勇者御一行《あなたがた》様に選択権などありませんですよ？　と。

捕食者《へび》の笑みで告げるのを、確かな寒気と共に聴いた…………

■■■

一方――ヴァラル大陸、旧ティルノーグ州――エルキア共和国。

その即席の首都は、月明かりの夜にも、忙《せわ》しなく行き交う人々で溢《あふ》れていた。

新国家設立時の混乱と、増え続ける移住者に混雑は未《いま》だ解消の兆しすら見えない。

そんな都市の中央にある白亜の建物――エルキア共和国政庁にて。

エルキア共和国議院内閣・主席たる黒髪黒衣の少女――クラミー・ツェルは。

ランプに照らされた夜の執務室で、山積する書類を一枚掴《つか》んで、睨《にら》みつけ、

「……吐き気がするわね」

本日何度目かもわからぬ呪詛《じゅそ》を吐き出して、苛立《いらだ》たしげに筆を執った。

……また一枚、連邦を離反して『戦線』側に付きたいという輩《やから》の打診書だ。

なんてことはない。この数ヶ月の間、何千枚と目を通してきた定型の文面。要約すれば祖国と同族を裏切る言い訳と、その対価に何を保証して貰《もら》えるのかというおねだりが並ぶ書類に――機械的な、心にもない同意を記すべく、無心で筆を滑らせる……

……これが、己の仕事。

保身を考えれば『戦線』に付くのは当然、共和国はそのための危機管理装置《リスクヘッジ》である。

だが、その選択は――連邦の解体・支配つまり殲滅に同意することと同義だ。

つまりは、己の保身のために同族を、他者を殺しても構わない――売国奴《クソ》どもと。

だが、そうとは開き直れない程度には、自分は善人でありたい――偽善者《カス》どもに。

――わかります、と。理性的な判断です、と。苦渋の決断お察しします、と。

そう微笑《ほほえ》んで、可能な限りお望み通りの甘い汁が吸えるよう、利権をすり合わせる。

――本国《エルヴンガルド》の政財界各位から、その共謀勢力、更には共和国内の有力者まで。

前後左右から上下に裏表と、全方位の顔色を窺《うかが》いながら――

（この吐き気に……いえ、慣れたら終わりよね……）

こんな苦行を続けて――それでもまだ、自分は正気だと信じられるのは。

それはきっと、ひとえに――


「ク・ラ・ミ～？　そろそろ～寝たほうがいいと思うのですよ♥」

執務室の闇を晴らすような、お日様を思わせる温和な笑顔の主。

淡い金色髪と四つ菱《よびし》を宿す瞳の――己《おの》が親友、フィール・ニルヴァレンの存在と。

「……そうね。ありがとうフィー。これが終わったら、そうするわ」

彼女が煎れてくれる、このお茶のおかげだろう――と一服して、深呼吸する。

フィーに言われるまでもなく、さっさと終わらせて寝たいのは自分も同じだ、と。

山積していた最後の一枚を処理したことで、クラミーも思わず安堵《あんど》の息を零《こぼ》し――

――だが、

「お疲れ様なのですよ～。ただ――もう一枚だけ確認して欲しいのですよ……」

と。心から申し訳なさそうに、フィールが差し出してきた書類を。

クラミーは訝《いぶか》しげに受け取って目を通し――そして、

「……『「魔王」復活を確認。同盟相手につき静観せよ』……？　何よ、これ」
本国《エルヴンガルド》――元老院直々の指令書の内容に、クラミーは眉をひそめた。

――そも、妖魔種《デモニア》は脅威に値しない。
体よく使い潰すため、また『戦線』の数合わせのコマというのが上の見解だったはず。
クラミーが知る限り――復活したという『魔王』も『十の盟約』で無力化されている。
わざわざ指令書など寄越《よこ》さずとも、放置以外の選択肢はないはずだが……？
疑問に顔を顰《しか》めたクラミーに、フィールは立てた指を口元に添えて――

『――中央課報局からすっぱ抜いた情報によりますと～』
多重術式で偽装した魔法による念話で――
脳内に直接、しれっと、大それた告白を前置きに響かせて。
クラミーが驚く間も与えず――それ以上の驚愕《きょうがく》を与える言葉を告げた。
――すなわち、

『……「魔王」の《絶望領域》は――現在も有効らしいのですよ～』
――、

――、

『……あり得ないわ』

《絶望領域》——あらゆる生命を絶望、そして死に至らしめる領域《げんそう》。

あり得ない。そんな怪物《モノ》が、『十の盟約』下で機能するはずがない。

そう断じるクラミーに、だがフィールは首を振り。

『……前提から説明するのですよ……』

そうとも言い切れない——と暗に告げて、緩やかに語り始めた……

『まず——妖魔種の全権代理者が「魔王」なのは、知ってるのですよね？』

知っている。確か以前——フィーに聞かされたことがあった。

——大戦時『魔王』は、天翼種《フリューゲル》や機凱種《エクスマキナ》の攻撃で消滅と復活を繰り返していた。

そして、大戦末期の頃は消滅しており——〝休眠状態〟で終戦を迎えた。

つまり『十の盟約』が敷かれた当時——『魔王』は不在だった。

だが『魔王』に忠実な妖魔種《デモニア》は、種のコマを休眠中の『魔王』に献上したという。

その結果——

『妖魔種《デモニア》は全権代理者が事実上不在のままになった——だったわよね』

『はいなのですよ〜♪　さすがクラミー、物覚えがいいのですよ〜♪』

花丸満点と頭を撫《な》でる手を除《よ》けながら、クラミーは内心で情報を補足・整理する。

――『魔王』は幻想種《ファンタズマ》であり、『核』を破壊されない限り何度でも復活する。

つまり復活するまでの間も――休眠状態であろうとも、確かに存在はしている。

故に、休眠状態の『魔王』への『種のコマ』の譲渡は、取引として有効であり。

かくして妖魔種《デモニア》は、誰も『種のコマ』を奪えなくなった――代わりに。

全権代理者レベルの意志決定権を有する者もまた不在になった――

これが、妖魔種《デモニア》が長らく〝無価値〟と見做《みな》された理由の一つだったはず。

と整理を終えたクラミーに、だがフィールは今度は初耳の情報を続けた。

『でも四一五年前――大戦終結後初となる「魔王」の復活が確認されたのですよ』

――何故《なぜ》、五〇〇〇年以上もの間、復活しなかったのか。

逆に何故、五〇〇〇年以上もの時を経て復活したのか全て不明ながら――

『復活した「魔王」は大戦時と同じく、己を討つ勇者を世界に募ったのですよ。つまりは――全世界全種族に対しての「ゲーム」を宣言した、というわけなのですね～』

……、なるほど？

『内容と賭け金は？』

大戦時はいざ知らず——『十の盟約』以後は必須となったそれ——

すなわち規定《ルール》と賭け《ベット》を問うたクラミーに、フィールは頷《うなず》いて答える。

『挑戦者は最大七名で〝勇者パーティー〟を組み「魔王」の塔——《絶望領域》に侵入。

〝希望のみを武器に〟最上階まで到達して「魔王」に勝利すれば「魔王」の有した全てを得る。希望を喰《く》い尽くされれば敗北——という内容《ルール》だったそうなのですよ～』

…………、なるほど？

『で、バカがこぞって挑んで仲良く全員返り討ちにされた——ってとこね？』

『はいなのですよ～♪　多くの種族が挑みましたけど、当然の結果なのですよね～』

なにせ長年不在だった〝魔王の全て〟——当然、そこには妖魔種のコマも含まれる。

勝てば『魔王』自身と、その『魔王』に絶対忠実な奴隷《デモニア》が丸ごと手に入るのだ。

誰かにこの景品を獲《と》られる前に自分が獲らねば、と挙《こぞ》って挑むのは自然な流れだ。

——反吐《へど》が出る流れだが。

しかし現在、妖魔種《デモニア》のコマが奪われていない以上、それが示す結果は一つ。

ゲームに挑んだ者は、例外なく敗北——帰還者は一人もいなかった、だ。

——そもそも〝相互の同意〟があれば《絶望領域》は当然、有効だ。

その《絶望領域》故に大戦時、天翼種《フリューゲル》や機凱種《エクスマキナ》、神霊種《オールドデウス》さえ『魔王』を討てなかった。

ゲームになったところで『塔』への侵入が敗北を意味するのは明らかで──

『攻略不可能なゲームと悟って皆手を引いたのですよ──モグラさん達以外は』

『──地精種《ドワーフ》以外？』

『はいなのですよ～。モグラさん達《ハーデンフェル》だけは、七年間。百回以上挑み続けたのですよ』

……何故《なぜ》？　明らかに攻略不可能なゲームに百回以上──？

疑問を浮かべたクラミーの思考を肯定するように、フィールは頷き。

念話で繋《つな》がった脳内に、ある二つの映像を投影した。


『まずハーデンフェル・ダガン州の四一五年前から四〇八年前の人口動態なのですよ』

一つは、五〇万を超えていた人口が四〇九年前を境に突如激減──

わずか一年で〝ゼロ〟になった図と。

『そしてこっちが──《絶望領域》が大戦時と同じ速度で拡大すると仮定して、中央諜報《ちょうほう》局が計算した四〇七年前時点での領域を、世界地図と重ねたものなのですよ……』

二つ目は──魔王領から広がった円が、ハーデンフェル・ダガン州を呑《の》み込んだ図。

それらが示唆するのは──つまりは、こういうことだ。

何故、地精種《ドワーフ》は百回以上も『魔王』に挑み続けたのか？

――挑み続けるしかなかったから……
そしてそれは……《絶望領域》が『十の盟約』がある今もなお有効であり。
四〇九年前、五〇万もの希望を喰らったと示す明確な証拠に他ならない――？
『――いいえ。いいえ、あり得ないわ！「十の盟約」は絶対の法則《ルール》よっ⁉』
だが、それでも受け入れられない、とクラミーは頭を振って訴える。
唯一神が定めた法則《ルール》、幻想種《まおう》どころか神霊種《かみ》ですら犯せないはず――っ‼
『はいなのですよ。あくまでも可能性――課報局《ちょうほう》も確信は持ててないのですよ』
その訴えにフィールは頷《うなず》いてみせ、「でも」と続ける。
『それでも、極めて高い可能性だ――というのが〝上〟の見解なのですよ……』
『十の盟約』は〝害意〟をキャンセルする……仮に――害意がなければ？
あるいは――《絶望領域》の作用は、間接的な結果でしかないとすれば？
その可能性を否定しきれないと告げる言葉に。
『――いいわ。じゃあ、地平線の彼方《かなた》まで譲って、それが事実だと仮定するわ』
だったら――‼と、クラミーは内心吠《ほ》えた。

『「魔王」の《絶望領域》が世界全土まで拡大したらこの世の終わりじゃないの!!　それを〝静観せよ〟って!?　元老院共《ろうじん》はいったいナニを考えてんのよ――ッ!?』

――それが事実なら、連邦だの戦線だのと言ってる場合ですらない。

一時休戦してでも、総力を挙げて対処すべき事態でしょ――と。

クラミーは目を剥《む》いて唸《うな》り、だが――

『……「魔王」の《絶望領域》が拡大しても、当分の間は――影・響・圏・に・入・る・の・は・連・邦・領・土・の・み……「戦線」には好都合なのですよ――』

「そんなの知ったこっちゃないわクソでも喰《く》ってなさいよッッッ!!」

フィールの解答に、ついにたまらず声に出して掴《つか》みかかった。

放置すれば数十万の命が潰《つい》える事態を――好・都・合？　好・都・合ですって!?

まして被害がそれで留《とど》まる保証さえもどこにもない《絶望領域》――放置すれば明日は我が身の、連邦どころか世界さえ破滅しかねない危機を――言うに事欠いて好都合!?

――どこまで腐り果てればそこまで愚かになれる――――ツッツ!?

「……わかってるのですよクラミー……わかってるのです……！」

「――っ」

戦慄《わなな》くクラミーの手に、そっと優しく添えられたフィールの手が。
だが怒りと──苦悩に震えていた手の感触に、クラミーは息を呑《の》んだ。
……ああ……フィーだってこんな話を看過できるはずがない……
だが、事実として今の自分達《たち》は──〝上〟に逆らうことも、何も、できない……
ならば──フィーはこの情報を、自分の胸の内に留《とど》めることだってできたはずだ。
そうすれば、少なくともクラミーは何も知らぬまま……罪悪感に苛《さいな》まれずに済んだ。
だが、そうはせず。あえてクラミーに明かした──
「──ごめん。フィー……少し取り乱したわね……」
「いいのですよ～。クラミー疲れてるし～、仕方ないのですよ？」
──汚れるなら共に、と信頼し合える、対等な相棒《パートナー》が頭を撫《な》でてくれる感触に。
やや落ち着きを取り戻した思考で、クラミーは改めて、念話で問う──
『……空達《アイツら》に、勝ち目はあると思う？』
──地精種《ハーデンフェル》がついている空達《そら》は、この情報を更に詳細まで知っているだろう。
そして知れば──犠牲を看過しない。そうでなくとも妖魔種《デモニア》攻略を諦めはしない。
故に──空達は必ず『魔王』のゲームに挑む。だが……

『……大戦時も、終戦後も――『魔王』を倒せた者はいない、のですよ……」

改めて告げられたフィールの答えに、クラミーは努めて冷静な頭で。

思い至った疑問を口にせず、念じて返す。

『……でも「魔王」は今復活した……なら四〇八年前、倒されたんじゃないの？』

そう、魔王は四〇八年の間、休眠状態だったのだ。

ならば四〇八年前に誰か――おそらくは地精種《ドワーフ》が倒したのでは？

そう問うクラミーに、だがフィールは悩ましげに小首を傾《かし》げて答える。

『そのはずなのですけど～……それでは妖魔種《デモニア》の健在が説明つかないのですよ～』

ああ……確かに。それこそ先程クラミーが思考した通り――

『モグラさん達が「魔王」のゲームに勝利していれば「魔王」を完全消滅させるも傀儡にするも自由――最低限、妖魔種《デモニア》のコマはモグラさん達の手に渡ってるはずなのですよ』

――だが、そうはなっていない。

ならば地精種《ドワーフ》達は、別の方法で『魔王』を休眠に追いやったか。

あるいは……〝引き分けた〟か。

どちらにせよ勝利は不可能だった、ということになるが――――

『それでも空達《アイツら》は挑むわ。それも、やるからには——〝完全勝利〟を前提に』

クラミーのその確信には、フィールもまた異論なく頷《うなず》く。

——では、どう挑むのか。

最大七名という——〝勇者パーティー〟の編成。

空《そら》と白《しろ》の二人は、言うまでもないとして……

残った枠を埋める五名を、クラミーとフィールは予想してみた。

『戦闘力・知識・解析力を考慮すれば～天翼種《ジブリール》と機凱種《イミルアイン》は外さないのですよね』

『……過去の実績を踏まえて地精種《ドワーフ》——ヴェイグかティル、もしくは両方かしら？』

『〝希望のみが武器〟って～、妙なルールから魔法が使えない可能性も考慮するはずなのですよ。獣人種《ワービースト》——初瀬《はつせ》いづなさん、なのですかね～？　これで七名なのですよ～』

——概《おおむ》ねは間違ってはいないだろう予想。

だがこの七名が、もし万が一……希望を喰《く》い尽くされて自死、未帰還《はいぼく》となれば。

エルキア連邦はその中核を失い、ほぼ確実に——瓦解する。

……ああ……わかっている。

自分達《たち》は『戦線』側だ……彼らの、連邦の敵だ。

本来望むべくもない立場と重々承知ながら——

『大丈夫なのですよ～クラミー？　空さん達なら～なんとかするのですよ♪』

『……？　どうしたのフィー？　フィーが空達を信用するなんて珍しい……』

不安や焦燥を顔に滲《にじ》ませたクラミーを励ますための言葉にしても。

あまりにもらしくない親友の台詞《せりふ》に、きょとんと眼《め》を丸くしたクラミーに、

『信用？　えっへへ～冗～談きっついのですよ～？』

フィールは、ああ――とてもらしい笑顔で応えた。

『〝エルヴン・ガルドを中から切り崩せ〟――なんて無理難題を、偉そうにわたし達にやらせてるのですよ？　自分達はその程度もできないなんて言わせないのですよ～♪』

……………、なるほど？　それもそうだ、と苦笑して。

――んじゃま～、そっちも精々、気張んなさいよ？　と。

遠く、エルキア王国へ、雑にエールを贈ったクラミーは。

安心して眠るべく、フィールと連れだって寝室へと歩み出した………

第二章——勇者はにげだした《ファントマ》！

——魔王領《ガラド・ゴルム》……

世界最小の大陸・ガラルム大陸——その全土が、妖魔種《デモニア》固有の領土だという。

大陸一つからなる広大なその領地が、他種族に占領されたことは一度もないらしい。

理由はただ一つ——気の遠くなるような太古《いにしえ》に、大陸中央で発生したそれ。

破滅の塔、不滅なる領域——幻想種《ファンタズマ》『魔王』の存在である。


しかし現在、斯《か》く不滅なる『魔王』を討たんとする七名。

すなわち〝勇者パーティー〟が、長距離空間転移《シフト》を経てその地に立っていた。

……立っている、はずだ。転移前そう聞かされたが……


「〰〰〰〰くっそ寒ぅっっっっ!? どどどこだァこかァ南極かあ!?」

「——に、ににに、にぃ！ さ、さむ——てか……い、いたい……っ」

と七名の勇者の内二人——空《そら》と白《しろ》は、いつも通りの軽装にリュックだけ背負って。

一歩先も見えぬ暗闇と、悲鳴さえも掻《か》き消《け》される暴風雪に晒《さら》されていた。

答える声は——どうやらすぐ隣にいたのか、

「【解説】ガラルム大陸。南極点に最も近い大陸。魔王領首都――現在は寒期。複雑な地形と海流による南極からの寒波で、暴風雪が頻発。平均気温――摂氏マイナス三一度」

どうやらここが魔王領、その首都で間違いないらしい、と。

七名の勇者三人目――イミルアインの報告を、辛うじて聞き取れた。


――こんなとこと知ってて何故《なぜ》出発前に言わなかった……？　と。

もはや声も出せずに白と抱き合い、歯を打ち鳴らす空の無言の問いに。

「【報告】当機の機体表面温度を摂氏五四度に設定。ご主人様――当機を抱いて？」

そう――己の謀略故に言わなかった、と明かしたイミルアインに。

だがそれどころではない空と白は、不平も不満も後回しに。

言われるがままにイミルアインに抱きつき暖を取ろうとしたが――


「遅くなりましたマスター。少々術式の編纂《へんさん》――出力の調整に手間取りまして♪」

七名の勇者四人目――ジブリールの魔法。

頭上に点《とも》った光球の熱が、イミルアインの陰謀ごと食い止めた。

「……【舌打】【要求】番外個体《イレギュラー》の魔法出力調整時間。推定を大幅超越した理由の開示」

「主《あるじ》の為《ため》なら限界などいくらでも超えてみせるのが従者で♪　ま～己の欲望のために主に苦痛を強いるパチモンの従者では？　理解できずとも当然ですのでお気になさらず♥」

斯《か》くして、頭上に点《とも》った光球は火花を散らす二人の視線を照らし出し。

更には周囲の暴風雪を遮り、身を裂くような極寒を肌寒い程度にまで和らげた。


……た、助かった……と。

危うく凍死しかけた空《そら》と白《しろ》は安堵《あんど》したが——

「…………まださみぃ、です……いづなぁ、さみぃのはキライ、です……っ」

「おいわんこ!! オモチャの次は湯たんぽか!? おまえ魔王をなんだと思っ——」

七名の勇者五人目——初瀬《はつせ》いづなは。

到着し、寒気を察したその刹那、冬ごもりする狐《きつね》の如《ごと》く地に穴を掘ったのだろう。

わずかに穴から顔を出し、不平を吠《ほ》える毛玉を抱いてまだ寒いと不満を零《こぼ》していた。


そして、七名の勇者の——六人目と七人目は。

ひとまず命の危うい低温が去ったことに安堵したのは、空と白と同じか。

だが一転、今度は疑問に悲鳴を上げていた。すなわち——

「あ、ああ、あの!? どうして頭領——叔父上じゃなく自分でありますかあ!?」

「それを言うなら、私《わたくし》が一番〝どうして〟ですわあ!?」

そう——ティルと、ステフが。

出発前から一貫して無視《スルー》されてきた疑問を重ねて騒いでいた……。

「た、ただでさえゲームでは私、自他共に認める役立たずですわよ!?　まして――襲ってくる妖魔種を倒して進むゲーム――〝戦闘〟なんて、ゲーム抜きにしても無理ですわ!?」

――そう……ゲーム内容は、シェラ・ハからの説明と。

過去の記録を知るティルによって聞かされた。要約すればそれは――


――〝ダンジョン攻略ゲーム〟だ。

最大五名の戦闘パーティに控えの二名を加えた、最大七名でダンジョンに侵入。

襲い来る妖魔種《モブ》を倒して進み、最上階――一〇〇階の魔王《ラスボス》を倒せば勝利。

強いて言えば、そのダンジョンとは『塔』――『魔王』の内部であり。

つまりは《絶望領域》の影響圏――希望を喰われる領域であることと。

そして――武器となるのがその〝希望〟のみらしい、という。

――この二点が特殊であるものの、それ自体は単純なルールのゲームだ。

そんなゲームに挑む……なるほど天翼種《ジブリール》と機凱種《イミルアイン》、血壊個体の獣人種《いづな》。

過去に『魔王』と〝引き分けたと思われる〟――地精種《ドワーフ》を連れるのも、わかる。

だが、それならば何故《なぜ》――最強の地精種《ヴェイグ》ではなく、最弱の地精種《ティル》を選んだのか？

ましてその代わりにステフを選んだのは何故なのか？　と問い続ける二人に。

空は「うむ」と深く頷《うなず》き、満を持して理由を明かした――すなわちッ！

「なんとなくだッ!!　これがベスト編成と俺のゲーマーとしての勘が告げた!!」

「そら殿まで、頭領みたいなこと言い出さないで欲しいでありま〰〰〰っす!?」

「……ソラって、もっと論理的に戦略を組むタイプじゃなかったですの……？」

ふ……無論、至って論理的な人選だとも。

ただし、その論拠が確定するまでは勘で補うのがゲーマーだろう、と。

そう不敵に、内心呟《つぶや》くに留《とど》めた空《そら》に——一転。


(と、言うか……ソラ？　今は〝下手に動けない〟って言ってませんでしたの？)

——ああ、確かに《絶望領域》の拡大阻止は必須、こちらに選択権はない。

だが下手に攻勢に出れば今度こそ詰む——その危惧故に、連邦《そらたち》は動けずにいた。

そもそも『魔王』に勝てるのか？　勝ったとしてその先は——？　と……

苦悩を顔に滲《にじ》ませて耳打ちしてきたステフに、

「ああ、いいんだよ。コレこそが待ってた、仕掛けるのに理想的なタイミングだし」

そう堂々と答えた空は、小首を傾《かし》げるステフを一旦捨て置き。


「……んで？　改めて——シェラ・ハ。目的地はどっちだ？」

ジブリールの魔法で、最低限の明かりと熱源は確保できているが。

その壁一枚隔てた向こうでは、依然として荒れ狂う吹雪と夜闇で何も見えない。

——ジブリールや、イミルアインの空間転移《シフト》では、視界外には跳べない。

ここが魔王領・首都とはいえ、ここから先は歩くことになるのだろう。

下手すりゃ『塔』に着く前に遭難するのでは……と半眼で問うた空に——


「くっくっく……ご安心くださいまし。どうやら迎えが到着したようです」

ここまで、一貫して無言で何かを待っていた様子のシェラ・ハが答えた。

その視線の先——吹雪《ふぶ》く闇の中から、小さな明かりが近づいてくる。

「さすがは魔王様……既に迎えの手配をなさっておられましたのですね。くくっ……」

「くははは当然であろう!!　我《ボク》に挑む前に遭難ましてや凍死する勇者がいるか!?」

どうやらいづなに抱かれる毛玉が、その本体——『塔』から迎えを寄越《よこ》したらしい。

……勝手に死にそうな勇者を律儀に助ける魔王もいないと思うが……と。

内心呟いた一同の眼前に、近づいてきた明かりがその姿を露《あら》わにする。


——それは大きな馬車……いや〝人馬車〟と呼ぶべきか？

正確には馬ではなく、上半身が人で下半身が馬の二頭……いや、二人？

ともあれ、対のケンタウロス的な——妖魔種《デモニア》だろう——が引く車両だった。

そしてそんな人馬車の扉が開かれ、同じく妖魔種《デモニア》だろう人影が降り立った。

それは、邪悪に笑って——いたのだろう。たぶん。

ただしその表情は一切読み取れず——というか、表情がなく。

高い地位を示す上等なスーツに身を包み、胸に手を当て礼儀正しく一礼する——

「カカ……お初にお目にカカります勇者御一行様。此《こ》の身は——」

「——ぴっ——きゃぁぁあ〜〜〜〜〜〜〜〜〜〜〜〜あ!?」

——骸骨の自己紹介は、だがステフの盛大な悲鳴に遮られた………

■■■

——やはり妖魔種《デモニア》だったらしいケンタウロスが引く人馬車。

人骨でできていそうなイメージに反して、中の作りは実に上品で広々としている。

寒さ耐性持ちの二人《ジブリールとイミルアイン》を除き、空達《そらたち》全員が余裕で乗り込める車内にて、

「カカ……改めマして。ロード・スケルトン族の族長——まタ智《ち》のシェラ・ハ様から統合参謀本部議長を引き継ガせて頂いておりマす此の身は、ゲナウ・イと呼ばれておりマす」

改めて、そうカタカタと音が鳴るだけの邪悪な笑みで。

——シェラ・ハが抜けた今『魔王《スケルトン》』に次ぐ地位——妖魔種《デモニア》の最高幹部と。

礼儀正しく、そう深く頭骨を垂《た》れた骸骨に——

「……ああ。よろしく……ところであんた、どっから声出てん——」

——カタカタ喋《しゃべ》る骸骨《スケルトン》の、声帯の所在の方が気になる、と。

礼儀正しさと対極の男——空の返しは、だがステフに遮られた。

「本っ当～に失礼しましたわッ!!　そ、その怖がってしまって、思わず——っ!!」

と、外見で骨《ヒト》を判断した無礼を恥じ入るステフに、

「カカ……カカカ——いいえ、いいえ!!　嗚呼《ああ》、大変光栄な反応にございます！」

だがむしろ再度一礼し感謝を述べた骸骨——ゲナウ・イと呼ばれるモノに。

「ゲナウ・イ、ズルいぞ!?　こいつたち我《ボク》を全然怖《おそ》れんのに!?」

「アア魔王様！　此の身を怖レテ頂けたなら、それは魔王様に創られた姿故！」

「くくっ……つまり実質、魔王様が怖れさせたことになりますです……っ！」

「——む、それもそうだな!?　くぁっはっはやっと我《ボク》の怖ろしさを理解したか!!」

食ってかかった毛玉と、それをヨイショ——いや。

本心からと思われる二人？　による賛美の言葉に——

「……よくわからんが……おまえら怖がられたいのか？」

「怖がられたい!?　違うだろう!?　怖れるのが当然なのだ我《ボク》魔王だぞッ!?」

相変わらずいづなの腕の中で悶《もだ》えながらそう訴える毛玉と。

「カカ――妖魔種《デモニア》は世界を滅亡へ導くモノ。それはモー当然怖《おそ》れらレテなんぼでして!?しかし怖れてくれた ノハ貴女《あなた》が初メテです。心カラ感謝を。人類種《イマニティ》の素敵なお嬢様《レディ》」

そう言ってステフの手の甲に口づけする伊達骸骨に、空達《そらたち》は思う……

――なるほど? 世界滅亡を至上目的とする種族……そんな連中が。

大戦時はザコ扱いされ、盟約後も無価値とシカトされナメられて――と。

怖れられるなんて滅多《めった》になかったろうから、感動もしよう――か……?

「カカ……しかし智《ち》のシェラ・ハ様におかれましては、ご無事でなにヨリデ」

そんな思考を余所《よそ》に、礼儀正しい骸骨は空達も気になっていた件に触れた。

――すなわち……

「魔王様が智のシェラ・ハ様に死・ネ・と・お・命・じ・に・な・ら・れ・た・時はドウなるカト」

「――――え? 我《ボク》そんなの命じてないぞ?」

「は! もちロンでございます! デスが御復活あそばされた際――」

『くっくっく……くぁーっはっはっは!! 四〇八年ぶりの顕界《げんかい》――気分が佳《よ》いな!! 早速世界を滅ぼそうぞシェラ・ハ! さし当たり何人か勇者候補を滅ぼして来るのだッ!!』

「――と仰せにナラれたと、この骸骨めは記憶してオリまして」

「う、うむ？　……うん……確かにそれは言った、けど……？」

……言ったのか……と。

空達が一斉に呆《あき》れ果《は》てた半眼を向けたことには、全く気付いてなさそうな魔王に。

礼儀正しい骸骨が、仕草と声音だけで器用に苦悩の色を表現してみせる。

「『戦線』は魔王軍傘下《ワレラ》――必然〝勇者候補〟トハ連邦の要人となりマシテ」

「……う、うむ？　当然であるな？」

「偉大な智のシェラ・ハ様トテ、天翼種《フリューゲル》や機凱種《エクスマキナ》を降《くだ》し従わせるエルキア王に挑めば敗北は必定――故に、無脳の髑髏《どくろ》めには『死んでコイ』と命じたトしか理解デキず……」

…………？

――…………？

「――――え。あ、あれ？」

――と……そうたっぷり三〇秒の沈黙を経て、毛玉から零《こぼ》れたその疑問符が。

シェラ・ハが無策にジブリールとイミルアインに仕掛けた理由の答えだった。

――つまりそう命じた『魔王』は、特に何も考えてなかった、と……

「くくっ……貴方如《あなたごと》きでは、魔王様の深謀遠慮を理解できないのは当然のこと……。何も後ろめたく思う必要はありませんです——ですが、分際は弁えなさい」

「————っ！」

……だが、シェラ・ハの見解は違うらしい？

相変わらずの上品で邪悪な笑みに——だがはっきりと、冷徹な叱責を込めて、

「貴方如きに至れる懸念を、よもや魔王様が理解していなかったとでも申すですか？」

鋭い蛇眼に見据えられた骸骨は、雷に打たれたように身を震わせた。


……いや、してなかっただろ。

いづなの腕ん中の毛玉《まおう》サマが「……え？」とか言うてるで……？

と、空達《そらたち》の半眼をよそに、だがシェラ・ハはその智《ち》を示すべく——語る!!

「議長職を辞任したシェラ・ハが、自ら敗北することで此《こ》の身を勇者様方に保有させ！　盟約によって〝魔王様に挑む他選択肢がない〟という言葉に虚偽がないと証明し！　そうすることで勇者様方の退路を断った——それこそが魔王様の狙いでしたです！」

「——な、なんトォ……オォ、オオ魔王様ァ……ッ!!」

「くくっ……また勇者様方はそれが最善手の状況でも〝犠牲〟を拒むことは既知の事実。故にシェラ・ハを殺害することはない、と魔王様は当然見切っておられましたです!!」

「はッ!!　オォ、さすがハ魔王様——無脳な骨めの戯言《ざれごと》、ドウかお許しを!!」

…………、

「……ぁ……う、うむ。ゆ、赦《ゆる》そう。我《ボク》は寛大であるからな？　ふ、ふはは……」

そして、不遜にするのも、さすがに後ろめたいのか目を逸《そ》らして。

寛大を装った毛玉の処置に、文字通り骨を震わせて感動する骸骨と、

「さすが智のシェラ・ハ様……魔王様の些細《ささい》なお言葉カラそこまで汲《く》み取《と》るとは……っ」

「くくっ……シェラ・ハは魔王様に智を賜りました。この世で最も賢き魔王様に次ぐ知性――この智を以《もっ》てこの程度できなければそれこそ魔王様への不敬にあたりますです」

そう己《おの》が智と忠誠を誇るシェラ・ハに、空は思う。

――妖魔種《デモニア》……やっぱそこそこ賢いのでは……？

アレな創造主に妄信的過ぎるから、ちょっとアレなだけで……

「……と。それデハまず魔王様の御意向で、勇者御一行様は宿へト御案内――」

恩赦を得た骸骨は改めて頭骨を下げて一礼――否《いな》、謝罪した。

「――するつもりデシタが。コノまま魔王様の下へ直行サせて頂いても……？」

…………？

「……いや、こっちは最初からそのつもりだったが……宿？」

何を謝罪されているかわからず、首を傾《かし》げる空達に反し――

「おい!! 疲れた勇者を我《ボク》に挑ませる気か!? 我《ボク》の命令だぞ宿で快復させよ!!」

──己《おの》に挑むなら万全の状態で、がお望みだったのか。

己が命令が却下された毛玉《まおう》の大変な御怒《おいか》りは──だが、

「オォ、お許しを魔王様!! ナニぶん急な御命令《ごめいれい》──どの宿も営業時間外デ!!」

「むぅ!? ……む、むぅ～……じゃ、じゃー仕方ないか……」

──〝営業時間外〟の一言で、あっさりと鎮められた。


……魔王様の御意向が『営業時間外』で断られるのか……


「……も、もしや『魔王』ってあんまり尊敬されてないでありますか……?」

と、思わず小声で空《そら》に訊《たず》ねたティルの呟《つぶや》きは、だが──

「くっ!? なな……な、なんということを仰《おっしゃ》いますですっ!?」

「カカカカ!! 魔王様の御威光《ごいこう》は天地の闇を遍《あまね》くお照ラしにナりますよォ!?」

「ひぃ!? し、失礼したでありますでも『魔王』が闇照らすのでありますかあ!?」

耳聡《みみざと》く聞き取ったシエラ・ハと激しくカタカタ鳴る骸骨に食ってかかられ。

ティルは白《しろ》のスカートの中に逃げ込みながらもしっかりツッコミは叫んだ。

そして──コホン、と咳払《せきばら》いを一つ。

「くくっ……魔王領《ガラド・ゴルム》は八時間労働の完全週休三日を基本としていますです」

取り乱したのを詫《わ》びるように、頭を下げたシェラ・ハが、

「くくっ……時間外労働手当は通常の三倍、二日前までに従業員の了承を取り労働局への届出が必要であり、規則を曲げての対応は致しかねる――という話に過ぎませんです」

邪悪に語られた――超絶ホワイトな労働環境に。

驚きを隠しきれないまま、一応空は問う――

「……魔王の命令でも？」

「くくっ……まさか！　無論、魔王様の御意向であると！　そう伝達すれば宿どころか、全妖魔種《デモニア》が直ちに起床し感涙に咽《むせ》びながら労働に勤《いそ》しみますです！　しかし――」

「それはパワハラであろう!?　もうよい!!　このまま勇者たちを我《ボク》の下へ案内せよ!!」

――どうやらその『魔王《トップ》』もホワイトな上司らしい。

魔王なのに……絶望の幻想、世界を滅ぼす毛玉なのに……


――と、いうか……そんなホワイトな労働環境もさることながら……

と、空達《たち》は――走り続けた人馬車が、ようやく都心部に入ったのだろう。

吹雪が弱まり、窓から闇の中に浮かぶ街並みと無数の灯《あか》りを覗《のぞ》いて――

「魔王領……妖魔種《デモニア》――って、つまりモンスター・・・・・の国って聞いてたからさ……」

「……てっきり……洞窟、みたいなの……想像、してた、けど……」

「普通に――いえ、エルキアと比較しても遜色ない文明的な街ですわね……？」

空《そら》と白《しろ》、そしてステフまでもが揃《そろ》って呆然《ぼうぜん》と呟《つぶや》く。

それは石造りながら、高層建築も建ち並ぶ紛《まご》うことなき――〝都市〟だった。

多様な種族故だろうか、建物や門、舗装され街灯が並ぶ道路までもが全て巨大ながら。

逆にそれが、一見して高度に計画整備された街並みであることを示していた。

「……つか、この車両からして気になってたがこの座席《シート》、まさか絹《シルク》か……？」

「くくっ……アラクネ族の絹繊維は抜群の質感と強度を併せ持ちますです。またスライム族の染色技術とオーク族が切り出す木材を、ゴブリン族の木工職人が丹精込めて作ったものになりますです。お気に召して頂けてましたです？」

そう邪悪に喜んで、自国産業を誇ったシェラ・ハに、だが空は唸《うな》った。

「……世界滅亡が目的の種族がなんで高度文明社会を築いてんだ……」

世界滅亡を望んでいるなら、もっとこう――それらしく荒廃した街、というか。

最低限、知性・能力に格差がある種族なら徹底した格差社会――棲《す》み分《わ》けとか。

国とは名ばかりの荒れた集落を想像していた空達《たち》に、シェラ・ハは骸骨と共に答える。

「くっくっく……？　いえ、まさに世界を滅ぼす為に他なりませんですが？」

「カカ……エエ、全ては智《ち》のシェラ・ハ様――ひいテは魔王様ノご意志っ！」

……そうなん？　と。

いづなに抱かれる毛玉《まおう》サマへ視線を向けた空達に、だが。

答えたのは黙秘権を行使し、目を逸《そ》らす毛玉ではなく――

「シェラ・ハの『智』が実行させた――ならば魔王様の御意志《ごいし》に間違いありませんです」

――つまりシェラ・ハ一人によって実現した高度文明である、と。

そう理解した空達に、今度はおもむろに――シェラ・ハが問うた。

「くくっ……世界滅亡を成し遂げるには、何が必要だと思われますです……？」

――……ふ～む。

世界平和でなく、世界滅亡の実現を改めて考えるのは初めてかも知れない。

なにせ少なくとも空達の元の世界では、それは改めて考えるまでもない、というか。

むしろ何も考えなければ〝うっかり〟で実現してしまいかねないことであり――

「……そりゃ、まあ……『強大な武力』……とかか？」

故に疑問形で答えた空に、シェラ・ハは邪悪に頷《うなず》いて、訂正を加えた。

「くくっ……仰《おっしゃ》る通り。より正確には『強大な国力』でありましょうです」

そして続いて――やはり悪魔のような笑みと声音で、

「くくっ……では『国力』とは何か？　『民』に他なりませんですね？」

だが、聖王も裸足《はだし》で逃げ出す言葉を淡々と連ねた……。

「偉大なる魔王様が創り給《たも》うた多様な民。各々に賜った多様な特性《ちから》。違いはあれど上下や貴賤などあろうはずもない、それらを十全に発揮できる、活用して頂ける社会を形成する――それが『国力』となりますです」

「…………」

問答無用の正論に絶句する空達《そらたち》に、シェラ・ハはなおも「たとえば」と続ける。

「ワーム族なしにこの極寒の大地の開拓は至難。スライム族の体液から精製される薬剤、また多産かつ強靭《きょうじん》な肉体を賜ったオーク族の大規模労働力、彼らの使う工具を造る手先を賜ったゴブリン族――誰を欠いても農耕も土木も成り立ちませんです。くっ……」

「…………」

「必然――彼らなしにはこのシェラ・ハも飢えますです。では彼らに養われる此《こ》の身が、魔王様に賜ったこの『智《ち》』が、彼らを活《い》かすために在るは自明でありますですね？」

――ああ、まったく異論はない。一分の隙もないド正論である。

ただし正論は往々にして〝理想論〟でしかないのが問題であり。

いざ実現しようとすると無数の問題に突き当たるものだ。

具体的には――

「……では魔王領《ガラド・ゴルム》は封建制ですの？　それでは職業選択や経済の流動性が――」

そう問うたステフに、だがシェラ・ハはやはり邪悪に――

「くくっ……いえ。妖魔種《デモニア》は多様な部族からなるもので、たとえば食料を多く必要とする個体――部族に対しては食品への減税措置等の法整備を――また職業選択は自由――部族特性から逸脱した発想が輝くことも――ただしその際の助成制度を設け――――」

――――――と……

理想論を現実にする無数の政策、法制度を淀《よど》みなく語り続け。

ステフがメモを取り出して講義を受ける生徒へと変じた様に――

「くっくっく……おっと、長々と失礼致しましたです。つまり要約しますと――」

と、講義の締めくくりにかかったシェラ・ハの。

「多様な民がその多様な特性を、十全な気力と活力を以《もつ》て発揮できる社会――つまりは民一人一人が魔王軍――魔王様に創られた宝であり!!　その一人一人が世界を担う者であるという確固たる責任と自負、そして誇りを持ち!!　一丸となって目的に邁進《まいしん》する強い国力――それが世界を滅ぼす為の最低条件とシェラ・ハは考えておりますです」

その主《まおう》に賜ったという智の結論に、空はごくりと喉を鳴らし、

「……マジか。〝多様な民からなる共生国家〟が既に実現してたってのか……」

そして〝最後の一文さえなければ〟と頭を抱えた……

嗚呼《ああ》――エルキア連邦が目指す最終的な理想。

未《いま》だかつて誰も実現し得なかった――社会が。

――世界を滅ぼすために、実現していたという。

惜しい……なんでそうなる。あとちょい、こう……


「……ソラ。シェラ・ハさんの保有権を私《わたくし》に譲って頂けませんの？　是が非でもエルキア連邦のアドバイザーに――いえ、私の上司としてでもお迎えさせて頂きたいですわ」

――妖魔種《デモニア》がバカな種族？　とんでもない。

少なくとも智《ち》のシェラ・ハ――彼女に限ってはその名に偽りはない。

間違いなく、比類なき賢者の一人であることに、疑いの余地はなく。

ただ……その目指す方向性に、致命的な文化《しそう》の壁があるだけだった………

■■■

――人馬車に揺られること、更に一時間程。

ようやく目的地へと到着し、人馬車から降りた一同は揃《そろ》って――いや。

ジブリールとイミルアインを除いた一同は、眼前の光景に息を呑《の》んだ。

「くくっ……おほん。それでは――改めましてです」

「カカ……ようコそ勇者御一行様。魔王様の御前へ」

そう――己《おの》が主《あるじ》にして、創造主。

――『魔王』を誇るように、二人の妖魔種《デモニア》が一礼して告げた――その背後。

その異容が初見の空《そら》と白《しろ》、ステフとティルそしていづなは、喉を鳴らして。


ああ……確かにコレは『魔王』だ、と。

ようやく身を震わせ、実感させられた。


――それは、かつて見たどんな建造物よりも巨大で、異様な『塔』だった。

それもそのはず――それは建造物でさえない……まさしく幻想《あくむ》なのだから。

クトゥルフ神話系の創作で散見される〝非ユークリッド幾何学的な構造物〟とはまさにコレを指していたろう――三次元空間にあり得ないはずの、直感に反して歪《ゆが》んだ名状しがたい天を穿《うが》つ異形は――見る者全てに問答無用の違和と不安、そして確信を与える。


ああ、人の身では『十の盟約』なしに、これを前に正気は保てなかったろう。

本来ならば、その領域に踏み入った命を、無条件で絶望に堕《お》とすという――

――希望を喰《く》らう獣。破滅の幻想。絶望の領域――『魔王』である、と……

「くぁーっはっは!! ど~だでっかいだろ~怖ろしいだろう!? やっと我《ボク》の怖ろしさがわかったか!? ではシェラ・ハ!! 勇者たちが怖《おそ》れを成して逃げる前に早速始めよ!!」

「くくっ……あ、いえ魔王様。シェラ・ハは勇者様方に保有されていますですので……」

「ハッ! 僭越《せんえつ》なガラ此《こ》の身と統合参謀本部で、ゲームの運営を執り行わセテ頂きます」

「……あれ? あそっかそうなるの? ……ま~佳《よ》い。ではゲナウ・イ! 始めよ!!」

だが、折角《せっかく》の恐怖を一瞬で忘却させる毛玉のやり取りに。

……すんっ、と……

あっさり平静を取り戻した空達《そらたち》に、スーツの骸骨《スケルトン》は——

「それデハ勇者御一行様。既に説明は受けておラレるでしょうが、改めて……」

一礼と共に、既に聞かされたゲーム内容の最終確認を語った——

——挑戦者《ゆうしゃ》は、最大七名パーティーで『塔《ダンジョン》』攻略に挑む。

同時戦闘は最大五名まで——控えは『袋』で待機となる。

挑戦者《ゆうしゃ》は〝希望〟のみを武器に『塔《ダンジョン》』内の妖魔種《てき》を倒して最上階への到達——及び。

最上階の『魔王の核』撃破を以《もっ》て勝者とし、勝者は『魔王』が有した全てを得る。

一方、挑戦者《ゆうしゃ》全員が〝希望〟を喰《く》らい尽くされれば挑戦失敗《はいぼく》——ゲーム終了となる。

そう確認を終え。最後に、と——

「『棄権』は敗北と見做し、全ての〝希望〟を直ちに徴収――」

そして――

「マタ、ゲーム終了まで『塔』カラ出られませんのデご了承を」

と――途中離脱も、棄権も不可能とする念押しを添えて、

「以上。質問がなケレば【盟約に誓って】ゲーム開始とさせて頂きマスガ」

……宜《よろ》しいでしょうか？　と宣言を求める骸骨に――

「……ふむ。じゃあ、三つほど質問と確認をしていいか？」

空は改めてルールを脳内で精査し、危惧される問題と疑問を呈した。

「まず一つ――『塔』に入った瞬間攻撃されない保証は？」

「くくっ……ご安心くださいましです。勇者御一行様が〝希望の『武器』〟を手にする場――入り口にある『準備の間』は相互攻撃不可の安全地帯となりますです」

――〝希望の『武器』〟……

エルキアを発《た》つ前シェラ・ハから説明されたこのゲーム――〝希望のみを武器に戦う〟というその具体的方法に、空は骸骨も頷《うなず》いたことを確認して、一先《ひとま》ずよしとした。

だが――続いて。

「んじゃ二つ目。そもそものとこの──〝希望〟って具体的になんだ？」

──曰《いわ》く、それのみを武器に戦うというゲーム。

そして、喰《く》らい尽くされれば即敗北だという──〝希望《ファジー》〟……

このゲームの大前提となっている、だがあまりにも曖昧に思える要素に。

エルキアを発《た》つ前にもシェラ・ハにした質問を、改めて問うた空《そら》に。

だが、答えたのはシェラ・ハでも、まして骸骨でもなく──


「【再答】『魂』を構成する精神活動の一要素。『心』の一部と定義される。感情の一種」

「主に生存欲求を司《つかさど》る『魂』の機序で──生命が内包する概念の一つでございますね」

「……あはあ……やっぱそーなんすか……」

「……何度きいて、も……わかんない、ね」

と。エルキアを発つ前、シェラ・ハが答えた通りの説明を。

ジブリールとイミルアインまで断言した解答に、空と白《しろ》は白目を剥《む》いた。


この世界では明確に存在が確認されているらしい──『魂』と同じく。

どうやら〝希望〟も、その『魂』に由来するモノと明確に定義されているらしい。

……まあ、なら──〝そういうもの〟と理解するしかない、か……？

「――んじゃ最後にどうでもいい質問……いや、ある意味一番重要な質問だが」

そう強引に飲み込んで、空は三つ目の疑問を投げかけた。すなわち――

「魔王領《このくに》、完全週休三日制の八時間労働だよな……定時で進行不能とかは……？」

――『塔』内に入ったら、ゲーム終了まで出られないという。

では『塔』内の妖魔種《スタッフ》が、全員定時退社して――たとえば、いるのか知らんが。

ボス的な奴《やつ》を倒せず、翌日出勤まで進行不能、的な仕様不備を問う空には――

「カカ……ご安心ヲ。ゲームは此《こ》の身が責任を以《もっ》て二四時間体制で運営しマす」

そう答えた礼儀正しい骸骨に。

「――あ、そこはそうなんだ……」

やはりホワイト国家にも限界、例外はある。理想は所詮理想か、と。

自分でも不思議なくらいガッカリして聞いた空は、だが続いて――

「エエ……六時間四交代制シフトで。各階層のボスも勇者御一行様が接近するマデは待機休暇手当を支給――そもこのゲームへの協力自体が本来業務外労働デ……労働局への届出から全妖魔種《スタッフ》のシフト管理……運営するダケで頭骨が痛みますのに……智《ち》のシェラ・ハ様が辞表と共に提出した計画書がなければ、ドウしたものだったカ……」

「くくっ………はい、シェラ・ハも倒れかけましたがどうにか間に合わせましたです」

と――やはりどこまでもホワイトな職場らしい報告と。

あまつさえその実現に、上司こそが奔走する構造に感動さえ覚えた空達《そらたち》は、

「ふ──当然だろう!! 週休三日の定時労働で魔王に挑む勇者がどこにおるか!?」

──だが、その『魔王《トップ》』だけは部下達の苦労を理解しない様子に。

やはり、理想はどこまで行こうと理想なのだろうか……と遠い目をした。

そして──

「──それデハ他に質問がなケレば我々《スタッフ》一同と共に──宣言ヲ」

そう告げ手を掲げた骸骨と、一同の視線は、空へと注がれた。

──大戦時も、終戦後も──そして今もなお。

かつて誰も──神霊種《オールドデウス》さえ勝利はできなかった『魔王』に挑む。

……本当にいいのか? その決断を委ねる一同の視線に──

「ああ。んじゃーゲームを始めよう。──【盟約に誓って《アッシエンテ》】」

そう断じて手を掲げ宣言した空に──ならば、異論なしと。

白《しろ》、ステフ、ティル、いづな、ジブリール、イミルアインの七名。

そして骸骨《スケルトン》と──『塔』内の妖魔種《スタッフ》までもが揃《そろ》って宣言する──

――【盟約に誓って《アッシェンテ》】と――

「くくっ……あ、魔王様？　僭越《せんえつ》ながら魔王様も――【盟約に誓って《アッシェンテ》】と……」

「んえ？　……あ、そっか我《ボク》も同意しなきゃ始まらんのか。では――うむ！　よかろう我《ボク》も同意しようぞ!!　いざ挑んで来るがよい勇者たちよ――【盟約に誓って《アッシェンテ》】だ!!」

相変わらずいづなの腕の中、シェラ・ハに促されそう吠《ほ》えた毛玉に応えるように。

――異質で巨大な、禍々《まがまが》しい『塔』がその門を開いた。

「カカ……それデハ此《こ》の身は運営本部へと移動しマスので、此方《こちら》デ失礼を……」

そう深々と礼儀正しく一礼する骸骨に見送られ。

「くくっ……勇者様方はこちらへ。入り口まではシェラ・ハがご案内致しますです」

先導するシェラ・ハに連れられ、空達は『塔』の門を潜《くぐ》った――

■■■

巨大な門を潜って『塔』内に入ると――無機質な広間があった。

エルキア王城の玉座の間くらいはあろう――だが、たった今潜った門の巨大さを思えば小さすぎる広間。振り返ると巨大な門は、広間の大きさに適切な扉になっていた。

どうやらその外観と同じく――この『塔』内はやはり常識は通用しないらしい。

ともあれ、そこがシェラ・ハの言った『準備の間』――安全地帯なのだろう。

小窓から微《かす》かに夜空が窺《うかが》える広間の中心には、歪《いびつ》な模様の――大きな魔法陣と。

更にその中央には、不定形に揺れる七つの光と、小さな『袋』が浮かんでいた。

「くくっ……それでは勇者様方には、まずあちらの光に触れて頂きますです」

警戒しながらも、シェラ・ハに促されるまま、空達《そらたち》七名はそれぞれ光に触れる。

――刹那……


「……なるほど？　これが――〝希望の『武器』〟って奴《やつ》か」

――〝希望のみを武器に戦う〟というルール。

文字通りの意味だったその実態を手に納得を得た空をはじめ。

七名それぞれの手には――淡く輝く『武器』が出現していた。

そして、それらを見回した空は「ふむ」と頷《うなず》いた。

「おおかた――〝本人の希望の有り様が武器として形を成す〟って感じか？」

「……ん。これ……しっくり、来る……ね……」

そう、妙に手に馴染《なじ》む、己の『武器』を確かめる空と白《しろ》に。

シェラ・ハは邪悪に微笑《ほほえ》んで頷き――そして小首を傾《かし》げた。

「くくっ……さすがは勇者様。ご明察――ところで大変恐縮でございますが、勇者様お二人のそれらは、いつの時代の、どの種族が使っておられたのです……？」

――個人の〝希望〟の在り方が『武器』として形を成す――ならば。
希望《イメージ》できない『武器《かたち》』――実在しない武器が生じることは、あり得ないのだろう。
故に、数万年生きるシェラ・ハですら未知の、空と白の『武器』の正体を問う声に。

ああ――知らない『武器』なのも当然だろう、空と白は苦笑した。
なにせ空の手には――元の世界の『対物狙撃銃《アンチマテリアルライフル》』と思《おぼ》しき大口径の銃が。
そして白は、両手に一挺《ちょう》ずつの――フルオート射撃可能な『機関拳銃《マシンピストル》』が。
どちらもこの世界には実在しないだろう武器があったのだから。そして――

「……なあ。いづなんコレ……『ブキ』なのか、です？」
「くぁ～っはっは!!　己の肉体だけが武器の獣人種《わんこ》に相応《ふさわ》しい武器であるな!?　――あとそろそろマジで我《ボク》を放す気にはならんか？　なあわんこ。おい聞けってなあ!?」
やかましい毛玉を抱くいづなの両手には、淡く輝く――『肉球手袋《ねこグローブ》』が。

「……自分、自前の霊装が光ってるだけでありますが大丈夫でありますか？」
常に携行している――『大槌《ハンマー》』が光を纏《まと》っただけのティルは不安げに零《こぼ》し。

「はて。武器などほぼ使ったことありませんが……なんでしょう。妙に馴染《なじ》みますね」

ジブリールがうっとり見つめる手には、淡く輝く──禍々《まがまが》しい『大鎌《サイス》』が。

「──【解析】【推定】操作型の小型浮遊攻撃機。戦闘体《ケンプファー》ではない当機には適切な武装」

そしてイミルアインは、周囲を漂う、やはり淡く輝く小型の浮遊体。

いかにもレーザーとか撃ちそうな『攻撃機《ドローン》』が複数浮かんでいた。

──なるほど。本当に勇者パーティー《こちら》の〝希望〟が『武器』になるらしい。

少なくとも運営側による『武器』への不正《さいく》は警戒せずともよさそうだ、と。

懸念事項が一つ晴れた空《そら》を余所《よそ》に──

「あのぉ……『武器』なんて古典の知識でしか知りませんけど……」

ああ、六〇〇〇年前に武力が禁じられた世界。

ああ、なるほど確かに『武器』なんて、古典も古典──太古の道具なのだろう。

故に詳しくないと自負するステフは、だがそれでも、と己の手の『武器』──

「──コレはきっぱり『武器』じゃない、ってことは知ってますわあ!?」

巨大な『盾』に困惑の声を上げたステフに、空と白《しろ》と、いづなは目を剥《む》いた。

――ああ……『大盾』……他者を傷つけることを望まず、ただ護《まも》りたいと願う……

まさにステフの〝希望の形〟に相応《ふさわ》しく、ついでに言えば立派な『武器』である。

故に――三人が眼《め》を剥いたのは、その『大盾』に、ではなく――

「……ステフ……そのステータス、どうなって、んの……？」

「……ス、ステ公……お、おめー、バケモン、です……っ⁉」

そう――ステフの頭上の〝バー〟に、だった……


――それは、各々の手に『武器』が出現したのと同時。

同じく各々の頭上と、左手首に現れた〝上下二本のバー〟だった。

――〝希望のみを武器に戦う〟――

――〝希望が尽きれば敗北〟というルールから察するに――

「〝希望〟を可視化したステータスバー。上の赤いバーは攻撃を受けると減る〝HP〟で下の青いバーは『武器』を使用――攻撃すると減る〝MP〟ってとこか？」

「くくっ……さすがは勇者様…………にしても、少々ご明察が過ぎませんです？」

ご明察というか、多くの電子ゲームに共通するテンプレに過ぎないのだが。

ともあれようやく理解した一同を代表して、ティルが悲鳴を上げた――

「……で、ではステフ殿――もしや不死身でありますか⁉」

I ♥ 人類

「ステ公……ＨＰバー三本って、ブッ壊れてん、です……？」

「……え、えぇ？　わ、私《わたくし》、何かおかしいんですの……？」

そう各々が驚嘆を示す様子に、どうやら己が何かおかしいとは察したのか。

不安げに──怪異でも見るような視線を向ける一同に問うたステフに、

「ま、やっぱステフがこのゲームの鍵になるよな」

「鍵──ってどういうことですの⁉　──はっ！」

唯一理解を以《もっ》て呟《つぶや》いた空《そら》に、ステフは瞳を輝かせた。

「私がこうなるとわかってて連れて来たんですのね⁉　普通に考えればこのゲームでは何の役にも立たない私を！　やっぱりソラ、このゲームの攻略法が────⁉」

──やはり、この男が──空が。

なんとなくで自分を連れて来たわけがなかったのだ！　と。

その深謀遠慮を、期待の眼差しで問うステフは──だが……


「いや……　〝希望のみを武器に戦う〟ゲーム、だろ……？　俺等《ら》ん中で一番楽天的で頭がお花畑──もとい、皆を護《まも》りたいって希望に満《み》ち溢《あふ》れてんのはステフだろな～って」

「なるほど⁉　丁度半々の割合で褒められつつ貶《けな》された気がしますわ⁉」

空の回答に、ステフは希望と絶望、丁度半々な顔で天を仰いだ。

だがそんなステフとは対照的な二人。

空と白《しろ》は互いの頭上を見やって、呟く。

「つーか俺らは俺らで、このＨ・Ｐ・の・低・さ・と・、Ｍ・Ｐ・の・高・さ・が気になるんだが……」

「……これ、もしかし、て……一・撃・死・、圏・内・……だった、り……しない……？」

そう――異常に長いＨＰバーに対し、妙に短いＭＰバーのステフとは逆に。

空と白は――極端にＨＰバーが短く、一方で誰よりもＭＰバーが長かった。

――いづなとティル、ジブリールとイミルアイン。

他の四人は、多少の差はあれどＨＰとＭＰのバランスが取れているのに……？

「……一応訊《き》くか。シェラ・ハ、このステータスの偏りになんか意図はあるのか？」

「くくっ……？　いえ。勇者様のご賢察通り、希・望・を・可・視・化・し・た・仕様に過ぎませんです」

――ただでさえ、空達《たち》に保有されている身……虚偽はないはずだ。

そう首を傾《かし》げ邪悪に答えたシェラ・ハに、いづなとイミルアインも首を振る。

嘘《うそ》の検出――なし。どうやら本当に〝ただの仕様〟らしい――

……………ふむ。

そういうことなら――その〝仕様〟の確認と行こう。

「ジブリール、イミルアイン。魔法はやっぱ使えなそうか？」

──〝希望のみを武器に戦う〟というルールのゲームだ。

ならば当然、魔法は使えないと踏んだ、ただの確認に。だが意外や──

「……あ、いえ、マスター……それが──使えそうでございます」

「【報告】疑似精霊回廊接続神経・同期正常。魔法行使可能と推定」

──なに？　と。

ジブリールとイミルアインからの報告に空《そら》は眉をひそめ、チラリと。

「くっくっく……？　あー、はい。確かにこの『塔』──魔王様の内部でも何故か魔法は使えますですが──〝希望〟を著しく消費するようで、推奨は致しかねますです」

一瞥《いちべつ》したシェラ・ハからも──そう、不思議そうな返答を受けた。

──〝希望〟のみを武器に戦うゲーム。

なのに、魔法が使える？

しかも──〝希望〟を消費して……？

「……ジブリール。限界まで出力抑えて魔法使ってみてくれ。指先に明かり点《とも》す程度の」

そう命じた空に忠実に、手を翳《かざ》したジブリールの指先に魔法が点る──が。

……、

「……命じといてなんだが……ジブリール、ここまで出力を抑えられたのか」

そう……ホタルが点す光ほどの、本当に微《かす》かに生じた明かりに。

感心する空に反して、当のジブリールは不可解そうに小首を傾《かし》げていた。

「……はて？　いえ、この百倍は明るい光が出るはずの術式でしたが……」

「【推測】『塔』内の魔法行使は可能──ただし出力は百分の一未満に制限……？　【付随】【報告】番外個体《イレギュラー》のＭＰの０・０３％減衰を確認。当該魔法行使が原因と推定」

──と、イミルアインの仮説と報告に、なるほど確かに。

本当に僅かながらジブリールのＭＰバーが減っているのが確認できた。

……ふむ……

「ちなみにジブリール。この条件で仮に空間転移《シフト》するなら、今の何倍の力が要る？」

「……おおよそながら、体感で数千倍、でございましょうか」

「【概算】３３３４倍以上で番外個体《イレギュラー》のＭＰは枯渇《ゼロ》。【結論】魔法の使用は非現実的」

つまりこのゲーム、魔法の使用は可能だが──実質的に使えないと。

そう結論づけたイミルアインに、だが空は返事せず熟考を重ね──

……、

「……ん。まあ、後は攻略しながら確認かな……」

そう頷《うなず》いて、改めて一同へと向き直って——『塔《ダンジョン》』攻略の戦術を語った。

「とりあえずステフの役割《ロール》は『タンク』で確定だな」

「……〝肉壁〟……頼んだ、ぜ……ステフ……っ」

「〝タンク〟はわかりませんけど〝にくかべ〟には何か危機感を覚えましたわ!?」

そう訴えるステフは捨て置き、続いて——

「で、悪いけど、いづなは俺と白《しろ》を。ティルはステフを抱えること、できるか？」

「ん。まかせろや、です。よゆー、です」

「ステフ殿、軽いでありますね？　もっとご飯食べた方がいいでありますよ？」

空《そら》の指示通りに——空と白、ステフの三人を。

その小さな身で軽々と背負った人外二人に頷き、更に——

「で、ジブリールとイミルアインは——控え。『袋』の中だ」

「……はい？」

「……【困惑】」

——と、空が指示すると同時。

目を丸くした二人は、浮かんでいた小さな『袋』へと、その声ごと吸い込まれた。

――ルールは、同時戦闘可能、最大五名。

必然、攻略中二人は『控え』が発生する。

その控える先こそ、魔法陣の上に浮かんでいた小さな――『道具袋』だった。

エルキアを発《た》つ前のシェラ・ハ曰《いわ》く、『袋』はパーティー後続を自動追尾し。

荷物も収納できるらしい優れものに、ついでにリュックを仕舞《しま》う空達《たち》は――

『【報告】ご主人様。当該空間の想定以上に狭さを確認。【警告】番外個体《イレギュラー》の当機への接触に強い遺憾の意を表明。せまい。さわらないで。あっちいって？』

『好き好んで鉄屑《ゴミ》に触れているとでも？　機械なら掌《てのひら》サイズに変形でもされては♥』

『【反論】天翼種《フリューゲル》こそ魔法生命。姿形変化可能。【推奨】――きのこにでもなって？』

――仲間を『どうぐぶくろ』に収納するゲーム設計に些《いささ》か疑問を覚えながら。

早速喧嘩《けんか》し出した『袋』の中の二人の声を聞いたが――

ともあれ、そうした空の指示出しは、続いて。

戦略を告げて締められた。すなわち――っ!!

「このまいづなとティルに抱えて貰《もら》って一気に最上階《一〇〇》まで駆け上がる！　獣人種《いづな》と地精種《ティル》の身体能力なら敵を全員察知・回避できるだろ——一度も戦闘せず行くぞ!!」

……迫り来る妖魔種《モンスター》を倒しながら進む……？

何故《なぜ》そんなことせにゃならんのかと——ッ!!

「——開幕初手からゲームの前提ガン無視……さすがですわ……」

高らかに吠《ほ》えた空《そら》に、ティルに負《お》ぶさるステフが零《こぼ》すが。

「前提無視だぁ？　おいおい、余計な戦闘回避はむしろ基本だろ」

そう大仰に——同じくいづなの背で、更に白《しろ》を背負って空は頭を振る。

「それともなにステフ、RPG《ロールプレイングゲーム》で目についたモンスターを掃討しなきゃ気が済まないタイプか？　冷静に考えろよ。それ〝虐殺〟だぞ？　物騒な思想だな引くわぁ……」

「ろーるぷれいんぐというゲームを知りませんわッ!?」

そうステフをからかってみせた空は——だが、一転。

「〝希望のみを武器に戦う〟……攻撃すればMP、攻撃を受ければHP。つまり〝希望〟が減るゲーム——こんなルールじゃ戦闘は全く無意味だろ。敵は無視一択だよ」

「…………あれ？　え。それもそう、ですわ……？」

そう——本来ならば、こういうゲーム。

戦闘は経験値や金銭、ドロップアイテム――プレイヤーの強化が目的となる。

だが、元々個々が有する〝希望〟が『武器』とステータスになるというゲーム。

戦闘しても〝希望〟増加《レベルアップ》するようなシステムを見込める要素は見当たらず――

少なくとも挑戦者《そらたち》側には、戦闘するメリットは一切ないと思われる。

――まあ、左手首に表示されているステータス《UI》……
ＨＰとＭＰを示すバーの――　〝その下の余白《スペース》〟は、気になるが――

「とはいえ〝各階層のボス〟がいるようだし？　戦闘を全て回避はできないだろうな」

――礼儀正しい骸骨が零した〝ボス〟まで無視して進めるかは怪しい。

ならば最低限の消費で抑えて進むには……と脳内で戦略を描く空に――

『……マスター。御指示に疑問を差し挟む不敬。どうかお許し願いたいのですが……』

『【明瞭】ご主人様と妹様のＨＰは致命的《クリティカル》に低い。【進言】お二人こそ控えに入るべき』

控え――　『袋』の中からおずおずと告げる二人の声がかかった。


――ああ、確かに空と白のＨＰは、ともすれば一撃死圏内が疑われるほど低い。

いづなに背負われているとはいえ――事故一つ《ながれだま》でゲームオーバーもあり得る。

ジブリールとイミルアインの懸念は尤《もっと》も――だが、

「いざって時の切り札──魔法が使えるのは、おまえら二人だけだ」

……まあ、正確には地精種《ドワーフ》であるティルも、本来は使えるのだが。

そのティルは「自分は無理であります」と、自信満々に暴発の可能性を認めていた。

故に、ジブリールとイミルアインには消耗を可能な限りゼロに抑えて貰《もら》う──

──このゲームまだまだ謎が多いからな、と言外に滲《にじ》ませた空《そら》に。

『……心得ました。マスターの御意に』

『……【了承】ご主人様。きをつけて』

二人は粛々と引き下がり──空達《たち》は改めて『準備の間』の──奥。

その先に、ダンジョンが広がっているだろう扉を見据えて。

いよいよ『塔《ダンジョン》』攻略に臨──もうとして……

「……なあ、いづな？　そのぬいぐるみは置いて行かないか？」

「……できれば……しろ達、両手、で……抱えて、欲しい……」

「ううう⁉　ヤ、です！　こ、これはいづなのモン、です⁉」

「我《ボク》ってば誰のモンでもないと言ってるぞ⁉」

そう──未《いま》だ後生大事に抱いている毛玉──『魔王』故に。

空と白《しろ》、二人分の体重を片手で支えていた状態のいづなに。

さすがにこのまま進むのは……と不安を覚えた空達の訴えに――

「くくっ……魔王様に魅了されるのは当然ですが、そちらシェラ・ハの所有物《モン》です」

と。自称誰のモンでもない毛玉の所有者は、邪悪に頭《こうべ》を垂《た》れ続けた。

「魔王様の断片《そちら》はシェラ・ハを媒介に顕現しておられますです。シェラ・ハから離れれば消えてしまいますので、どちらにせよゲーム内へは持ち込めないと存じますです……」

「ほれ、そういうわけだから毛玉は置いてくぞ――って、知ってたけど力つっっよ!?」

と――シェラ・ハと、更にそのシェラ・ハの保有権を有する、空と白。

三人の意志により、ついに解放された毛玉に――だが未練たらたらに。

「うぅぅぅ……うぅぅぅうぅうっ！一〇〇」

「……いづな、たん……どーせ、最上階に、いるから……ねっ？」

石の床に深々と爪を立て、進むのを拒否するいづなをなんとか説き伏せ。

改めて背負われたその背で――


「っしゃ!!　目標、一・日・で・最上階踏破!!　超短期決戦だ行くぞッ!!」

「……っお～……！」

「は、はいですわ!!」

「あいあいさ～でありまあすッ!!」

「ううう……がってん、です!!」

そう気合いを入れた空《そら》と白《しろ》、ステフを背負ったといづなとティル。
そして――その背を追うようにして宙を駆けて浮遊する『袋』は。
扉を抜けて――『塔』攻略に臨み猛スピードで駆けて行った――

――――…………


「……シェラ・ハ。本当にあいつたちは我《ボク》の下まで来るのだな？」

「御意。魔王様に授けて頂いたこの『智《ち》』を、シェラ・ハは信じておりますです」

そして――その背を見送った毛玉と、蛇眼の黒い少女は。

静寂だけが残った広間に、そう言葉を交わして響かせる。

「彼らは必ず到達致しますです……魔王様がお望みになられる、その先へさえ――」

そう――確信でさえない。その蛇の瞳に過去を映しているが如《ごと》く、断じて。

シェラ・ハは己《おの》が魔王の断片を抱いて、静かに『塔』を後にした…………

■■■

――扉を抜けた先には――別世界が広がっていた。

先程までの『準備の間』の無機質な広間から、一転――

「……なんだこの大聖堂……『魔王』じゃなくて『聖王』の住処《すみか》じゃねーの？」

「……にぃ……フロムゲー、なら……どっちも……似たような、もん、だよ？」

「……さっきから何を言ってるんですの？」

神秘的とさえ思える荘厳な――天井まで二〇mはあろうかという大理石の城。

延びる通路には煌《きら》びやかな装飾が施された無数の柱と、脇道――そして。

空達《そらたち》を視認するや迫って来た、無数の妖魔種《てき》――鎧を纏った骨《スケルトン》の姿があった。


――それらの頭上には、やはり空達と同じ――赤と青、二本のバーが。

こちらと同じで、攻撃を受け、HPが枯渇すれば戦闘不能になる仕様だろう。

だが襲い来る骨《てき》には目もくれず、いづなは作戦通り――拳を振りかぶって、

――――ドゴ――――ウンッッッ!! と……


振り下ろした拳が砲弾の如《ごと》く、床にクレーターを生む衝撃と大音量で――

「――――ん。〝階段〟みっけた、です。こっち、ですっ!!」

反響した音から、あっさりと、上階へと続く階段の位置を特定して。

入り組んだ通路も、更にトラップの類まで――その五感で悉《ことごと》くを暴いて。

空と白《しろ》を背負ういづなの背に、ステフを背負うティルも続く――そう、

「――――つっく、づくデタラメだな異種族……知ってた、けどぉお」

「……に、にぃ……し、しろ……振り落と、され……そ……っ！」

「っひぃぃいいっきゃぁあああし、落ち、死、死にますわぁあああ!?」

「ス、ステフ殿！　み、耳元で叫ばないで欲しいでありまぁあす!?」

――荘厳な装飾の壁や柱、挙げ句二〇mはあろう天井さえ――無遠慮に踏みつけ。

当然のように天地を蹴って高速で駆ける二人に、背負われる三人は必死にしがみ付く。

そんな二人を捕まえられる――否《いな》。視認さえできる妖魔種《てき》は、そこにはいなかった。

辛うじて追いすがった妖魔種《てき》も――だが、振り落とされまいと必死に。

器用にもいづなの背に捕まったままの空と白の射撃に悉く散っていく――

そして――時間にして、僅か十八分弱。
一気に九階層を踏破した空達は、十階へ続く階段を駆け上がり――そして。
その先で――やはり歪《いびつ》な魔法陣が浮かぶ、不自然な扉の前に立った……

……『ようこそ。この先が一〇階ボスの間でございます♪』と……

そう言わんばかりの、こてっこてにお約束な雰囲気漂う、重厚な扉。

ならば同じくお約束に――ボ・ス・か・ら・は・逃・げ・ら・れ・な・い・だろう、と――

ついにいづなとティルの背から降りて、地に立った一同に。

「この先にボスがいるだろう。たぶん無視はできない。つまり──初戦闘だ」

そう告げた空《そら》に、各々無言で『武器』を掴《つか》み直し、緊張を示す様子に。

空は「作戦はこうだ」と、続ける──


「ステフが『タンク』──つまり前衛だ。可能な限り敵に接近して、同じく可能な限り、全ての攻撃を引き受ける。文字通り俺等《ら》の『盾』──生命線だ。……頼りにするぞ？」

「──ええ。任せてくださいな」

……そんな大役が己に務まるか？という思考を振り払ったのだろう。

頭を振って、力強く頷《うなず》いたステフに、空も真剣に頷き返し──続いて、

「いづなとティルは『近距離DPS』──その素早さ、動体視力で自分達《たち》を狙う敵の攻撃を回避、ステフの盾に誘導して隙を突いて攻撃。可能ならステフが被弾しすぎないよう、攪乱《かくらん》も。俺と白《しろ》は『遠距離DPS』──後衛から射撃で攻撃する──以上だ」

そう単純明快な作戦を語り終えた空の「質問は？」という視線に。


「……そ、そら殿としろ殿の護衛は誰がするでありますか……？」

ティルがそう、十数分前に、ジブリールとイミルアインが懸念した点。

今なお『袋』の中から心配する二人の気配を代弁する問いに──だが不敵に。

「……い・ら、な・い・……ど・ー・せ、し・ろ・と・に・ぃ・……被・弾・し・な・い、か・ら・……」

――かつての対東部連合戦《とうぶれんごう》。

いづなの弾幕結界すら、自分達を捉えられなかったのをまさか忘れたか？　と。

いっそ不遜に『ナメるな』と――護衛不要を断じた二人に、一同は喉を鳴らし。

だがその自信が、決してただの自惚《うぬぼ》れではなく――

「心配すんな。万一ボスが複数だったり、回避不能の攻撃して来そうなら、ステフに背中預ける。いづなとティルがステフの支援徹底してくれりゃ、俺らは安全ってわけ」

対処しきれない攻撃も十分想定した上での自信であり――作戦だ、と。

それぞれ役割《ロール》を示され、把握・納得した様子で頷いた一同を見回して。

改めてボスが待つ扉へと向き直った空に――ふと、白が呟《つぶや》いた。

「……に・ぃ・……『ヒ・ー・ラ・ー』不在、は……しょ・ー・じ・き、キツい、ね……」

――ああ……このゲーム〝回復手段〟がほぼ存在しない。

それがこのゲームを勝利《クリア》できた者がいない理由だろう――故に。

「――行くぞ」

そう珍しく緊張感を滲《にじ》ませた声で、空は扉の魔法陣に触れる。

同時、魔法陣が砕け、扉が轟音《ごうおん》を立てて開かれた。そして――

《～～～～～～～～～～～～～～～～～～～～～～～～～～～～～～～～～～～～ッ!!》

広間の中央から――人類種《そらたち》の可聴域を超えた低音だったのだろう。
だが、床から天井まで――何より空達《そらたち》の内臓を震わせた咆哮《ほうこう》の主――
巨斧《きょふ》を両手に持った、五mはあろう牛頭人身《ミノタウロス》の妖魔種が獰猛《どうもう》に唸《うな》っていた。
――道中の妖魔種《てき》と同じく、頭上には二本の――だがボスらしく長いバー。
ステフが思わず「ひっ」と悲鳴を呑《の》む中、空達は構わず広間へと突入した。
瞬間、その背後で再び轟音《ごうおん》を立てて閉まった扉と――ボス妖魔種《ミノタウロス》の背後。
やはり魔法陣が浮かんだ扉――おそらくは上階に続く扉を視認して――
――やっぱボス妖魔種《コイツ》を倒さなきゃ出られないいし、進めないわな!?
そう内心吠《ほ》えた空が己《おの》が『武器』――『対物狙撃銃《アンチマテリアルライフル》』を構えたのを合図に。
白《しろ》、いづな、ティル、そしてステフが、それぞれに『武器』を構えた。
さて……如何《いか》にも鈍重そうな見た目だが――果たして……？
「速攻で片付ける!!　全員、消耗は最低限に――一気に仕留めるぞ!!」

――かくして。
再度響いた牛頭人身《ミノタウロス》の咆哮に、負けじと張り上げた空の号令を以《もっ》て。
一斉に地を蹴った五人の、実質初戦闘の幕が切って落とされた…………

■■■

結果だけ見れば――〝楽勝〟だった。
純粋な身体能力だけなら十六種族《イクシード》最強を誇る獣人種《ワービースト》――血壊個体のいづな。
その獣人種《ワービースト》に肉薄する腕力と動体視力、器用さを有する地精種《ドワーフ》――ティル。
ボス妖魔種《ミノタウロス》――見た目通り鈍重なその攻撃が、二人を捉えるなどどだい不可能だった。
壁や天井を、立体的に駆ける二人を狙った攻撃は、全てが回避、誘導されるに終わり。
また、ステフの『大盾』も期待以上の性能を発揮した。
巨体から振り下ろされる斧《おの》は、盾越しのステフに微々たるダメージしか与えられず。
そのステフの背後――空と白を狙った投擲《とうてき》斧も、だが悠々と回避されるに終わった。
……そして――
「あとちょっと、ですわ――っ!!」

いづなの『肉球手袋《ねこグローブ》』と、ティルの『大槌《ハンマー》』、空《そら》と白《しろ》の弾丸を浴び続け。
ボス妖魔種《ミノタウロス》の頭上――HPバーが残り僅か、とステフが吠《ほ》えると――同時、
――――……………
「…………え？　あ、あれ……？」
唐突にボス妖魔種《ミノタウロス》は膝をつき、声もなく光に包まれて消えた――
「……ふぅ。事実上の初戦闘にしちゃ上出来だが……結構消耗したな……」
きょとんとするステフを余所《よそ》に。
空は淡々と、全員の頭上のHP／MP《ゲージ》を確認し、戦闘評価《リザルト》を始めた。
――初戦闘。強敵《ボス》を相手に、ステフの盾越し以外での被ダメ――ゼロ。
MPも――全員戦闘終了時点で、平均してまだ九割以上は残っている。
本来ならまさしく『圧勝』――文句なしの完封勝利と言える。
だが――ここはまだ一〇階……お約束通り《セオリー》なら今のボス《ミノタウロス》は最弱のボスだ。
この先――道中の妖魔種《モブ》も、ボス妖魔種《デモニア》も、強くなっていくのであれば。
一〇〇階のダンジョン――一〇階時点でMP一割弱消費は、マズいな……と。
空と同じ懸念に、白とティル、いづなまでもが渋い表情を浮かべる中、

「い、いえ!!　あのぉ!?　皆さん終わった～みたいな雰囲気ですけども!!　ボ、ボス――まだＨＰが残ってましたわよ!?　ま、まだ襲ってくるかも知れませんわ!?」

そう――ボス妖魔種《ミノタウロス》は、一時的に姿を消しているだけでは、と。

未《いま》だ警戒を解かず、一人周囲を見回し索敵を続けるステフに――

「……あーステフ気づいてなかったのか。ここまでの妖魔種、全部そうだったろ」

「――はい？」

「道中、俺と白も射撃してたし、いづなとティルもたま～に攻撃してたろ」

「あ、はい……敵を全部無視するって言ってたのに、何故《なぜ》か不思議でしたけど？」

「……攻撃の仕様も把握・検証せずにボスに挑むわけねえから、だよ……」

無邪気に小首を傾《かし》げるステフに、空は半眼でその検証結果を語った。

「まずザコもボスもそうだったが――どうやら倒すと俺らのＭＰは僅かに回復する」

「――え。そうでしたの……？」

一斉に頷《うなず》かれ、唯一気づいていなかったステフはバツが悪そうにするが、空は続ける。

「んで、今回被弾したステフもボス撃破後ＨＰ回復してるから――ＨＰも回復する」

そう……このゲーム〝回復手段〟はほぼない。

ほぼ――全くないわけではないのだ……ただ、

「だが──倒すのに要するMP消費に対して、回復量が全く釣り合ってないんだよ」

──道中、空達《そらたち》は数体の妖魔種《モブ》──スケルトンやスライムを倒してみたが。

ステフを除く四人で、一体を一斉攻撃──MP消費を四人で分散してさえ、やはり回復は微々たるもの。消費の方が上回って──トータルの収支はマイナス。

ボスの撃破は多めに回復したが、それでも平均一割弱マイナスが結果だった。

「やっぱ戦闘は消耗するだけで無意味ってのは間違いなさそうだ」

──そもそも何故敵を倒すとHP・MPが回復するのか、疑問は残るが。

「……だが、それ以上の問題が──〝三つ〟もある」

そう言って、空はまず指を一本立てて──続けた。

「一つは、このゲーム内での『攻撃』に、衝撃がないことだ」

空と白《しろ》の銃弾だけなら、妖魔種《デモニア》の身体性能故、とも考えられたが。

砲弾の如《ごと》きいづなの拳を受け、ザコもボスも蹌踉《よろ》めきもしなかった。

「まあ……希望のみを武器に戦うゲーム……HPはつまり『希望のバリア』的なもんで、俺らも敵も『攻撃』──〝希望《MP》〟を互いのバリアにぶつけ合う仕様なんだろう──つか、でなきゃボス妖魔種《ミノタウロス》の斧《おの》、盾越しでもステフが受け止められるわけないしな」

「────」

言われてみれば、確かに……ボス妖魔種《ミノタウロス》が振り降ろす巨大な斧。

……どうしてアレを受け止めて〝死ぬ〟と思わなかったんですの？　と。

今更血の気が引いて行くステフは、いっそ己の鈍感さに感謝した。


――とはいえ、これはわかっていたことだ……『十の盟約』がある以上当然の仕様。

いかに〝戦闘《バトル》ゲーム〟といえど、互いに〝危害〟を加え合うのは原理的に不可能だ。

想定通りの仕様。故に問題は――その仕様が敵にも有効であることで――

「つまり――HPを削りきらない・と・敵・の・突・進・す・ら・止・め・ら・れ・な・い・ってのが問題だ」

攻撃を受けても、敵は怯《ひる》まない――　〝ストッピングパワー〟がないのだ。

そして当然、敵のHPを一々削りきっていたら、MPはすぐに底を突く。

この先、いづなやティルでも逃げ切れない地形で敵集団に囲まれたら――――


ごくり、と喉を鳴らすステフに、だが空は二本目の指を立て。

「んで二つ目はまさにさっきの――　〝HPを削りきる前に敵が消える〟問題だ」

そう――先程、ステフが最初に抱いた疑問の、仮説を語る。

「『塔』内の敵――妖魔種《デモニア》は四交代完全週休三日制なホワイト運営の『スタッフ』だ」

「……？　はあ。確かに、ゲナウ・イさんがそんなこと言ってましたわね……？」

ならば、HPを削りきる前に敵が消える理由も、自明だろう――

「要するに——このゲームの運営が〝福利厚生の観点から〟スタッフを保護してる」

「…………はあ？」

——意味がわからない。

ましてそれの何が問題かもわからない様子のステフは捨て置き、

「おい！　どーせ聞いてんだろ!?　どうなんだよ、シェラ・ハ!?」

と。突然その場にいない者に呼びかけた空《そら》に。

ステフをはじめ、一同がきょとんとする十数秒の間を置いて——

【……マァ、魔王様が許可なさるノデしたら……ドウぞ智《ち》のシェラ・ハ様】

【くくっ……さすがのご賢察、と申し上げる他ありませんです勇者様】

——『塔』の外——おそらく『運営本部』の骸骨と共にいるのだろう。

空と白《しろ》に保有され、運営でもないシェラ・ハの応答は、本来はNGなのだろうが。

毛玉《まおう》の許可があったらしい、館内放送のように邪悪かつ上品な声が広間に響いた。

【くくっ……ええ、なにせ勇者様方が『HP』と呼ぶその枯渇は〝希望の枯渇〟……故に妖魔種《スタッフ》は枯渇直前に『塔』外へ転送され、労災手当と療養休暇が与えられますです】

さすがの行き届いた福利厚生。ド・ホワイトな対応。だが——

「————」

その言葉にさすがに察したか、息を呑《の》んだステフに空は苦笑して語る。

そう……つまり敵——『塔』内妖魔種《スタッフ》の救済措置であるそれは——

「一方、その〝希望の枯渇〟——HPがゼロになることが俺らの敗北条件なわけだが？

もちろん勇者御一行様《ちょうせんしゃ》である俺らに、そんな福利厚生《フェイルセーフ》が用意されてるわけないよな？」

「…………」

「んで、希望が尽きる——つまり敗北したらどうなるか、周知の通りだな」

それは、戦前戦後を問わずこの『塔』に立ち入った者が例外なく辿《たど》った末路。

——完全な希望の喪失。すなわち〝絶望〟であり——

「つまり俺らはMPが枯渇した時点で、攻撃手段を失ってHPも詰み。よくて自害、最悪生ける屍《しかばね》になる、とまーこの場合どっちが最悪かは解釈が分かれるところか？」

つまり、このゲーム。

——希望を喰《く》らい尽くされれば挑戦失敗《はいぼく》という、その本質は。

自分達《たち》が『攻撃』し——〝希望《MP》〟を消費する、その都度。

僅かずつ——だが確実に——〝死《ぜつぼう》〟へと向かう。

〝希望《いのち》〟を消費せずには進めず、回復手段もほぼ無いゲーム……

「…………………………」


そう皮肉げに語った空《そら》に、ステフのみならず白《しろ》やティル、いづなまで。

改めて、自分達《たち》が挑んでいる〝絶望《ゲーム》〟に、思わず顔を強張《こわば》らせる中──

『……でしたら怖《おそ》れながら。やはりマスターお二人こそ控えに入るべきでは……』

と──宙を漂う『袋』の中からでも、外の様子はわかるのか。

改めてそう進言した『袋』の中のジブリールに、空は今度は数秒熟考し──

「……ジブリール、イミルアイン。ティル・・・ティルといづなと〝チェンジ〟だ」

空がそう呟《つぶや》くと同時、ティルといづなが『袋』へと吸い込まれて。

代わりに、にゅ〜ん、と──ジブリールとイミルアインが現れた。

──何故《なぜ》空と白でなく、ティルといづなが交代させられたのか……？

怪訝《けげん》そうなジブリールとイミルアインの──頭上のバーを一瞥《いちべつ》し、

「……二人共、なんでＨＰもＭＰも微妙に減ってんだ……？」

「──え？」

「……【確認】当機と番外個体《イレギュラー》のＨＰ・ＭＰに二％弱の減衰。【疑問】……なぜ？」

そう──戦闘してない二人のＨＰ・ＭＰバーが僅かながら減っている理由。

問うた空も含め、誰も答えられないその疑問に、一同がただ困惑する中──

「……ティル、いづな。ジブリール、イミルアインとまた〝チェンジ〟」

そうして再度『袋』からにゅ～ん、と現れたティルといづなに代わって。

改めて『袋』の中へと戻ったジブリールとイミルアインに――空は告げる。

「交代はいつでも即座にできる。予定通り、二人はいざって時に備えてくれ」

『……はい。かしこまりましてございます』

『……【疑問】……【渋々】……了解した』

確かに、ともすれば一撃死かもしれない空と白が外にいるのは危険。

だが今はそれをも上回る危険――懸念に、空は眼《め》を眇《すが》めて思考する。

――ジ・ブ・リ・ー・ル・と・イ・ミ・ル・ア・イ・ン・は〝一・度・き・り・の・切・り・札〟かも知れない、と――

「……ティル。もう一度確認させてくれ。このゲームを唯一〝引き分け〟にできた――と思われる地精種《ドワーフ》パーティーは〝一・日・ち・ょ・い〟でクリアした――間違いないな？」

「……は？　あ、はいであります。詳細は不明でありますが。『塔』への突入から『魔王』の消滅が確認されたのが三・〇・時・間・後だったたと、頭領からも聞いてるでありますっ！」

そう――それはエルキアを発《た》つ前もティルが語った、四〇八年前の情報。

故に空も、最上階――一〇〇階まで、一日で踏破するのを目標に掲げた。

〝希望〟の消費を最低限に、最短距離で駆け抜ける以外、このゲームに勝機はない。

……そのはずだ。そのはず、なのだが……――本・当・に？

「…………っつ～かさぁ……おいシェラ・ハ!?　俺の『武器』弱すぎね!?」

と。道中も、ボス戦の間も、ずっと気になっていたことを。

今後の戦略、思考の整理ついで――空《そら》は堪《こら》えきれず吠《ほ》えた。

「こんな厳《いか》つい見た目で一発の威力が白《しろ》の『機関拳銃《マシンピストル》』と同じってどういうことだ!?　連射性能も低い、装弾数も七発――しかもリロード《クールタイム》遅え!!　ハズレ武器じゃね!?」

――ああ……〝希望〟が形を成したものだからだろう。

重量は皆無。射撃の反動もなく、見た目に反する取り回しの良さに文句はない。

だが『対物狙撃銃《おれ》』の弾と『機関拳銃《しろ》』の弾が同威力なのは、納得いかねぇ!?

そう訴えた空のクレームに、再度、邪悪な困り声の館内放送《アナウンス》が応えた……

【くくっ……いえ、そう仰《おっしゃ》いましても。そこで使われている武器はあくまでも勇者様方の〝希望の形〟であって、運営側で設定しているわけではありませんですして……】

「……見かけ倒し、で……弱《ザコ》くて、小さい……にぃの、にぃ自身、の形？」

「ふぅ……妹よ。なんの話かわからんが？　一応反論しよう――兄ちゃんのは見かけ倒しですらねえ!!　別に小さくもねえがな!?　あと、七発も連射できりゃ堂々と誇ってるとも言っておこうか――何の話かはわかんねーけどな～あ!?」

「なあ、ステ公。空、白、なんの話してやがん、です？」

「……いづなさんが、あと十年はわからなくていい――いえ、できれば一生わからないで頂きたい話で……私《わたくし》はわかるようになってしまった自分を嘆いてる話、ですわ」

「そら殿！　そら殿が教えてくれたように――武器は性能より使い方であります!!」

『はい。その通りですマスター。サイズや速射性より技術でございます』

『【肯定】【付随】命中精度の高さ。優れた個体の証《あかし》。ご主人様、誇って？』

そう全方位――更に『袋』の中からさえセクハラの嵐を浴びせられ。

天を仰いで頭を抱えた空は――だが一人、真剣に考察する。


――実際、笑い事ではない。不可解だ。

ステフの異常に高いＨＰも、当然気になるが。

おそらくその『大盾』も――ＭＰ消費なしでダ・メ・ー・ジ・カ・ッ・ト・す・る――異常な性能だ。

更に、いづなの『肉球手袋《ねこグローブ》』も、ティルの『大槌《ハンマー》』より威力も――ＭＰ消費も多い。

各々のＨＰ・ＭＰ《ステータス》と同じく――その『武器』の性能にも、ばらつきが多すぎる。

各々の〝希望〟が可視化されるＨＰ・ＭＰ《ステータス》と――　〝希望の形〟という『武器』……

……〝希望〟……

この世界では、明確に解明されているという『魂』とやら由来の概念。

――本当に、そうか？　ならば、この差異を生み出しているのは――？

「…………こうしていても仕方ないか。先へ進もう……」

答えの出ない無数の疑念に、一旦思考を打ち切って。改めて、

「作戦は今まで通り。ザコは無視して次のボスまで一気に駆け抜ける——ただし、お約束《セオリー》通りなら、次のフロアからは、ここまでとは様相《ステージ》が違うだろう」

と。次の階へと続いているだろう、魔法陣が消えた扉を見据え。

「地形や妖魔種《モブ》の能力次第では不可避な戦闘も発生し得る。覚悟して行くぞ」

そう告げた空《そら》に、一同は無言で頷《うなず》いて。

改めて——いづなは空と白《しろ》を、ティルはステフを背負って、駆け出して。

ジブリール、イミルアインが入った『袋』がその後を追って漂って行く。


……だが、空は結局口にはしなかった——三つ目の問題。

確証がない、だが振り払えずにいる懸念を、内心思う……

（……さっきのボス妖魔種《ミノタウロス》。HPが半分切ったあたりから動きが変わった……）

お約束な第二段階。ボスの強化——ではなく。むしろまったく逆に。

攻撃は鈍化し反応速度も低下——ハッキリ言えば——明らかに弱くなった。

——HP・MPは——〝希望〟を数値化しているという。

ボスのあの挙動の変化、原因が——もし空の予想通りであれば。

そして――それが自分達にも生じる現象であれば――――

（……いや、あり得ねえ。なら地精種《ドワーフ》がこのゲームをクリアできたわけがない）

そう頭を振って、不安を拭おうとする空の疑念を置き去りに。

いづなとティルは扉を抜けて、一一階へと続く階段を駆け上がる。

――ああ。空が必死に否定し、払拭しようとしたその懸念《ふあん》が。

だが……この僅か一時間後、見事に的中することとなるとは。

この時点ではまだ、誰も知る由もないまま――――…………

■■■

一一階から――空の予想通り、またも景色が一変した。

荘厳な白亜の城から――『塔』の中とは思えない、神秘的な森へと。

道なき森の中――だが、それでも、襲い来る人型植物《マンドレイク》の妖魔種《モブ》を縫うように。

空と白を背負ったまま、いづなは的確に上階への道、そして階段を暴き出し。

ステフを背負うティルを連れ、木々を蹴って高速で――一直線に駆け抜けた。

果たして二〇階ボス――巨大な植物の怪物《トリフィド》の下まで。

蔓《つる》を鞭《むち》のように繰り出し、種子を撃ち出し、花粉で視界を閉ざす――
だがそれら全ては、やはりいづなとティルはその動体視力と反射速度で。
白《しろ》は軌道を難なく計算して安地を暴き、空《そら》はそのフォローをして。
それでも防ぎ切れない攻撃はステフが引き受けて――難なく撃破した。
そうして二一階層――複雑に入り組む美しい鍾乳洞《しょうにゅうどう》に変じた景色の中を進み。
更に五階層を踏破して――二六階層――

「…………」
「…………」

――入り組んだ鍾乳洞が続く先の、上階への階段を目指す一同は。
だが、一時間ほど前までの勢いはなく、ただ無言で前進を続けていた。
そんな中、いづなの背に揺られながら、空は状況を整理する――

――二〇階のボス妖魔種《トリフィド》との戦闘――そして。
二一階層以降続くこの地形――いづなとティルの機動力を活《い》かし切れない洞窟。
物量で道を塞いだ妖魔種達《オークやゴブリン》との複数回の戦闘で、想定外の消耗を強いられた……
――全員、残りＭＰが平均――〝半分強〟ほどにまで。

「……ソ、ソラ、ちょっと休憩した方がいいんじゃないですの……？」

全員の重い足取り、顔色に気づいたステフは、そう休憩の必要性を訴えた。

ああ、確かに――『塔《ダンジョン》』攻略開始から二時間近く……休みなしの行軍。

一同の肉体的な疲労を憂慮したステフの提案は、至極尤《もっと》もだった。

――だがここまで、戦闘中を除けばずっといづなに背負われ。

その戦闘中も――安地を見極めて、最低限の動作で済ませて来た空と白の。
・・・この疲労感は――断じて肉体疲労などではなかった。
これは、よく知っている〝別の疲労〟であり、空が懸念した疲労だった。

……間違いない、これは……

「――――っ!? やっちま――すまねぇワナ踏んだ、ですっ!!」

だが空の思考は、いづなの本来の五感を思えばあり得ない報告が断った。

そして、視界が明滅した、次の刹那――空達《たち》は袋小路へと転送され――

「……くそっ!! よりによって〝モンスターハウス〟かよ――ッ!?」

十五を超える妖魔種《モブ》――武器を手にしたオークの咆哮《ほうこう》に包囲されていた。

出口と思《おぼ》しき唯一の通路には、見慣れた歪《ゆが》んだ魔法陣。

――掃討しなきゃ出られないか……っ!? と舌打ち一つ――

「ステフの背は俺と白《しろ》!! いづなティルはステフ正面の敵は無視、側面を処理!!」

簡潔に指示を飛ばした空《そら》に、一同一斉に頷《うなず》き動き出す。

——だが、その動きは明らかに精彩を欠いており——

「——っ!? すまねぇ、です……っ」

「あわわわいづな殿!? 謝ってる場合じゃないでありますよ後ろ後ろお!?」

いづなはティルと衝突——注意力散漫に連携が取れず。挙げ句ついに——

「…………え？ ……うそ……」

——白の弾丸が、狙った獲物を外すという——異常事態までもが発生。

空がカバーしようにも、だがその『武器』は、速射性も、威力も低く。

ましてストッピングパワーもない……弾幕に構わずみるみる迫る敵に——

「——ソソソ、ソラ!? こここれ捌《さば》ききれないんじゃないですのぉおッ!?」

響いたステフの悲鳴に、空は盛大に舌打ちして。

——〝切り札〟の一つの——その名を叫んだ!!

「イミルアインッ!! いづなと〝チェンジ〟だ——薙ぎ払えッ!!」

同時——いづなが『袋』へと吸い込まれ。そして——

「【承認】当機の出番。命令受諾。殲滅《せんめつ》する。総員――あうふ・うぃだーせん《さようなら》」

代わりに、メイド服を優雅に靡《なび》かせた少女が、一礼してそう告げるや。

次の刹那、無数の『攻撃機《ドローン》』から瞬いた光が洞窟内を白く染め上げた。

――…………

――……


――命令通り、文字通り敵団のHPを削りきって薙《な》ぎ払《はら》った光が去って。

呆然《ぼうぜん》と……だが、なんとか切り抜けたと理解した安堵《あんど》に、へたり込んで、

「た、助かりましたわ……ってソラ!?　こんなに強いなら最初から――」

イミルアインを出していれば、と。

続けようとしたステフの声は、だが。

「……イミルアイン。いづなとまた〝チェンジ〟だ……」

淡々とした空の命令と、それを合図にしたかのように――

「…………も……やだ…………」

――二挺拳銃《ぶき》を取り落として、膝を折って。

顔を覆って大粒の涙を零《こぼ》し出した白の嗚咽《おえつ》に遮られた。

「――――は。え、ちょ、シ、シロ⁉　どうしたんですのっ⁉」

被弾したのか、あるいはそれとは無関係に怪我《けが》でも負ったか。

そう血の気を引かせ白《しろ》に駆け寄ったステフは、だが――傷は見当たらず。

ＨＰ減少もない――ただステフの声が届かぬ様子で泣き続ける白に狼狽《ろうばい》した。

ただ一人――やはり、そういうことか、と。
最悪の懸念が的中したことに歯噛《はが》みする空《そら》も、また白に駆け寄って。
ついに白が――その〝絶望〟を、口にするのを聞いた。
嗚呼《ああ》――

「……に、い、しろ、なんでおっぱいおっきくなんないの⁉」


「白‼　なあ妹よ⁉　絶望する方向性がそれでおまえは本当にいいのかあ⁉」

他方――同じく近くで蹲《うずくま》っていたいづなも――

「……うぅぅ……むしゃくしゃすん、です……ハラへった、です……うっ！」

「こっちはこっちで随分かわいい絶望だな⁉」

内容は他愛《たあい》ない――だが、当人達《たち》には紛《まぎ》れもない〝絶望〟なのだろう。

はらはらと涙を流す白といづなに続いて、今度は『袋』の中から――

『【既知】……当機は役立たず。六〇〇〇年前も意志者《シュピーラー》を裏切った。騙《だま》した。護《まも》れなかった。今度もご主人様の期待を裏切った……当機には護れない。誰も。約束も。何も……』

「こっちは突然おっっっんも!?　重すぎるだろその絶望は!!　落差で耳鳴りしたぞ!?」

『マ、マスターいったい何が……この鉄屑《ガラクタ》、M・P・が完全に枯渇しておりますが……っ？』


――ああ、わかっている。

たった一回の交戦――イミルアインのMPは、一・瞬・で・ゼ・ロ・に・な・っ・た・。

それを確認したから、空はすぐにまたいづなとチェンジさせたのだ。

だが、理由まではま・だ・わ・か・ら・な・い・、と焦燥に頭を掻《か》きむしる空に――

「ど、どうなってるんですの……？　皆さん、いったい何が――」

同じく状況がわからないステフの問いに、空も気力を振り絞って答える。

「……どうもこうもない。これが、一〇階ボスのHPが半分切ったあたりから妙に動きが鈍くなった理由だよ……くそ。最悪の懸念が的中しやがった……」

それは、大抵のRPG――に限らず、大概の電子ゲームに共通する不思議。
すなわち――P　C《プレイヤーキャラ》は、HPやMPがどんなに減ろうとも――つまり。
疲労し傷付こうと死ぬまでベストコンディションで動ける、非現実的な不思議。
まして――と、空は己の頭上と、左手首に表示されるバーを睨《にら》む。

「……俺等《ら》のHP・MPは――〝希望〟が可視化されてるそうだな？　攻撃しても、攻撃されても減る〝希望〟――つまりこの二本のバーは〝希望の残量〟ってことだろ」

ならば〝希望〟が尽きる――HP・MPがゼロになる。

――〝絶望〟の、その前に当然の過程があるだろう？

すなわち――肉体ではなく、精神が疲労し、摩耗して。

不安に呑《の》まれ泣き崩れる面々が示す通り――絶望へと向かう過程。

――一定以上の〝希望〟を〝失う〟――〝失望〟という、必然に。

もはや動く意欲さえなさそうな、白《しろ》といづなの様子に――

「……で、でも……私《わたくし》も――それにソラと、ティルさんも平気ですわよね……？」

「……そう見えるか？　ふむ……まずステフは『盾役《タンク》』――攻撃しないからだろ」

そう……ステフのMPは依然として満タンのまま――

HPも、ここに至ってなお残り八割以上――〝希望〟がほとんど減っていない。

だが、白やいづなと同じくMPが半分を割っているティルと空《そら》は――

「……ふ？　ふふ。自分は落ち込むの慣れてるであります。この程度、週五なんなら週七であります……まあ……でも、さっさと酒飲んで寝たいではありますね……」

「俺もティルほどじゃないにせよ、慣れてる方だしな……ただのやせ我慢だ」

そう――二人もまた、ただどうにか耐えて、動けているだけであり。
まして、空に至っては――嫌なフラッシュバックが止まらなくなっていた。
気を抜けば――今にも地に突っ伏して動けなくなるだろう、二人の回答に。
――ステフは今度こそ、悲鳴をかみ殺すように問うた。

「じゃ、じゃあどうするんですのっ？　まだ三〇階にも到達してませんわ……っ」

そう……ここはまだ二六階……

最上階――一〇〇階までの道のりは、四分の三も残っている。


……ああ、空も白も、ティルもいづなも、ＨＰは無傷。

ＭＰもまだ半分弱残っている――単純計算、五〇階までは行ける。


――五〇階。そう……それでも、五〇階が限界だ。

しかもそれは当然――階層が上がるほどに敵が強くなっているという事実と。

何よりこの〝希望〟減衰によるコンディション低下を考慮しないでの計算だ。

それらを踏まえ、正確に計算するなら――断言してもいいだろう。

このまま進んでも、三〇階にいるだろうボスさえ倒せず――『全滅』する……

その空の無言が答えだと汲《く》んだのか、ステフは頷《うなず》いて、

「……ソラ。第二案──ありますわよね」

空《そら》が。この男が。人類種《イマニティ》最強のゲーマー──『　《くうはく》』の戦略担当が。

初期戦略の破綻程度も想定せずに、ゲームに臨んだはずがない、と。

──『プランB』の存在を確信して問うたステフに、果たして──


「……ああ。当然ある。そのための〝第二の切り札〟も……」

「やっぱり！　でしたら出し惜しみせずに、早くその切り札とやらを──っ！」

そう答えた空にステフは顔を輝かせたが──続いて。

「まだ使えねえんだっ!!　このゲームの根幹《カラクリ》を暴かず使えば〝詰《おわ》む〟んだよ!!」

「──っっ！」

そう苦悩に歪《ゆが》んだ顔、余裕のない空の悲痛な叫びに凍り付いた。

だが……申し訳ないが──そんなステフに構う余裕さえもなく。

空は、熟考しようとする都度妨げて来るフラッシュバックに──


──大きく深呼吸を一つ……命じた。

（──邪魔だ失せろ）

――仲間《みんな》の、自分の、何より妹の命が懸かる判断を迫られている局面で。
くだらない過去の記憶《フラッシュバック》やどうでもいい不安に構ってられるほど暇じゃない、と。
脳裏を過《よぎ》る余計な全てを命令一つで散らし、空は思考深度を深める――

……考えろ。
かつての地精種《ドワーフ》パーティーは『塔』への侵入から僅か一日強でクリアした。
〝希望〟の回復手段はないに等しい――なら最大効率で最速クリアするしかない。
地精種《ドワーフ》もそう考えたろうし、空もそう考えた――だが、結果はこのザマだ。

ああ――確かに自分達《たち》は、かつての地精種《ドワーフ》パーティーとは違うかも知れない。
全ての敵は回避できなかった。特に二一階層以降はやむない交戦も多発した。
――地精種《ドワーフ》達は、その〝感性〟で全ての戦闘を回避した？
いいや――たとえそうだったとしても、ボス戦までは回避できないはずだ。
ならば〝希望〟――少なくともＭＰの損失――〝失望〟は避けられない。
判断力や思考力が低下し、その状態で戦闘すれば更に余計に消耗――悪循環だ。
その上で、なお――最大効率を意識し〝初見プレイ〟という条件も同じはずの。
空達の四倍以上を進撃し、最上階――一〇〇階まで到達する……？

──あり得ない。どう考えても不可能だ!!
この条件《ルール》ではこのゲーム──地精種達《ドワーフたち》でもクリアできたはずがない──ッ!!

……もしや。
『魔王』の消滅とかつての地精種《ドワーフ》パーティーの挑戦は──無関係だったのでは？
『魔王』は何か別の理由で消滅しただけでこのゲーム、原理的に攻略不能では？
（──いいや断じて違う!!　惑わされるな空《そら》童貞十八──改め十九歳ッ!!）
減衰した〝希望〟──精神疲労──〝絶望〟故か。
首をもたげてきたそんな思考を、だが空は頭を振って否定する。
──そうだ。それこそあり得ない。
このゲーム──前提的に〝攻略可能〟なんだ──それは絶対だッ!!
シェラ・ハの言動と『魔王』の性質──その全てが明白に示している!!
だからこそ自分は、この不明瞭なルールが多いゲームに、それでも乗った──!!
そう……このゲームには明確にクリアする方法がある。
否《いな》──〝用意されている〟と言ってさえ過言ではない！
だが。では。ならばその方法は──いったいどこだ!?

――HP・MP《ステータス》に――『武器』の性能と……個人差が大きすぎるのは何故《なぜ》だ？

――敵を倒すとごく僅かに回復するHPとMP――何の意味がある？

――〝希望〟のみが武器のゲームで何故魔法が使える。何故MPを消費する⁉

――何故イミルアインは、たった一回の交戦でMPを全て消費しきった⁉

――何故ジブリールとイミルアインは戦わなくともHPもMPも減っていた⁉


あるはずだ――この中に。用意された答えがッ‼

そう思考の海を、際限なく深く潜っていく空は。故に……

「――ソ、ソラっ⁉」

「そら殿⁉　う、後ろでありまあああす‼」

――洞窟内を徘徊《はいかい》していたのだろう。

妖魔種《オーク》の一団が空達を発見し、その背後まで迫ったのを。

ステフとティルの悲鳴が響くまで、気づけなかった……


――――……………


振り返った空は――深すぎる、加速しすぎた思考故だろうか。

迫り来る妖魔種《オーク》の一体、その槌《つち》が迫り来るのを――妙にゆっくりと、感じた。

だが、続いて感じたのは衝撃でも、被弾する感触でも、まして〝絶望〟でもなく。

問答無用の多幸感を齎《もたら》す、二つの感触だった。

……不可思議なほどに、柔らかい。

だが矛盾を超える──確かな反発《ハリ》。

神秘的でさえあるその感触が──咄嗟《とっさ》に自分に飛びかかった二人。

すなわち──ティルのおなかとステフのおっぱいの感触だったと。

空《そら》が理解するより早く──


「──**ソラ、は、やらせませんわぁぁぁぁ────ッッッ!!**」

ティルが空を抱え、一足で広間の奥まで跳躍し。

取り残されたステフがそう叫び『大盾』を地面に突き立てた──瞬間。

──空の眼《め》は、ステフの頭上──そのMPバーが初めて減ったのを、確かに見た。

そして敵団が、ステフ以外見えてないかのように──ステフだけを狙い出す様も。

「……にぃっ！　にぃ、にぃごめん、なさい……っ」

「そ、空……っす、すまねぇっ、すまねぇ、です!!」

そう──泣いて俯《うつむ》いていた故に、空の危機に気づけなかったことに。

泣きながら謝って飛びついてきた、白《しろ》といづなを、緩慢に抱き寄せ。

そして――

「ス、ステフ殿!?　い、いったい何をしたでありますかあ!?」

「わ、かりません、わ……っ!?　きゅ、急に――左手首が光って、目の前に文字が――

で、でもこれ――な、長くはもたないですわあ――っ!?」

――その様を、ああ……空は見た。

奇妙なほど落ち着いて――続いて左手首へと視線を移し。

それを、見た。

瞬間――――全てを理解した……

――左手首に表示される、二本のバーの青い方――MPが。

僅かに――だが明確に回復した理由も、その下の余白《スペース》の意味も。

ステフが使っているのが――《ヘイト集中》であることも――

全て。ああ……全て、理解した……

――――はっ……

はは……っ

「……ははは……っあ——っはっはっはぁあ!!　ああ〝希望〟!!　希望希望希望!!

なるほど〝希望〟ねえ!?　確かにこれが〝希望〟だわなあ!?　あッははははは!!」

「……に……に、い……?」

「そ、そら殿……あ、頭でも打ったでありますか……!?」

——無言での熟考、放心——からの突然の哄笑《こうしょう》。

誰もがその正気を心配する中、だが空《そら》は構わず。

そして微塵《みじん》の躊躇《ちゅうちょ》も、疑念もなく、確信を以《もっ》て。

己の『武器』——大型の銃。その砲口を——まっすぐステフへと——否《いな》。

ステフの盾の奥——敵団に照準を定めて。強く、強く強く——思い描く。


——ああ……希望のみを武器に戦う……ゲーム。

——本人の希望の有り様が形を成す——『武器』……

どーりで、自分の『武器』が——普通に使ったら弱いわけだ!!
どーりで——この見た目、この形なわけだ——っ!!
そう——〝己の希望の有り様〟を、強く強く明瞭に、鮮明に思い描いて。
内心空が吠《ほ》えた——刹那。己の左手首——二本のバーが並ぶその余白《した》に。
閃光《せんこう》のように浮かんだのと同じ文字列が、視界に奔《ほとばし》った——

――《スキル『閃光発音弾《スタン》』解放》――

刹那――銃身に装填《そうてん》された弾丸が切り替わる感触に、引き金を絞る。
重い爆音と閃光、そして火を伴って、砲口が弾丸を噴く。
音速を超えて虚空を疾駆する弾丸は――寸分違《たが》わず狙い通りに。
ステフのすぐ側《そば》を掠《かす》めて通り、そしてその盾の向こう側で――
「――ッッ!?　なっ、なんですの――」
ステフに悲鳴を上げさせ――掻《か》き消《け》す爆音と強烈な光へと変じた。
だが、ステフがその疑問への答えを求めて空へ振り向くより早く、
「――へ？　な、何が起きたんですの……？」
光が収まった光景――ステフを『大盾』越しに殴っていた妖魔種《オーク》の一団が。
糸が切れた人形のように――地に伏して倒れている光景にステフは呆然《ぼうぜん》と零《こぼ》した。
そのＨＰバーはまったく減っていない――ただ、文字通りに倒れているだけ……
――何が起きたのか？
ステフの疑問は、空を除く全員が眼《め》を丸くして共有した。
だが、唯一その答えを有する――全てを理解した空は――

「はっは──あ‼　やっぱそーいうことだよなぁ⁉　〝希望の形が武器になる〟──つまり『己の希望《ぶき》』の本質理解による──《スキル解放システム》はあるわけだ‼」

その場の全員──『袋』の中のジブリールと、イミルアインからさえ。

疑問と困惑を浴びせられる気配を、だが空《そら》は構わず笑いながら吠《ほ》える！

「ティル‼　このゲームクリアした地精種パーティーの編成、聞いてなかったな⁉」

「──へ？　あ、はあ。そ、そうであります、ね……？」

嗚呼《ああ》──もっと早く、最初に確認すべきだった！

そうすればこの程度のこと、もっと早く気づけたろうに──ッ⁉

「当ててやろうか‼　そいつら全員──夫婦もしくは恋人だったろ⁉」

「──へ？　え、あ──はっ！　はいでありますっ！　当時のハーデンフェル頭領とその六人の妻の──計七名で挑んだ、と自分は聞き及んでいるであります‼」

「クソが‼　リアルマジモンのハーレムパーティーかよ爆《は》ぜちまえよ⁉」

──少々、想定を超えて来た回答に、ぺっ、と唾棄を一つ。

だが──やはり。やはり──これで全ての謎が解けた──ッ‼

「ソ、ソラ!?　敵がまた動き出してますわ!?」

そう悲鳴を上げたステフに、空は一瞥《いちべつ》して笑う——当然だ。

妖魔種《オーク》の群《たち》れは、空の《スキル》でスタンしただけである。

そろそろ有効時間が切れるだろう——故に。

「んじゃ～お待ちかね第二案《プランB》だ——ジブリール!!　ステフと〝チェンジ〟!!」

そう——〝第二の切り札〟の名を空が叫ぶや。

にゅ～っと『袋』に吸い込まれたステフに代わり現れたジブリールに。

空はすかさず指示を飛ばす！

「俺等《ら》全員を『塔』の入り口——『準備の間』に空間転移《シフト》だ!!　できるな!?」

「無論に。マスターの御命令《ごめいれい》ならば、不可能も可能に致しましょう——ッ!!」

そう一礼と共にジブリールが告げるや——次の瞬間。

空達《たち》の姿は、空間に溶けるようにして消えた——

——…………

■■■

――一方……『塔』の外――運営本部。

空達《そらたち》が消えたフロアを空間に投影し、映し出す画面に。

スーツの骸骨含む、運営スタッフの誰もが呆然《ぼうぜん》とする中……

「……おいシエラ・ハ。あいつたち逃げたぞっ!? 本当に我《ボク》んとこ来るのか!?」

「御意、お可愛《かわい》い魔王様。正確に申し上げれば〝彼らしか来られません〟ですが」

その片隅で、運営を代弁して吠《ほ》えた毛玉《まおう》に。

だが邪悪な淑女は、蛇の眼《め》に確信のみを宿して断じる。

「……三〇階も踏破できずに尻尾巻いて逃げたアレを見てもまだそう言えるか」

「御意、魔王様。魔王様が望まれる限り、何度でも申し上げられますです」

紅《あか》い唇を引いた蠱惑的《こわくてき》な笑みで、慈しむように魔王の欠片《かけら》を抱きしめて。

シエラ・ハはその言葉通り、何度でも――愛を囁《ささや》くように告げていた。

「彼らこそ、魔王様が悠久に待ち焦がれた真の勇者。本当の意味で魔王様の希望を叶《かな》え、完全に降《くだ》す――永劫《えいごう》の刻《とき》の中で、初めての勇者御一行様に他なりませんです……」

――と…………

第三章――勇者達の こうげき《メタファンタジー》！

――『魔王』の『塔』――第一階層『準備の間』……

昨日まで床に魔法陣があっただけの、殺風景な広間には、現在――

「くっくっく……勇者様方、ご注文の品々をお持ち致しましたです」

「はっ！　ご苦労であります！　あっちに荷下ろししておくであります!!」

「……イイのデスかネ……コレはルールに違反してナイのですかネェ……」

スーツ姿の骸骨と共に、荷車いっぱいの荷物を運んできたシェラ・ハに。

大槌《おおつち》を肩に担いで、鋭い視線で尊大に周囲を見渡して応えるティルの姿があった。

否《いな》――それどころか……

「あ。それからここ殺風景だからなんか飾りを、との追加注文であります!!」

「くくっ……はい。かしこまりましたです。すぐにご用意致しますです……」

広間の中央には――寝心地の良さそうなベッドが収納された、大きなテントに。

オーブングリルとテーブル――調理器具一式、果ては簡易的な風呂とトイレまで。

これ以上なく快適な生活空間へと変じた『準備の間《たま》』に――まだ満足行かぬ、と。

更なるQ.O.L《クオリティオブライフ》向上を望む追加注文に、ついに堪りかねたのか――

——ぽんっ、と。

「うぉいッ⁉　おまえたち『塔《ボクとのゲーム》』の攻略そっちのけで何をやって——」

昨夜から、悠々自適に『塔』内で暮らしだした空達《そらたち》にクレームを入れん、と。

シェラ・ハを媒介に姿を現した『魔王』の断片——毛玉は、だが……

「……ちょっとごめん。え？　本当にナニやってんの？」

「見て、わからん、か……っ⁉　〝筋トレ〟を、してる……のだが……ぁっ⁉」

そう、視線を降ろした先——優雅に本を読む白《しろ》の——その更に下。

白を背に苦しそうに腕立て伏せをする空に、思わず困惑に顔を染めた。

「……我《ボク》が言うのもなんだが、人類種《イマニティ》が筋肉鍛えても魔王《ボク》には勝てない、ぞ？」

——魔王を討伐するために、勇者が特訓をする。

その行為を魔王《おのれ》が否定していいものか、申し訳なさそうに呟《つぶや》いた毛玉に。

「よーしそら殿三十回五セット！　頑張ったでありますクールタイムであります‼」

大槌《おおつち》を竹刀のように床に打ちつけたティルの号令に、空は床に突っ伏して。

「……ふ……ふふ、見た目に違《たが》わぬ浅はかさよなぁ……ま、魔王ちゃんよ……」

腕を震わせ息を切らして。なんとも情けない姿で。

だが不敵な笑みを浮かべ、高らかに答えた──っ！

「確かにこれは筋トレ。だが鍛えてるのは〝筋力〟ではない──〝知力〟だ!!」

「……なあ、シェラ・ハ。こいつナニ言ってんの？」

──わからんか。ふ、さもありなん。

では無知なる魔王様に啓蒙《けいもう》せんと、空は一層不敵に笑みを深めて続けた！

「知力とは何か──？　健全な知的活動の産物だ。では健全な知的活動とは何か──？　健全な精神活動の産物だ。ならば健全な精神とは何か!?　ズバリ健全な肉体の産物だ!!」

「そら殿！　クールタイム終了！　次、スクワット三十回五セットであります!!」

そう、説明を遮るティルの厳しい号令に、慌てて立ち上がって。

なおも白を背負ったまま、今度はスクワットを始めた空は続ける！

「具体的には!!　健全な肉体が生成するアドレナリン、ドーパミンにテストステロン！　その他諸々《もろもろ》、脳を活性・覚醒させる物質の産物それが知性だ!!　よーするに、俺は筋肉を鍛えることで脳を──ひいては〝知性〟を鍛えてるのだ!!　じゃなきゃ誰がこんな苦しいことやってられっかよ!?　どぅーゆーあんだすった〜〜〜〜〜ん!?」

「なあ！　シェラ・ハァ!?　こいつず〰〰っとナニ言ってんの!?」

空《そら》の説明を、何一つ理《あんだすたん》解できぬと吠《ほ》えて。

頭を掻《か》きむしった毛玉は、泳がせたその視線に——


「〰〰〰〰っていうか!!　あっちじゃ天翼種《フリューゲル》と機凱種《エクスマキナ》と獣人種《わんこ》がず〰〰っと無言でなんかドカ食いしてるぞ!?　獣人種《ワービースト》はともかく他の二人——あいつたち食事要らんだろ!?」

更なる不可解を映して、ついに悲鳴を上げた。


「もぐもぐ？　ごくん……確かに天翼種《わたくしども》に食事は不要ではございますが……もぐもぐ」

「【報告】　経口摂食、及び食物分解吸収機能。味覚検知機能もある。【報告】　うまうま」

「……………ほっほ待《ちょっと》っほへ《とけ》や、です……食べほはっ《おわ》たら、おめーで遊ぶ《ぶ》、です……っ」

と、ステフが忙《せわ》しなく調理してはテーブルに出す、冗談のような量の料理。

それらを同じく冗談のような速度で平らげていく三人それぞれの回答に——


……改めて言うまでもないだろうが、ここは魔王の『塔』である。

つまりはこの構造物や空間そのものが『魔王』であり——その内部なのだ。

——我《ボク》の体内で、こいつたち本当にナニしてんの？？　と。

誰も答えてくれぬ疑問についに涙を目尻に滲《にじ》ませた毛玉に——

「はぁ……はぁ……ま、魔王ちゃん、は……はて、何がご不満、なんだ？」

「よしそら殿本日のメニュー頑張ったであります!!　汗が輝いてるでありますよ!?」

「……キレッキレ、に、キレてる、よ……水分補給……しっかり、ね……」

と。白《しろ》とティルからタオルと水、労《ねぎら》いの言葉を受け取って息を整える空は。

汗を拭いながら──「ちょっと確認させて貰《もら》えるか？」と。

淡々と言葉を並べた……


「まず……『準備の間《ここ》』は妖魔種《てき》が襲って来ない安全地帯だな？」

そう、大前提のルールを確認して、空は続ける。

「んで。このゲーム、制限時間に言及するルールは一つもない──つまり『準備の間《ここ》』で長期滞在するも、こうしてテント張って休むも、なんらルールに違反しないな？」

「──────え？　あ、あれ？」

キョトンとする毛玉を余所《よそ》に、空はなおも畳みかける！

「んで勇者パーティー《おれら》はゲーム終了まで『塔』から出られない。だが勇者パーティーではない妖魔種《デモニア》でかつ俺等に保有されてるシェラ・ハを『塔』に入れちゃダメってルールも！　当然食料その他生活用品を持って来させちゃダメってルールも、ないよなぁあ!?」

「──────あ。え、あの……」

果たして呆然《ぼうぜん》とする毛玉に、空は高らかに締めくくった！

「ああ！　確かに『塔』からは出られないが!?　その気になりゃーここで一生過ごしてもなんら文句を言われる筋合いはないはずだが異論はあるかね!?　ン〜〜〜〜ッ!?」

「…………、……………………、

「〜〜〜〜シエ、シエラ・ハぁあ!!　こ、こいつたち、ここで一生悠々自適に暮らす気でいるぞ!?　我《ボク》の塔——魔王《ボク》の中で!!　我《ボク》を倒しに来る気とかゼロっぽいぞぉ!?」

「くっ……お可愛《かわい》い魔王様、ですが確かに勇者様の仰《おっしゃ》る通り、ルール上では何の問題もないと認めざるを得ませんです——シエラ・ハも魔王様《ここ》に住みたいですして」

「シエラ・ハ!?　てか欠陥ルールであろう!?　魔王と同居する勇者がどこにいる!?」

と、ついに泣《な》き喚《わめ》いてシエラ・ハに縋《すが》りついた毛玉——『魔王』に。

空《そら》は満足そうに背を向け、汗を流しに簡易シャワーへと向かう。

——当然ながら、本当にここで一生過ごす気など、微塵《みじん》もない。

これらは〝希望を回復〟させる——そのための手段に過ぎない。

ああ……昨日、空がその正体を解き明かした〝希望〟……

より正確には——〝希望の源〟を…………

■■■

――そう、それは昨夜のこと……

「……ふ、ふふ……なるほど？　私もあの鉄屑《スクラップ》同様、一度で使い物にならなくなるわけでございますね……嗚呼《ああ》マスター……いつも肝心な時にお役に立てない無能な下僕を罰してください……具体的にはこの身を慰みにでもご利用ください……」

「……ジブリールは絶望の仕方もブレねえな。実は全然元気だったりしね？」

「……『リレミト』使える、って……ちょー、役立ってる、し……ね……？」

――二六階から、ジブリールの空間転移《リレミト》で、第一階層――『準備の間』へと。

入り口まで無事帰還した空達《たち》は、そう絶望するジブリールに、半眼で応じた。

……とはいえ、無事に戻れてよかった……と、空は内心冷や汗を拭った。

ジブリールのＭＰ全てを消費してもギリギリと見積もられた――空間転移《リレミト》は。

だが案の定、ＭＰ全消費でも足りなかったのか――何故かＨＰまで半分近く削れた。

――だが、辛くも成功した空間転移《リレミト》。

際どい橋を渡れたことに、密《ひそ》かに安堵《あんど》していた空に――だが、

「……これが第二案ですの？　でも振り出しに戻っただけですわよね……？」

「……………………」

そう問うたステフに、一同は揃《そろ》って無言の視線を空《そら》に向けた。

「……この状態《HP・MP》では、最上階《一〇〇》どころか、二六階にすらもう行けないですわ……」

まだまだ希望がありながらも顔に〝絶望〟を滲《にじ》ませるステフの言葉に。

「ところが行けるんだな～これが」

だが、空はそう不敵に笑って答えた。

「ルール上ここは安全地帯――〝セーブポイント〟だ。ここでなら安心して休める」

「……HP・MP《ステータス》回復、は……しない、系の……セーブポイント、だけど、ね……」

色濃い精神《MP》の摩耗を覗《のぞ》かせて、絞り出すようにそう呟《つぶや》いた白《しろ》に――だが。

やはり空は、チッチッチッ、と人差し指を振って、なおも不敵に返した。

「ところが回復するんだな～これが。〝希望〟の回復法を特定したから」

――――っ!?　と。

眼《め》を丸くした一同に、空は更に一層不敵な笑みを深めて――

「全員、俺のMPに注～～目っ!!　――さて、何か気づかないかな？」

そう告げた空に、一同は数秒の間を置いて――

「…………っ！　にぃ、の……ＭＰ……減って、ない……っ？」

「【照合】……ご主人様のＭＰ。モンスターハウス突入前の記録とほぼ同値……？」

気づいた白《しろ》とイミルアインの報告に、一同は揃《そろ》って驚愕《きょうがく》に目を剥《む》いた。


そう──罠《わな》を踏み、モンスターハウスにハマり、包囲され、戦って！

更に敵団をダウンさせる謎の攻撃までしてなお──空《そら》のＭＰはほぼ減っていない！

つまり──〝希望〟の消費と回復を釣り合わせたのである──っ！

そのカラクリを問う六名の視線に、空は満を持して……

「ああ……〝希望のみを武器に戦うゲーム〟──俺らのＨＰ・ＭＰ《ステータス》も『武器』も──その〝希望〟とやらによって可視化され、形を成しているらしい。では──三度《みたび》問おう」

このゲームの根幹、一貫して腑《ふ》に落ちなかった曖昧な要素。すなわち──

「──そもそも〝希望〟ってなんだ？」

「……【再答】……『魂』の構成要素の一つ……『心』の一部……概念」

そう──この世界では明確に定義、解明されているという〝希望〟──

三度問い、三度同じ答えを返された──この世界では常識らしい答えに。

だが、空は今度こそ口角を吊《つ》り上《あ》げて、キッパリと答えた。

「いいや違う。それがこの世界《おまえら》の常識なら、この世界全員《おまえら》間違ってたのさ」

そう――この世界の常識を、世界ごと楽しげに否定した空は。

唖然《あぜん》とする一同とは対照的に、足取り軽く歩き回り、学者のように――

「〝希望とは何か〟……俺らの元の世界でも答えは出ていない。無論『魂』も解明どころか観測さえできてない――が、それでも希望の原理と機序は、ある程度解明されている」

そしてカツン、と踵《かかと》を打って歩みを止め、

「すなわち〝希望〟とは、極めて物理的で観測可能な――〝物質〟由来である、とな!!」

そう断じた空に――まさか……と。

希望を――つまり感情を――概念を。

『魂《イミルアイン》』も用いずに、物質として観測、一部解明さえしてみせたという。

超科学の種族にとってすら信じがたい異世界の叡智《えいち》を説く空に目を剥く中。

ただ一人――

「………あ……」

と、ついに思い当たった様子の白に、空は大仰に頷《うなず》いて。

嗚呼《ああ》――希望とは何か？

かくなる問いへの、真理《こたえ》を示した――すなわち――ッ!!

「〝希望〟は――ただの脳内物質の化学反応だ――――っっっ!!」

ぴしゃぁ――――――――あッッ!! と……
空《そら》の言葉を理解できた白《しろ》は、兄の背にくっきりと雷鳴を幻視した。

――だが。

……………………――――――?


と、他の五名――訂正。いづなは不貞寝《ふてね》し出したから四名か? ともあれ!!

揃《そろ》って呆然《ぼうぜん》とする様子に、空はなおも畳みかけるように、とくとくと説く!!

「もっとわかりやすく言おうか!? 〝希望〟に限らず〝精神〟だ〝心〟だ〝感情〟だのと呼ばれるこれら全て!! 脳内物質の化学反応と生理作用が齎《もたら》す〝錯覚〟に過ぎんっっ!!」

「……そ、っか……っ! ……そういう……こと……っ!?」

空の語りに更に理解を深め、熱していく白と。

ただただ理解が遠ざかり、冷めていく、その他の視線。

熱量の衝突が気圧差を生み、風さえ渦巻きそうな広間で。

だがその嵐の中心に立つ空は、なおも続ける!

「そう!!　たとえばセロトニン！　あるいはドーパミン、エンドルフィン、アドレナリンにオキシトシン――無数の快感ホルモン《かがくぶっしつ》が身体に作用して人は興奮し、沈静し――つまり快楽や幸福を感じ！　意欲的、活動的になる――これをすなわち〝希望〟と呼ぶ!!」

そして同じく嵐の中心で、その語りを白が引き継ぐ！

「……逆、に……それらの分泌、取り込み不全、過剰分泌……あるい、は別の不快ホルモン《かがくぶっしつ》優位で……不快、不安に……つい、に……無気力に――〝絶望〟に、至る……っ！」

確かに、そう考えればこのゲームの不可解な仕様が全て説明できる！　と。

そう白の思考を読むように、空は深く頷《うなず》いて告げる。

――たとえばッ!!

「赤いバー《HP》は『受動的強さ』――つまりストレス耐性！　精神を保つ脳内物質の量や比率を反映し！　青いバー《MP》は『能動的強さ』――つまり攻撃性!!　ストレッサーを排除すべく行動的にする脳内物質の量と比率を反映してるのさ!!」

「……だか、ら……敵を、倒す、と……〝達成感〟で……快感物質が、分泌され、て……少量、でも……回復する……っ！　すごい、よ……にぃ……っ！」

「ふははは!!　そうだろそうだろう!?　まーもっと早く気づくべきだったけどな!?」

完全に理解し、感銘――兄への尊敬を深める白に反して、

「お、おそれながらマスター……おそらくそれはマスター達《たち》の元の世界の理論で……」

怖《お》ず怖《お》ずと異論を唱えたジブリールに、空《そら》は頷《うなず》いてみせた。

——ああ。確かに、これらは空達の元の世界の理論である。

更に言えば、元の世界でも個人差が大きく、複雑難解を極めるそれら物質の化学反応、相互作用を解明し切るには至っておらず……到底人間の精神を説明できる域にはない。

まして、精霊や『魂』もあるこの世界で、そのまま通用する話でもないだろう。

ああ……そのままでは。だが、一年この世界で過ごした空は。

経験則から確信する。そう、ならば——


「……や、やっぱり《魂魄《こんぱく》仮説》が正しかったでありますか!?」

そう唐突に声を上げたティルに。

空は——続きを譲ろう、と笑顔で視線を送って促した。

「えと……昔、とある森精種《エルフ》が提唱した仮説であります。噛《か》み砕《くだ》きますと、感情や精神は体内に取り込んだ精霊を変質させた——快感を司《つかさど》る精霊群『陽精』と、不快を司る精霊群『陰精』の魂への作用で生じる、と……そら殿が語った〝脳内物質〟を〝体内精霊〟に置き換えた——ほぼそのまんまな仮説でありますッ!!」

——やはりな、と確信していた通りの語りに、空は苦笑で応じる。

だが、ジブリールは納得いかないのか——吐き捨てるように零《こぼ》す。

「……馬鹿馬鹿しい。四〇〇〇年以上もの昔『筋肉は全てを解決する』などとほざいて、森精種《エルフ》のくせに筋トレに生涯を捧《ささ》げた――錯乱した植物類の妄言でございますよ？」

……そんな森精種《やつ》がいたのか……

思ってたより随分と多様性に富んだ種族だな……森精種《エルフ》。

なるほど何千年も世界の覇権を握り続けるわけだ、と感心する空を余所《よそ》に。

「は、はいであります……〝肉体はただの『魂』の器〟――それは今も定説であります。そも『陽精』と『陰精』は合計しても体内精霊の一%にも満たない微量、その影響なんて無視できる程度と笑いものにされた〝珍説〟であります」

そう認めたティルは――だが。

「でありますが！　そら殿が語った通り――この仮説通りなら、筋が通るであります!!」

そう、たとえば――っ!!

「ジブリール殿は魔法生命。イミルアイン殿は機械生物。生命維持に常時精霊を消費するであります!!　でもこの『塔』では〝希望〟しか使えない――ではお二人が何もしなくとも〝希望《HP・MP》〟が減衰していくのは、何故《なぜ》でありますか!?」

「「――――っ！」」

そう告げられ言葉を失った二人に、空は笑う。

……決まっているだろう？
つまりは〝希望〟とやらが——〝精霊の一種〟——
すなわち——『陽精』とやらだから、に他ならず！
「また！『塔』内で魔法の出力が百分の一未満になるのも、術式に流し込んだ精霊の内、有効なのが〝希望〟——一％未満の『陽精』だけだから、で計算が合うであります!!」
そう——〝希望〟のみを武器に戦うというルールの、ゲームで。
なのに——何故か魔法は使える——という不可解。
これも〝希望〟が精霊だから、で説明されるのである——ッ!!

——……、

——…………、

「……確かに反論の余地はなさそうで——いえ。そもマスターがそうと仰《おつしや》るなら、世界が間違っているに決まってございました。愚かな従者の戯言《ざれごと》、どうかお許しください」

と、ついに受け入れたのかジブリールは跪《ひざまず》いて許しを請い。

唯一イミルアインだけは、更に絶望を深めるように呟《つぶや》いていた……

「……【葛藤】【苦悩】……遺志体《プライヤー》が解明した『心』が……ただの精霊反応？　ただの生理作用？……【困惑】【失望】……身も蓋もない。……ええ……何それ……」

だが、空《そら》はイミルアインのその絶望にこそ首を傾《かし》げた。

――機械の種族が『心』を獲得しているのだ。

ならばむしろ、それこそ『心』なんて肉体の反応に過ぎないことの証左では……？

原理がなんであれ――機凱種《エクスマキナ》や俺らの『心』が、ただの生態プログラムであろうと。

それと『心』が――感情《きぼう》が尊いものなのは、なんら矛盾しないと思うが……？


「…………えーと。正直ほとんど、いえ全然サッパリわかりませんでしたけど」

と。安定の無理解を、いっそ清々《すがすが》しく表明したステフは、だが。

唯一理解できたらしい事実を、確認するように、半眼で問う――

「つまりHPが極端に低いソラとシロは、お豆腐メンタルってことですの……？」

「ふっ……ステフにしては理解できてるじゃないか……いかにもその通りだが!?」

「……メンタル、強かった、ら……ヒキニート、やってない、よ……っ？」

「そのくせ、攻撃性《MP》は有り余るほど漲《みなぎ》ってる、と。タ～チ悪いですわね～え……」

「なんか俺等《ら》を異常みたく言ってるが、ステフのメンタル《HP》おばけこそ大概だからな？」

「……ステフ……落ち、込んだ、こと……一度、でも……ある、の……？」

「攻撃性の塊なくせにメンタルおザコな王二人に振り回されるストレス――耐性がなきゃとっくに病んでたのを異常と仰るんでしたら、ええ、確かにお互い様でしたわねえ!?」

そう――どっちもどっち、と妥協に吠《ほ》えたステフを余所《よそ》に、

「し、しかしそら殿。いつ、どうやってこれらに気づいたでありますか？」

――おそらく、空《そら》が熟考にはまり、不意討ちを許して――だが。

呆然《ぼうぜん》としたかと思えば、突然高笑いを上げた――あの時だろう。


あの時、あの瞬間の何が、空をここまでの理解へと至らせたのか。

そう問うティルを含む、十の瞳に、空はやはり不敵な笑みを浮かべてみせ。

己に神託を降《くだ》した偉大なものらへ感謝を込めて答えた。すなわち――っ!!


「ああ、何を隠そうッ!? ステフのおっぱいとっ!! ティルのおなかに挟まれた――あの瞬間、俺のMPが爆速で回復したことに気づいたのさ――ッッ!!」

そこから答えを導き出すなど、極めてイージーだろう？

ああ、何故《なぜ》なら――っ!!


「要するに〝希望《MP》〟は性的興奮――脳内物質《かいらく》で回復するってことだからなあ!?」

ならば『準備の間』で休養をとって、快楽物質が分泌される行動を重ねれば!!

――〝希望《HPとMP》〟を何度でも全回復させ、何度でも『塔』に挑めるのだ――ッッ!!

「……さ――最っっっ低ですわぁああ!?」

「――――――ん？　え、何があ!?」

と、あの瞬間《とき》の至福を、感動を思い出して、噛《か》み締《し》めていた空に。

だが、己の胸を庇《かば》うように顔を赤く染めたステフの罵倒が飛んだ。

「そんなので回復するソラの希望《メンタル》がですわ!?　頭の中卑猥《エロ》しかないんですの!?」

「こないだも言ったが――な・い・ね!!　つーかこの際キッパリ言っとくが男が落ち込んでる時なんざ『大丈夫？　おっぱい揉《も》む？』でだいたいの悩みは解決すんだよ!!」

「そんなのソラだけですわよ!!　――え、ですわよね？　ウソですわよね!?」

そう他の面々に救いを求めてきょろきょろするステフは、だが捨て置き。


「――つーわけで。やっぱ俺の勘は正しかったわけだ」

「………は。え？　え、なんのことでありますか？」

と。きょとんとするティルの蒼白《あおじろ》い感応鋼《オリハルコン》の瞳を見つめ、空は微笑《ほほえ》んだ。


――このゲームに、何故最強の地精種《ドワーフ》――ヴェイグではなく。

ティルと、普通に考えれば戦力外なステフを連れて来たのか。

そう問われた時は、論拠に確証なく――ただ〝絶望が敗北〟となるゲーム。

絶望と最も縁遠い二人が鍵だろうと……ゲーマーの勘に従っただけだった。

だが、薄弱だった論拠が確定した今――空《そら》は密《ひそ》かに自画自賛する。

ヴェイグには及ばずとも、俺の勘も捨てたもんじゃないな、と……

「このゲーム、ステフに続く、もう一つの鍵は――ティル。やっぱおまえだ」

「――は？」

「《魂魄《こんぱく》仮説》？　与太《よた》扱いの、古～い森精種《エルフ》の珍説に随分と詳しいな～ぁ？」

「――ぁ。あい、いえ！　あのその、それは～――違くてでありまして!?」

ニヤニヤ笑う空に、バツ悪そうになんとか取り繕おうとする。

そう……絶望とは最も縁遠い二人――そのもう一人は――

「ジブリールやイミルアインを含む――俺らの〝希望〟――『陽精』とやらを最大効率で回復させる。ティルなら――いや？　ティル以上にできる奴《やつ》なんていないはずだが？」

「………な、何を根拠に……で、ありますか」

「根拠？　そんなの決まってるだろ。その眼だよ」

気弱そうな――だが赤熱を超え蒼熱《そうねつ》する意志を映す、その感応鋼《オリハルコン》の瞳だ。

――空前絶後の天才。叔父を――ヴェイグを超えようと。

己の才能の無さを理解しながら。ゴミと呼ばれ。それでもゴミ山の上で。

一人で。孤独に――何度だって立ち上がって、槌《つち》を振るい続けてきた――その瞳だ。

そのために全てを——森精種《エルフ》の魔法理論も、《魂魄仮説《メンタルケアじゅつ》》さえ利用してきた。
曰《いわ》く——週五なんなら週七で絶望するという、その地精種は。つまりは——

——五〇年以上もの間、無限に等しい絶望を重ねて。

だが、それでも決して絶望に屈しはしなかった——

「〝絶望に抗《あらが》う専門家《スペシャリスト》〟——ティル以上の奴が、この世にいるのか？」

「————」

そう、全幅の信頼と——心からの尊敬を込めた、空の声に。

ティルはその蒼白《あおじろ》い瞳を丸くし、そして顔を伏せて、思う——


……自分が積み重ねて来た絶望《しっぱい》こそが役立つ時、でありますか……

ほんと、冗談じゃないであります……勘弁して欲しいであります。

だって——こんなの。何度体験してもたまんないであります——!!

「ふ——ふふふのふであります!!　いかにもその通りであります!!」

そう顔を上げて、薄い胸をこれ以上なく反らして、

「〝希望〟の減衰と回復とか言うから意味わかんなかったでありますが——単に〝落ち込んで立ち直れ〟と言うなら自分五〇年選手!!　誰にも負けない——専門家《スペシャリスト》であります!!」

そう高らかに吠《ほ》えて、まるで空に倣うように——

「自分の指導は厳しいでありますよ？　弟妹だからって加減しないであります!!」

獰猛《どうもう》で、不遜で不敵な笑みで宣言したティルに。

「……ん。あのさ。毎回流されるけど、ティルのその姉設定——」

「さしあたり今日は十分な食事と良質な睡眠!!　あと酒であります!!　あ、でも最低限の食料しか持ってきてないでありますよね!?　寝具も——え、どうするでありますかあ!?」

——相変わらず空《そら》の確認は、だが聞き逃して。

元々短期決戦を想定し、最低限の荷物しか持ってきていないのを思い出し。

一瞬前までの自信を早々と雲散霧消させ涙目のティルに、空はため息一つ。

「……ああ、その辺は大丈夫だ——お〜いシェラ・ハ!?」

叫んだ空に、またも数秒の間を置いて邪悪で上品な館内放送《アナウンス》が応えた。


【くくっ……？　え〜、はい、何か御用でございますです……？】

「うん。今からティルが要求するもん、全部ここに持ってこいって御用。よろ♪」

「くくっ……？　……いえ、シェラ・ハは勇者御一行様《パーティー》ではありませんですので——」

空達《たち》に保有されているシェラ・ハに本来、拒否権はない。だが勇者パーティーではない
シェラ・ハが『塔《ゲーム》』内に立ち入るのはルール違反——と続けようとした声は——

「あっそ～なん？　んじゃーシェラ・ハ、ゲーム始めた時に――【盟約に誓った《アッシェンテ》】後に『準備の間《ここ》』入ったからルール違反だな？　不正発覚《はんそく》でこのゲーム強制終了――」

【タッタ今智《ち》のシェラ・ハ様を『臨時外部運営《スタッフ》』に登録しまシタ！】

【直ちに参りますです何をご所望になられますでございましょうかですっ!?】

邪悪な笑いを作ることも忘れた骸骨とシェラ・ハが、大慌ての声で応じて。

かくしてティル教官の厳しい希望回復指導が始まった――

■■■

果たして宣言通り――ティルの指導は徹底を極めた。

「落ち込んで立ち直る秘訣《ひけつ》――それは極めて単純ながら実践は至難を極めるであります!!　すなわち――『よく寝てよく運動してよく食べてよく笑う』――以上でありますっ!!」

――それは、基本中の基本。

だが、半世紀かけて『基本を極めて至る先こそ奥義』と悟ったティルによって。

まず、シェラ・ハ達は〝よく寝る〟ために、上等なテントと上等なベッド。

そして、簡易的ながらもシャワーと湯船、トイレまでを即座に用意させられ。

もの数時間で快適な寝所になった『準備の間』で一同はまず一夜を明かした。

続いて――〝よく運動する〟――

「そら殿としろ殿は――とにかく運動不足であります!!」

翌朝――ティルは竹刀のように大槌《おおつち》を携えて言い放った。

「肉体への適度な運動負荷《ストレス》なしには『陽精』が充分に生成されないであります！　まして柔軟性を失って凝り固まった肉体《きんにく》では『陽精』どころか、まず空気や栄養を身体《からだ》に巡らす血が滞ってそれ以前の話であります!!　いいから動くでありまあす!!」

と、空《そら》には限界の半歩先まで追い込む筋トレメニューが。

筋トレする体力もない白《しろ》には、ストレッチメニューが。

機凱種《イミルアイン》の解析協力まで仰いだ、二人専用の完璧な運動指導が行われた。

そして更に――〝よく食べる〟――


「……こ、こんな量の食材を食べるんですの……？」

「無論であります！　あ、ちなみに、コレは一日分の食料であります!!」

シェラ・ハと骸骨紳士が荷車で複数回往復して運び込んだ、大量の調理器具。

そして、それを遥《はる》かに上回る大量の――食材の山を仰ぎ見た一同を代表して、

「……い、いづな、ハラへってっけど……こんな食えねぇ、です？」

――〝よく食べる〟のが大事とはいえ。

だからといって〝暴食〟は逆効果では、といういづなの懸念に。

「は。いえ、この殆《ほとん》どはジブリール殿とイミルアイン殿が食べるであります！」

「…………はい？　天翼種《わたし》が、でございますか？」

「【報告】機凱種《エクスマキナ》に食物接種によるエネルギー補給は不要。【要求】意図の開示」

だがティルは珍しく、正面から二人の視線を鋭く見返して、答えた。

「お二人は生命維持だけで常時〝希望〟——『陽精』を消費するであります！」

いくら体内で『陽精』を生成しても、その端から消費していく。

ならここで〝希望〟回復に努めても消費が上回り——収支マイナスになる。

故に——

「『陽精』は生命内で生成される——つまり食物にも微量含まれるであります!!　お二人は食物から『陽精』を大量摂取するであります!!　必要量は不明でありますから、とにかく自然減衰を回復が上回るまで!!　一日中でも食って食って食いまくるであります!!」

「————————」

あまりに厳しい指導に言葉を失う一同に、だがティルは容赦なく続ける！

「あ、当然でありますが食事が苦痛では本末転倒であります!!　美味《おい》しく食事を楽しむ、それ自体が快感——『陽精』つまり〝希望〟の回復にもなるでありますから!!　美味しく飽きの来ないバリエーション豊かな食事を用意するであります——ステフ殿が!!」

「……あ、な〜るほどですわ。私《わたくし》には運動メニューがなかったのは——」

「はいであります!!　ステフ殿はたぶん一日中調理に走り回ることになるでありますから運動はそれで十分、一石二鳥であります!!　ほら、こうしてる間にも！　ジブリール殿とイミルアイン殿の〝希望〟は減衰してってるでありますキリキリ動くであります!!」

そう、どこまでも徹底した指導に、各々不平不満を飲み込んで。

だが――〝よく笑う〟……


十分な運動と柔軟《ストレッチ》、美味《おい》しい食事――と忙しく指示をこなし終えた後。

小窓から覗《のぞ》く陽《ひ》が赤く染まる頃、今度は読書やゲーム――休息を命じられた一同は。

昨夜よりは、気持ち笑顔が戻った顔でベッドに沈んだ。


――――……………


そして翌朝――テントから這《は》い出《で》た一同は、心地よい目覚めに立ち尽くした。

……一昨日や、昨日まで、何を落ち込んでいたのか、もはや思い出せなかった。

ティルの指導による想像以上の〝希望〟回復に、心機一転。

改めて――『塔《ダンジョン》』攻略に臨もうとした空《そら》に。

だが、鬼教官《ティル》からの厳しい待ったがかかった。

「どれほど効率的に休んでも一日そこらで取れるのは肉体疲労だけであります!!　肝心の精神の休息は、疲労と緊張が解《ほぐ》れた身体《からだ》でようやく見込めるでありますッ!!」

言われて、空達《たち》は己の手首や、互いの頭上のバーを見る。

――確かに、体感に反してＨＰもＭＰもまだ全快はしていない……

「ふーむ……意外と自覚できないもんだな……疲労って」

「……この機能……ゲーム外、に……持ち出せ、ない？」

納得を得られて満足げに、ティルは頷《うなず》いて続ける。

「第一、そら殿は昨日の筋トレで筋肉痛も残ってるはずであります。あと一日、今日は軽い運動と柔軟のみを行って、あとは――『何・も・し・な・い・を・す・る』であります!!」

具体性のない指示の詳細を求める一同に、だがティルは頭を振った。

「〝命令〟は心から楽しめないであります。今日どう過ごすか各自で決めるであります。そら殿達は何をすれば心地よいと感じて――充足感、満足感を得られるでありますか？」

厳しい教官から一転――優しい口調で。

飴《あめ》と鞭《むち》を使い分けて問うたティルに、

「そりゃステフかジブリールかイミルアインのおっぱい揉《も》めばたぶん一発でごはっ!?」

一昨日得た快感から、脳を経由せず零《こぼ》れた空の答えは白《しろ》の肘が遮り。

「……にぃ、いづなたん、を……モフりなが、ら……ゲームしたい、と、思う……あと、ジブリール、イミルアインの、膝枕、とか……耳かき――だよね？　……にぃ？」

「ええもちろんです愛《いと》しい妹もいれば最高至福で満たされますよやったぜっふ～♪」

――ごめんね？　しろにはおっぱいなくて……っ!?　と……
小動物くらいなら殺せそうな呪いの視線に、空《そら》は早口で応じた。
――かくて、白《しろ》もまた、空の膝枕と耳かきを要求し。
よほど羨ましかったのか、ジブリールとイミルアインも恐る恐る空に膝枕を要求。
そうして美味《おい》しい食事と、互いをモフりあいながらゲームに明け暮れ日も暮れて。
そのまま寝落ちした空達《たち》は、全員で身を寄せ合って眠りについた。
――ステフだけは最後まで拒み隅っこで寝たが……ともあれ――

■■■

……更に一晩が明け――『塔《ダンジョン》』攻略開始から四日目の朝。
「……ふ……こんなに体が軽いの、いつ以来だろうな……？」
――ともすれば生まれて初めてでは？　と。
小窓から差し込む――いつもなら忌々しい陽光さえ、今は愛《いと》おしげに空は零《こぼ》した。
嗚呼《ああ》……多種多様な、文字通り人外の美女と美少女の温《ぬく》もりに包まれ迎える朝。
これを天国と思えねば地獄に落ちよう――それはそれは、晴れやかな朝だった。
そして――

「――ん。皆厳しい指導によく耐え、よく立ち直ったであります――っ!!」

空と共に居並んだ一同の――先日までの絶望など微塵《みじん》もない顔と、その上。

全回復した希望《HP・MP》を確認して、ティルは朝日に負けぬ笑顔でサムズアップした。

果たしてついに教官《ティル》のＯＫも出たところで――

「んじゃ、中二日空いたが改めて――この『塔《ダンジョン》』攻略してくれようか!!」

「「「「「おー っ!!」」」」」

意欲全開。拳を突き上げた空に、六人揃《そろ》って力強く応じるや。

ジブリールとイミルアインは『袋』の中へと入り。

よっしゃ、といづなは空と白を、ティルはステフを背負って。

足に力を込め、敵全無視で上階へ駆け出そうとした二人に――

「あ、いや待ってくれ。戦略変更だ。初日の立ち回りは一旦忘れてくれ」

――と、待ったをかけた空に。

小首を傾《かし》げるいづなとティル、果てはステフと白にも、改めて――

「俺と白、ステフをいづなとティルに背負って貰《もら》って、無駄な戦闘は回避――それ自体は変更なしだが……今日からは各階層のフロアを隅々まで探索してから上階に進む」

「はい……？　え、どうしてですの？」

「隅・々・ま・で、でありますか？　敵が密集した通路もあったでありますよ？」

「……アレ、ぜんぶ相手してたら、ＭＰすぐ切れんじゃねぇか、です？」

当然の疑問を零《こぼ》す一同に、だが空《そら》は笑って答える。

「気にする必要ない。ＭＰが減ったらまた初期地点《ここ》に戻って回復する――ジブリール？

いつでもリレミト――もとい空間転移《シフト》で帰還できるように備えてくれ」

『はいマスター。御意に』

恭しい一礼が『袋』越しからも窺《うかが》えるジブリールの返事に。だが――

「……でも、にぃ……進捗遅らせて、まで……無駄な戦闘、する……の……？」

「ああ。当初とは事情が変わった。俺の見立てでは、無駄な戦闘にはならない」

なおも小首を傾《かし》げる白《しろ》に、空は「理由は三つ」と指を立て、続ける。

「一つ目。妖魔種《モブ》が弱い階層で全員《スキル》解放を意識して戦闘して貰《もら》いたい」

「……《スキル》解放……」

「そうだ。ステフが使った《ヘイト集中》と、俺が使った《全体スタン攻撃》だ」

――そう。空が〝希望〟の正体と同時に気づいた、このゲームの仕様。

すなわち、この――〝希望〟のみを武器に戦うという、ゲーム。

己の〝希望〟の形が『武器』として発現する――ルール通りだった仕様《システム》――

「ステフは『皆を護《まも》りたい』と強く想《おも》った――つまりステフが自分の〝希望の形〟を強く意識した結果、発現したものと踏んだ。だから俺も、自分の希望の形――己の本質を強く意識したら――狙い通り、俺も《スキル》が解放された」
と――一同の左手首――ＨＰとＭＰ二本のバーが並ぶ……その下。
余白《スペース》だった部分に、だが現在、ステフは――『私が相手ですわ！』と。
そして空は――『閃光発音弾《スタン》』と文字が浮かんだＵＩを示してみせる。

――空が意識したという、空の本質。

それが何かを問うような一同の視線は――だがあえて無視して。

空は二本目、そして三本目と続けて指を立てる。

「んで二つ目はたぶんすぐわかる。三つ目は――もうしばらく秘密だ♪」

そう悪戯《いたずら》っぽい顔で告げて――一転。晴れ晴れとした顔で、空は続ける。

「っつ～か、敵を倒すと僅かにＭＰが回復したの――楽しいからだろうよ」

それは、そう――不覚にも忘れていたこと……


「――これ、ゲームだぞ……？」

その基本中の基本に今一度立ち返ろう。そう――続いた言葉。

その一言が一番腑《ふ》に落ちたのか、一同は笑って駆け出した――

「こまけーこたぁいーだろ!!　全力で楽しもうぜ――!?」

■■■

かくて、第二回『塔《ダンジョン》』征戦、開始から――僅か二十分。
空《そら》の言葉通り〝二つ目の理由〟は、だが予想以上にすぐわかった。
「……うん、まー。だよな？　ダンジョンモノのお約束だ……あると思ったよ」
――それは、初日にも気になってはいたことだった。
明らかにこちらを視認しているにも拘《かか》わらず、襲って来ない妖魔種《モブ》の存在。
階段がある方向でもないのに、通路を塞いでいるかのような――骸骨兵《スケルトン》の群れ。
初日は相手する余裕なくスルーしたが――まあ、そういうことだろう、と。
それこそ、空がフロアを隅々まで探索するよう指示した最大の理由でもあった。
――だった、のだが……
「…………なあ、シェラ・ハ？」
【くくっ……？　はい勇者様、どうかなさいましたです？】

「うん。確認したいんだが見間違いかなぁ……『宝箱』があるんだ？　目の前に」

そう——敵が通路を塞ぐ理由……ならその先にあるものは？　と。

敵を蹴散らした先の袋小路に——目の錯覚でなければ『宝箱』があった……

【くくっ……ご安心くださいましです。まさしく宝箱以外の何物でもありませんです】

「……そっか。もしや中に、俺等《ら》に有利な——武器とか防具、道具が入ってる……？」

【申し訳ございませんです。〝武器〟は勇者様方の希望を形に成したそれのみですして。ですがそれ以外の装備品や道具は入手できるかと存じますです。くくっ……】

……ふむふむ……なるほど……？

「じゃーこれはアレだな？　長年の疑問についに納得いく説明を頂けるんだな？」

そう、空は大きく頷《うなず》いてから。

っす～～～っ、と深く息を吸って——吠《ほ》えた。

「この宝箱誰が置いてんだよ!?　まして魔王の居城に!?　『どーぞこれで魔王をブスッとヤっちゃってかーさいよぐへへ』と言わんばかりの装備入れて!?　っつーか武器庫にでも収納して一括管理しろよ何であちこち宝箱散ってんだ——っていうこの疑問《ツッコミ》にッ!?」

そう——お約束への空の積年のツッコミに、だが——

【くっ……いえ、それは魔王様に敗れた方々が遺《のこ》された〝希望〟でございますです】

「……遺された〝希望〟？」

【はい。攻略半ばで倒れた方々が〝魔王を倒さんとする者に託す〟と遺された希望の結晶――いわば遺品であり、贈与先が指定されていますです。魔王様の下僕であるシェラ・ハや妖魔種《スタッフ》が処分しようとすれば略奪――『十の盟約』に抵触致しますです。くっ……】

――はっは～ん？　なるほどなぁ～……と。

意外や意外、本当に納得いく答えを頂いた空《そら》は満足げに頷《うなず》いた。

――確かに、宝箱は袋小路や妙にわかりにくい所に隠されていることが多い。敵に追われ、あるいは隠れ、HPかMPどちらかだけ枯渇したかつての勇者《だれか》が――それでも次の誰かへ、と己の残った〝希望《HP・MP》〟を託した結晶――それがこの『宝箱』らしい。

……処分も移動もできない。故に、妖魔種《モブ》を多く配置し獲《と》られ難《にく》くする、と……うむ。他のRPGで通用する理論かは疑問だが、今回は納得できる！

「…………ん。ワナのにおいはしねえ、です」

念のため、いづなの探知結果を待って。

恐る恐る宝箱を開けた空は――

「……なんだこれ。……〝服〟……？　防具か何かか？」

宝箱から取り出した——不定形に揺らめく、ぼんやりとした光に首を傾《かし》げた。

判然としない形ながら、不思議と〝身に纏《まと》う物〟と直感させる淡い輝きに——

『……【仮説】他者の〝希望〟の残滓《ざんし》。装備することで形を得る……？』

と。『袋』の中から推測を零《こぼ》すイミルアインに、空は数秒思考して——

「ふむ……じゃーステフに装備させるべきだな」

「え？　私《わたくし》はHPが多いですし、ソラかシロが装備すべきじゃないんですの？」

「いや。こいつを装備したところで、どの程度の防御力があるのか、わからん」

装備してなお一撃死の可能性がある以上、空と白《しろ》では検証もできない。

「だから、皆のダメージを引き受けてくれてるステフがまず装備して、攻撃を受けて性能を検証。その結果次第で、俺や白の装備も検討する……ってのが安全だ」

「——なるほど。確かにその通りですわね」

頷いて、ステフは空の手から防具と思《おぼ》しき淡い光を受け取る。

そしてステフが光を纏うようにすると——イミルアインの予想通り。

不定形な淡い光は、明確な形を帯びてステフの体を覆った。

——そう……

「────って──ななな、なんっ、ですのよこれええええぇッ!?」

「そ、それは──もしやかつて地精種《ドワーフ》女性戦士が使った伝説の鎧でありますか!?」

ステフに悲鳴を、ティルには目を輝かせて歓声を上げさせた、それは。

なるほど。確かに──今となってはまさしく『伝説の鎧《よろい》』に他ならなかった。

守るべき部位は覆わず、守る必要がないところだけ覆うそれは──嗚呼《ああ》……


伝説の──《ビキニアーマー》以外の何物でもなかった──ッッッ!!


「ちゃ、着用した者をあらゆる攻撃から守る鎧、と伝え聞いているであります!!」

「これで何が守られるんですの!? 最低限の尊厳!? いえ、それも怪しいですわああ!?

というか鎧ですらないですわ私《わたくし》の元の服の方がまだ防御性能ありそうですわ!?」

「安心しろステフ!! 女性キャラ装備の露出と防御力は正比例する──常識だ!!」

「文字通り異世界の常識ですわ!?」

スマホを取り出した空《そら》のシャッター音から逃げるようにそう叫ぶステフに、

「……でも、にぃ……男女問わず……裸に近い、ほど強キャラ、も、常識……っ」

──逆に、空が装備したらどういう形の防具になるのか。

白《しろ》の言葉に『袋』の中からも期待が膨らむ気配に、だが空は頭を振る。

「妹よ落ち着きたまえ……それは一部ゲームに限った常識――ＰＳ《プレイヤースキル》の象徴で防御力は関係ない。あと兄ちゃん、これ以上薄着なってもローリング距離伸びないし無敵時間もない」

「なんの議論かわかりませんけど、せめて私の現状を議論して頂けませんの⁉」

そう――確かに、局部はしっかりと隠されている〝鎧〟……

故にどこを隠すべきか困惑するステフの訴えに――だが。


「ああ……大丈夫。議論するまでもなく、すぐにでも検証できそうだぞ」

そう零《こぼ》した空の視線を追うと、今し方通った通路に――骸骨兵《スケルトン》が八体……

槍《やり》装備四体、弓装備四体の妖魔種《モブ》が、退路を塞ぐようにして迫っていた。

とっくに臨戦態勢のいづなとティルに倣い、ステフも慌てて『大盾』を構え――


「ステフがまず敵の攻撃を盾で受ける！　鎧の性能を確認次第攻撃だ‼」

空の指示に「了解！」と応じる白といづな、ティルに――

「～～～～～～～あぁぁあもおお⁉　毒を食らわば皿まで、ですわねえええ⁉」

ステフもまたヤケクソに吠《ほ》えて『大盾』を突き出し敵の面前へと躍り出た。

間髪《かんはつ》を容《い》れず骸骨兵《スケルトン》の群れから、槍と矢がステフを襲う――が……

――……、

「――え？　あ、あれ？　私《わたくし》、今攻撃されてますわよね？」

ステフは思わず呆然《ぼうぜん》と零《こぼ》した。

盾越しとはいえ、襲っているはずの槍《やり》や矢の感触がほぼない事実に――

「……え……まさ、か……ダ・メ・ー・ジ・カ・ッ・ト・五・〇・%・以・上・、の……鎧《よろい》……っ？」

「ステフ殿の盾の防御性能に、鎧の効果――ほぼノーダメでありますよッ!?」

「ス、ステ公、おめーもしかして今すっげー無敵じゃねーのか、です!?」

口々に驚嘆の声を零す一同に――空《そら》もまた、

「……マジか。ビキニアーマー、マジで防御力あんの？……どういう理屈？」

「防御力あるって言ったソラが驚いてるのは納得しかねるんですけれどもお!?」

だが、ともあれ――ッ!!

「見た目はともかく!!　この鎧があれば、もっと皆さんを護《まも》れますわ――!!」

見た目はともかく!!　と己に強く言い聞かせ、ステフは左手首に触れる！

「――『私が相手ですわ！』――ッッッ!!」

と、空達《たち》の攻撃を待たず、先日発現した《スキル》――ヘイト集中を発動させ。

敵の注意を己一人に集めて、敵団を盾で押し出すように駆け出して、吠《ほ》えた！

「これ――なら！　皆さんに攻撃――ＭＰ消費させるまでもないですわ!?　このまま敵を全員、通路を抜けるまで押し出してしまえば、あとは逃げればいいですわよね!?」

そう、珍しく的確な機転を利かせた判断をしたのか。

あるいは単に気を良くしたか、骸骨兵団《スケルトン》に殴られるに任せ突き進んでいたステフは。

だが――突如。


――ッパァ――ン……と……


「――？　……？？？　――…………っ！　ひっきゃぁああああああああッ!?」

己の身を（申し訳程度に）包んでいたビキニアーマーが砕けて消えたと。

理解にたっぷり五秒以上を要したステフが、そう悲鳴を上げる頃には。

空と白《しろ》、いづなとティルはステフを襲っていた骸骨兵《スケルトン》の処理にかかっていた。

そして、的確に攻撃を続けながら――

「……なる、ほど……　〝かつての勇者が遺《のこ》した希望《ＨＰ》〟の、鎧……だから……っ！」

「ダメージが減衰するわけではなく！　〝遺された希望《ＨＰ》〟がダメージを一部引き受けるというわけでありますね!!　当然その遺された希望も有限でありますから――」

「尽きたら大破、裸になると!!　ちっくしょう、なんてすんばらしい仕様だ!?」

「最ッッ低の仕様ですわあ!?　え、私の元の服どこ行ったんですのおッ!?」

白《しろ》とティルの冷静な分析、そして空《そら》の感動的な結論に。

必死に盾で身を隠して叫ぶステフに、答える声は『袋』の中から——

『【報告】装備変更実行に伴い、元の装備は「袋」に自動転送されると推定』

『はい。ドラちゃんの服でしたら、先程の鎧《よろい》を装備した際に、こちらに——』

「あぁ！　よかったですわ!!　い、今すぐこちら《ここ》に——」

イミルアインとジブリールの報告に、ステフは泣き顔で懇願し——だが、

「ジブリール、イミルアイン!!　本当にステフの服あるか!?　本当の本当にか・・・!?」

「——はぃ？」

割り込んだ空の問いに、ステフは呆然《ぼうぜん》と眼《め》を丸め。

——そして……数瞬の間を置いて。

『——なるほど理解しました……はて♥　ドラちゃんの服、どこ行ったのでしょう♪』

『【制限】当機眼前の物体X。一時的に認識不可能に設定……どこかな～。どこだろ？』

「あ、あ、あなた方ァ——ソラァあああァッ!?」

「安心しろステーフッ!!　おまえの被弾は俺らが絶対に阻止するッッ!!」

「……ステフ、安心、して！　……いづなたん、ティルも……いるっ！」

「そんな心配してね～～ですわあああ!?　元の服も裸もたぶん防御力変わらないですわ!?

いいから私《わたくし》の服を——より具体的には尊厳を返すように言いなさいなぁああ!!」

そうあくまでも服を返す気がない二人の嫌がらせを受けながら。

それでもなお律儀にタンクとして、必死に盾を構え続けるステフに、

「ステフよ……戦場では冷静さを欠いた奴《やつ》から死ぬ。落ち着くんだ」

空はそう、落ち着き払った声音で、丁寧に言い聞かせる。

「盾を構えたおまえは前からは何も見えん。恥ずかしがる要素はないはず。違うか？」

「後ろからは何かが見えてるから、後衛のお二人《ソラとシロ》はさっきからカシャカシャ撮影してるんですのよね!?　何が見え——いえ聞きたくありませんわ撮影を止《や》めなさいなああ!!」


————…………

——……


果たしてステフの訴えは無視されたままに。

銃とスマホで正確に、的確にステフのおしりと敵を捉え続けた空と白と。

前衛のいづなとティルによって敵を駆逐して、通路を抜けた一同は——

「……よし。予定通り、ダンジョンを隅々まで探索するぞ」

いづなとティルに背負われて離脱できたのを確認し、空は改めて告げる。

「先人の遺《のこ》した〝希望〟——ダメージを引き受ける鎧があるなら、こっちの攻撃に、その〝希望《MP》〟を上乗せする攻撃力増加、MP消費を引き受ける装備もあるかも知れん」

上層の強力な敵――『魔王』を倒すには必須になり得る。

異論なし、と頷《うなず》く一同に、空《そら》もまた頷き返して、続ける。

「あと防具は見つけ次第ステフに装備させる。いつまでも裸じゃ可哀想《かわいそう》だしな」

「……本当にそう思ってるのでしたら私《わたくし》の服を返して貰《もら》えませんの？　というか、ソラとシロこそ装備すべきだと改めて主張させて頂きたいですわっ!?」

と、駆けるティルの背中で、まず前面を。

更に背面は『盾』を背負い隠すステフが、怨《うら》みがましい眼《め》で吠《ほ》える。

――少なくとも数十回の攻撃は、ダメージが半減する防具が確認されたのだ。

防御力検証は自分がやるが、やはり空か白《しろ》が装備すべきというステフの主張に。

だが空は、重々しく頭を振って却下した……

「すまないがステフそれは無理だ……防具の残り耐久値がわからない以上、いつ壊れるかわからん、しかも壊れたら裸になるなんて仕様の鎧《よろい》――白にも、無論いづなにも着せられない。百歩譲ってティルなら、了承が得られればワンチャンか……っ？」

「私の了承は何故《なぜ》要らないんですの!?　というかソラは!?　ねえ、ソラはッ!?」

「……はぁ……ステフ。アーマー破損からの野郎《おれ》の全裸？　どこに需要がある」

ステフの主張を、半眼で一刀両断に伏そうとした空に、だが――

「……？　……ぜんぜん……ある、けど……？」

『【自明】需要しかない。【警告】安全の観点からご主人様の防具装備。強く推奨』

『怖《おそ》れながらマスター何故需要がないと思われるのでしょう？　うっへっへ～♥』

妹と、『袋』から返された不穏な声に、空は思わず顔を引《ひ》き攣《つ》らせ——

「〰〰〰〰え、と……そうだ!!　野郎《おれ》の全裸を、白やいづなの前に晒《さら》していいと!?」

「…………わかりましたわよ……防具は私かティルさんが装備、でいいですわ……」

瞬間的に脳を加速させ、慌ててアプローチを変更した空に。

諦めたステフのため息と、三人の舌打ちが響いた…………

■■■

——第二回『塔《ダンジョン》』征戦開始から、二時間弱。

空達《たち》は、初日は十数分で到着した一〇階ボス部屋の前についに立った。

「……ま、ダンジョンをくまなく探索して進んでりゃ、当然こうなるわな？」

初日はＨＰ・ＭＰ、ともにほぼ満タンで到達した一〇階層ボスの間。

それが今回は、現時点で既に全員、平均して二割程度ＭＰを消費していた。

だが、その消費に見合う収穫はあった、と空は瞑目《めいもく》して整理する——

ここまでの道中で、複数の『宝箱』を発見――貴重な装備を入手した。
予想していた通りに――二〇%程度、攻撃に威力を上乗せするらしき腕輪。
更に、五〇%近く消費MPを肩代わりしてくれるらしい――指輪も。
とはいえ――

「攻撃力《うで》強化も MP消費《ゆび》肩代わりも、いつ『鎧《よろい》』の時みたいに〝希望〟が尽きて壊れるか
わからんからな……可能な限り上層階――理想は『魔王《ラスボス》』戦まで温存すべきだろう」

特に後者は、ジブリールやイミルアインの行動制限に関わる重要な鍵になり得る。

帰還魔法《シフト》の消費が半分で済めば、ジブリールに他の立ち回りをさせることも――

そう改めてブツブツと戦略を考察する空《そら》に、ステフは半眼で呟《つぶや》いた。


「……でしたらどうして私《わたくし》だけ鎧を装備させられてるんですの……？」

「ん？　なんだステフ。やっぱ裸のままのがよかったか？」

「……ステフ、そろそろ……そういう、趣味、って……認めた、ら？」

「私の!!　服を!!　返して!!　って言ってるんですのよぉおお!!　おかげで次の宝箱から
鎧を見つけるまで尻丸出しでしたわぁああ!?」

『あ～おかしいですねぇ～確かにさっき見かけたはずでございますが～♪』

そう――次の鎧が宝箱から見つかるまで、一時間以上。

ありのままの姿でダンジョンを闊歩《かっぽ》させられた末に。

やっと見つけた防具――ビキニアーマーよりはマシながら露出の多い鎧を着せられ。

今なお服を返してくれない空達《たち》の様子に、ついに諦めたステフは天を仰ぎ。

「あの。装備温存に異論はないでありますが、ボスには使った方がいいのでは……？　一《こ》〇《こ》階《の》ボス、前回と同じでしたら倒した時点でMPが一割は減るでありますよね？」

――すると残り七割……コンディションが下がり始める頃だ。

まあ……それならそれで、予定通り帰還すればいいだけだが。

万一を考え、怖《お》ず怖《お》ずと進言したティルに、だが空は笑って、

「いいや？　俺の予想が正しけりゃ――そもそもその心配は不要だ」

「は――ちょ――っ!?」

「そ、そら殿ッ!?」

無造作にボス部屋に入った空を慌てて引き留めようとした一同は。

だが――……

――――、

「……？　でっけー牛《ミノタウロス》いねぇぞ、です？」

そう――初日はそこにいたはずの、牛頭人身《ミノタウロス》の妖魔種不在の広間。

そして、開け放たれたままの上階への階段に、揃《そろ》って首を傾《かし》げた。

「……ボス、は……一度倒し、たら……リスポーンしない、仕様……？」

「仕様か。仕様ねぇ……ま～、確かに仕様っちゃー仕様かもだなぁ～♪」

明らかにボスがいないと確信していた空《そら》に、白《しろ》も首を傾げる。

だが、最初に言った通り――まだしばらく〝秘密〟らしい――

「うし。これで〝三つ目の理由〟も確認できたな。んじゃ～引き続き戦略はこのままで。

一一階層から先も宝箱を探して、隅々まで探索しながら進むぞ！」

と。空の指示に、一同は疑問を残しながらも頷《うなず》いて。

ステフをティルが、空と白をいづなが背負う中――

「とりあえず目標は――三〇階ボス撃破。そこで引き返す感じかな～？」

「……確かに一度倒したボスが出ないなら消費は抑えられますけど。このまま探索、戦闘を続けたら三〇階ボスを倒すどころか、前回の限界だった二六階も怪しいですわ？」

そう空が掲げた目標に疑問を抱く一同を代弁するステフを余所《よそ》に。

だが、やはり楽しげに、雑に手を振って、

「いいや行けるね。いづな、ティル、悪いけど引き続き頼らせてくれな♪」

そう断じた空に、いづなとティルは床を蹴って駆け出した――

■■■

そして——更に三時間強を費やして……

「——本当に、三〇階まで到達できましたわ……」

「……なんか、初日より随分あっさりでありましたね……？」

「すげ～ウロウロしたのに、です。ボスいねぇから、です？」


——宝箱集めと、皆の《スキル》解放のため、各階層をくまなく探索して。

交戦を重ねたにも拘《かか》わらず、初日の限界だった二六階を、あっさりと越えて。

かくて二九階を踏破し——そして、ボスが待ち構えているだろう三〇階へと続く階段の前に立てたことに、ステフのみならず、ティルやいづなまでも不思議そうに零《こぼ》した。

だが、一同のその困惑に、空は無理矢理《むりやり》笑みを作って答える。

「勝ってるからだろ……敵を倒した達成感、勝利の快感で希望《MP》は回復する」

「……？　それでも消費が上回るって初日言ってましたわよね？」

「ああ……けど今回は、初日とはまるで条件が違う、だろ……？」

初日最大の不安要素——無いと思われた〝希望《MP》の回復法〟を突き止めて。

三〇階ボス撃破──現実的で明確な目標──つまりはゴール・・・が明白である。

更に、宝箱や《スキル》解放……初日は無意味だった戦闘に期待が持てる。

つまり今回は──ゲームを楽しめている・・・・・……

五里霧中で手探りだった初日より〝希望〟回復量が増えるのは当然だろう。

とはいえ、それでも収支がプラスになるには到底届かず──


「でも三〇階《このさきの》ボス撃破は無理ですわ。今日はここで引き返すべきじゃないですの？」

とステフの不安そうな顔と──一同の顔に出始めた疲労が物語る通り。

いづなとティルの頭上、ＭＰバーは残り〝五割強〟程度を示しており。

──空《そら》と白《しろ》に至っては──残り〝四割〟を切っていた……


──ここまでの道中、白は〝二つ〟……

空に至っては〝四つ〟も追加で《スキル》を解放した。

その性能・仕様を把握するために《スキル》を連用した──当然の結果ながら。

かくて白は無言で、光を失った眼《め》で己の胸を見下ろしてはスカッ、スカッ、と。

何かを求め握られた手が、虚空だけを掴《つか》む感触を得る毎──一粒の涙を零《こぼ》して。

一方空も、強がって見せても明らかに思考が散漫になっているのは明白だった。

――今の空と白には、ボス戦どころかザコ戦さえ危険だ。

ましていづなとティルも、今ボスと交戦すれば戦闘中にMPが半分を割るのは必至。

どう考えてもここで撤退すべき、と思案するステフに。だが――

「……いや。まだ行ける……大幅な希望回復《MP》――ティル考案の〝秘策《きりふだ》〟がある」

「……初耳ですけれども？　でしたらどうしてまだ使ってないんですのよ……」

重そうに頭を振った空の言葉に、一斉に頷《うなず》いた一同に。

――どうやら自分だけ知らされていなかったらしいステフは不服そうに問うが、

「……時間がかかる……安全を確保してからじゃなきゃ使えないんだよ……」

「は！　でありますから、ボスがいる階――ボス部屋の前は妖魔種《モブ》がいないであります。

そこでそら殿としろ殿のMPをしっかり回復させてから、三〇階ボスに挑むでありますっ」

――それでも、ティルといづなのMPは戦闘中に半分を割るのでは、と。

空とティルの言葉に、未《いま》だ不安を拭えないステフは――だが。

「大丈夫であります！　《スキル》を十分使えるMPさえあれば――」

「んっ！　空と白なら、どんなボスもよゆーで完封して瞬殺《コロ》、です！」

そう、ティルといづなが、確信を持って告げた声と。

『袋』の中の二人までもが、全幅の信頼が籠もった——無言の同意を示す様に。

階段——ボスの間が待つであろう三〇階へと踏み出した一同の後ろ姿に。

「——わかりましたわ！　でしたら私《わたくし》も信じますわ!!」

ステフもまた力強く頷《うなず》いて、腹を据えて階段を上り出した——

■■■

——そして、まもなく信じたことを後悔した。


「そらみたことですの!?　珍しく私が正しかったですわ嬉《うれ》しくないですわああ!!」

「三〇階入った瞬間ボス戦開始とかフツー思わねえだろ!?　一〇階二〇階がそーだったんだからフォーマット一貫してボス部屋前に扉置いとけよなクソゲーかよッッ!?」

「……ひっ……に、にぃ……おっぱい、なんてキライ、って……あ、あんな……贅肉《ぜいにく》……なくった、って……愛してる……って……言って……っ？」

「うぉおおお妹よ!?　前半は嘘《うそ》になるから言えねえけど後半はいくらでも言ってやる!!　だが今は激しくそれどころじゃねええせめて自分の足で立ってくれ〜〜〜えっ!!」

そう……空《そら》とティルの語った〝秘策《きりふだ》〟は、だが実行する間もなく。

三〇階の床を踏んだと同時、ボス——岩石の巨人《ロックゴーレム》の投擲《とうてき》攻撃が空達《たち》を襲い。

その攻撃の、唯一の安地——盾を構えて叫ぶステフの背後に隠れて。

空もまた、希望減衰《MP》による絶望にむせび泣く白《しろ》を背負い必死に叫んでいた……


——ボス妖魔種《ロックゴーレム》が、その巨腕を一振りする都度、放たれる無数の岩礫《つぶて》。

その一つ一つが、巨大な散弾の如《ごと》く。扇状に広がって床から壁まで舐《な》めるように穿《うが》って粉砕する——暴力的物量の範囲攻撃は、あろうことか左右の腕から交互に繰り出された。

空と白が万全の状態だったとしても、人の身には回避不可能な手数の弾幕……

そのくせ——


「——ッ!? そ、そら殿!! コ、コイツかっ・っ・っ・たいでありま～す!!」

「ダメージぜんぜん通らねぇ、です!? どーなってやがん、です!?」

——こちらが道中で入手できる『防具』を装備できるように。
妖魔種側《てき》にも、ダメージを引き受ける『防具』装備できる個体がいる——っ！
一部の骸骨兵《スケルトン》の鎧《よろい》のように——コイツの場合硬そうな『外殻』がそうだろう。
だが——問題はその脅威的なダメージカット性能——七割近くはあるだろう。
辛うじて弾幕を避《よ》けるティルやいづなの攻撃も、だがほぼ無意味だった。
あまつさえ——っ!!

「ぎゃぁあ『鎧《よろい》』砕けましたわぁあ乙女として恥ずかしがる余裕くらいくださいなあ!?」

盾越しで攻撃を受け続け――ついに『鎧』が砕けて。

お尻丸出しを嘆くこともできぬと嘆く――ステフの驚異的なＨＰが。

岩の散弾を一回受け止める――その都度、目に見えて減っていく!!

――物量だけではない。威力もデカい――っ!!

盾越しのステフでこのダメージ――自分達《そらとしろ》では、掠《かす》っただけで即死！

いや、ティルといづなでも、直撃は数発と耐えられるか――っ!?

――これ――は…………


「ソラ！　こんなの無理ですわぁ!?　撤退するしかありませんわあぁ!!」

そう……ステフが叫んだ通り――これは、どうにもならない……

白《しろ》もまともに動けず――否《いな》、それ以前の話だ――と空《そら》は歯噛《はが》みする。

そも、ボス戦前の回復は前提だった。

そのアテが外れた時点で、撤退は即断すべきだった!!

この程度の判断力さえ欠如している今の自分では――――

――ジブリール、空間転移《てったい》だ。と空が叫ぶより、一瞬早く。

「そら殿——ッ！　例の〝秘策《きりふだ》〟——今!!　ここで実行するであります!!」

「いづなが時間稼ぐ、です！　さっさとＭＰ回復してきやがれ、です!!」

岩石が広間を砕く轟音《ごうおん》に負けじと響いた二人の声に、空は呆然《ぼうぜん》と喘《あえ》いだ——


——時間がかかる。故に安全確保が前提のＭＰ回復の〝秘策《きりふだ》〟だ……

それを、今？　戦闘中に？　こんな怪物《デタラメ》を相手に？　……何故……？


確かに『三〇階ボス撃破』を今日の目標に掲げたのは、自分だ。

だが……そんな目標に固執する理由も、ないはずだろう……？

一度撤退し、万全の状態で挑めば——という空の思考に、

「そら殿としろ殿なら、ＭＰさえあればこんなザコ——ッ！」

「完封して瞬殺《コロ》なんか——めっちゃよゆーだろ、です!?」

だが獰猛《どうもう》に応えたのは、楽しげな二人のゲーマーだった。


——撤退だと？　おいおい……冗談だろう……？

勝ち筋が潰《つい》えたならともかく、まだ勝機が残ってるんだぞ？

——いい感じに盛り上がってきたとこだろ——!?

そう語る二人の顔に、空《そら》と白《しろ》は眼《め》を剥《む》き、苦笑を零《こぼ》して恥じ入った。

ああ、自分達《たち》としたことが。希望がたかが六割減ったくらいで……

——絶好の楽《ピン》しみ《チ》を逃がすところだったとは——ッ!!


「ジブリール！　イミルアイン！　俺と白とステフの三人と〝チェンジ〟!!」

「はぁ——あッ!?　え、はいぃい〰〰ッ!?」

吠《ほ》えた空の指示《コール》に、ステフの困惑の悲鳴ごと三人は『袋』へと吸い込まれ。

入れ替わって現れた二人に、空は『袋』の中から更に指示を重ねた——!!


『二人共攻撃はするなよ!?　おまえ等《ら》はたぶん動くだけで〝希望〟を余計に消費する!!

《スキル》解放だけ意識して、いづなとティルの補佐《サポート》に徹しろ!!』

「【快諾】ご主人様不在中の攻撃解析・指揮・補助を完全に実行する。まかせて？」

「マスター達はどうか、何も心配なさらず。快適な一時をお過ごしくださいませ♪」

そう一礼して——元々デタラメな身体性能の二人だ。

最低限の動作で優雅に、歩くようにボス妖魔種《ロックゴーレム》の弾幕を回避する二人の様子に。

ティルは小さく頷《うなず》き、最後に『袋』の中の——ステフへと向けて改めて叫んだ。

「ステフ殿!!　そら殿としろ殿を任せたでありますよ!?」

『何をですのお〰〰〰〰っ!?』

だがその問いに答える声は、ついに返ってはこなかった…………

■■■

――そうして……

「ちょ――〝秘策《きりふだ》〟って結局何ですの!?　というか盾役《タンク》の私《わたくし》まで抜けて皆さん大丈夫なんですの!?　そもそも〝控え三人〟ってルール的にアリなんですのお!?」

「〝戦闘は最大五名〟――最大だ。四人戦闘も控え三人も問題ない」

「なるほど!?　ではそれ以外の質問にも答えてくださいますの!?　後ここ狭いですわ!?　控え三人は絶対想定されてな――って――私、裸じゃないですのおお!?　は、裸でソラと密ちゃ――ふ、服……私の服は――ってやっぱりあるじゃないですの!?　き、着替え――られないですわ狭くて動けないですわぁあ!?」

「……ステフうっさ……無駄に、でかいん、だから……動かない、でっ」

そう――三人では、ほぼ身動きできないほどに狭い『袋』の中。

半ば錯乱したありのままのステフ《おっぱい》に潰されキレ気味の白に、空は思う――

――そういえば、自分達《たち》は『袋』に入るの、初めてだったな。

……ジブリールとイミルアイン、こんな狭いとこでずっと身を寄せ合っていたのか。

よく喧嘩《けんか》にならなかったな、と二人の関係性改善に感慨を覚えながら――ともあれ。

空《そら》はステフの要求通り〝それ以外の質問〟に答えることにした。


「ステフ。かつて地精種《ドワーフ》パーティー、どうやってこのゲームをクリアしたと思う」

「――――はい？」


そう……それもまた、空が初日に解き明かした謎の一つだった。

ティル曰《いわ》く、かつての地精種《ドワーフ》パーティーは――全員が夫婦だった……

それも一夫多妻の。マジモンでリアルにハーレムパーティーだった――ッ!!

そんな奴《やつ》らが、ではこんな仕様のゲームを、どうやってクリアしたか？

決まっていよう、と空は大仰に真実を明かした――ッ!!


「**交代で『袋《ここ》』入って入れて出しての色々ヤって〝希望《HP・MP》〟を回復してたのさ!!**」

「――――――」

……と。絶句するしかない真実に唖然《あぜん》とするステフに、だが――!!

「……つま、り……敵が跋扈《ばっこ》、する中、で……ばっこばっこ、って……」

「嗚呼《ああ》！　なんたる勇気、なんたる豪胆か!!　まさしく〝勇者〟だなあ!?」

「〝蛮族〟ですわあ!?　というかシロ十二歳でもそういうネタはまだ早いですわ!?」

白《しろ》と空《そら》の容赦ない畳みかけに、ステフが堪《たま》らず悲鳴を上げるが。

しかしなおも構うことなく、かつ手心もなく空は続ける――っ!!

「まー安全を確保して小休止ついで――それこそボス部屋前とか、ボス撃破後やってたんだろうが!?　俺らはアテが外れて戦闘中《いま》やるしかなくなった!!　ここまでは!?」

「……ええ。理解したくなかったですけど――――って。え？　ま、まさか――」

――かつての地精種《ドワーフ》パーティーは……その。なんですの……？

まあ、つまりは、そういうことをして〝希望《HP・MP》〟を回復させていた、と……

そして、空は――自分達《たち》は戦闘中――今、やるしかない、と言った……？

……え？　ナニをですの？

まさか……そういうことを、ですの――？

「え、あ、あの……っ！　じゃあティルさんが私《わたくし》に任せたことって――？」

狭い『袋』の中――赤面し慌てて逃げようとするステフに、だが逃げ場はない。

服を着ることさえできない、狭い空間で密着した素肌から鼓動さえ伝う中――

吐息まで感じられる距離にある空の顔に、

「え、あ、あの……じょ、冗談ですわよね？　だ、だって――」

「……冗談言ってられる状況だと思うか？　――大マジだし、時間もねえ」

一切冗談の色がないとは承知で問うたステフに、やはりシリアスに迫った顔に。

ステフは心臓が早鐘のように脈打ち、思考が際限なく混線していった――


――あ、あの。その……い、いいえ、やっぱりだめですわ!?

そ、そういうことは――ちゃんと段階を踏んでから、で……

そう……せ、せめて心の準備くらいはさせて欲しいですわ!?

だ、第一――ソ、ソラにはシロがいるじゃないですのっ!!

…………、

…………いえ、まあ……そういえばシロはOKしたんでしたっけ……？

それに、確かに……シロはまだそういうこと、できない年齢《とし》ですし……？

――いいえ。……いいえ、落ち着くんですのよステファニー・ドーラ!!

だからって〝仕方ないから〟なんて口実は、シロに対して不誠実ですわ!?

ま、まして……そのシロの目の前でなんて……その……

せ、せめてソラと二人きりで――と。

無自覚に――だが受け入れる口実を探して、混乱しながら。

同じく、無意識だろう……真摯な顔で迫る空《そら》の唇を。

小さく震えながら、だが迎えるように、瞼《まぶた》を閉じたステフに。

空はどこまでも真摯に、そして毅然《きぜん》と告げた……そう――

「だから急いで**俺等《ら》を徹底的に甘やかして撫で撫でよしよしするんだッ!!**」

……、

――――、

――――――――ん～ふん？

「…………聞き間違い、ですわよね？　……もう一度言って頂けますの？」

「だーから俺と白《しろ》を褒めて!!　撫《な》で撫でして!!　よしよしあわよくばぱふぱふもして!!

とにかく十八禁にならない範囲でやれる限りを尽くして俺と白の〝希望《メンタル》〟を回復させろと
そう言っておるのだよわからん奴《やつ》だなぁあキミイっ!?」

――乙女のときめき、返してくださいな……

あと――〝ガッカリした〟なんて死んでも認めないですから!!　と。

鋼鉄の意志で、茹《ゆ》で上《あ》がった頭を氷点下まで急速冷却したステフは。

温度差由来だろう――頭痛を堪《こら》えながら、辛うじて口を開いた。

「イヤですわ♥　というか――今の流れからどうしたらそうなるんですの!?」

そう、やはり自覚なく目尻に涙を浮かべ叫んだステフに。

だが答えた声は——『袋』の外から。

今もなおボス妖魔種《ロックゴーレム》と戦う一人——ティルの叫びだった。


『自分もヤることヤった方がいいと言ったでありますが!!　そら殿の十八禁NGの旨!!　また、それでも十分希望《MP》が回復するのは初日、そら殿の回復で確認済みであります!!　その役目にステフ殿以上の人材はいないとも、そら殿と自分共通見解でありまあす!!』

——それとも、やっぱりヤることヤるのお望みでありますか？　と。

言外に滲《にじ》ませたティルの言葉に、ステフは果たしてついに頭を抱え。

そして空はステフの膝に、白はステフの胸に頭を埋《うず》め——

「おら！　こうしてる間も皆命《きぼう》燃やして戦ってんだ!!　はよバブらせろ!!」

「……ステフ……急い、で……っ最大効率で……しろ達《たち》、バブらせる、の……っ」

そう吠《ほ》えた様子に、ステフはついに理解した……


——あ、な～るほど？

道理で自分だけこの〝秘策《きりふだ》〟の説明を受けなかったわけですわ。

事前に聞いてたら拒否してましたものねええ————えッッ!?

「〰〰こんな脅迫紛《まが》いに甘やかさせるソラもシロも、言い訳無用のドSですわよね!?

それで甘やかされて納得するんですの!? それで希望《メンタル》回復するんですのおお!?」

——甘やかすことを、他人に強制する……

それは果たして〝甘やかされている〟と言えるのだろうか……

「ステフ。貴様、何か勘違いしているようだな? ステフが、俺らを甘やかすのではない
——俺らが、ステフに甘やかすことを許してやるのだっ!!」

「どう違うんですの!?」

「……ぜん、ぜん……違う……主導権、が、違う……っ！」

「俺らはあくまでも俺らの意志に基づき、よしよし撫《な》で撫でさせてやるのだ!!」

「……主体の、所在……選択権、は……こっちに、ある……間違えない、でっ」

「……もう一度……訊《き》きますわよ？ それで希望《メンタル》が回復するんですの!?」

「は!! オキシトシン《かいかんホルモン》の分泌条件は単純接触だ!! 俺らの認識は関係ねえ!! 更に十八禁
にならん程度にエロく甘やかしてくれりゃ他の快楽物質もバッチリ出て回復するね!?」

「……ステフ、何度、も……言わせない、で——はよ……っ」

そう急《せ》かして、チラリと白《しろ》が視線を送るは——〝外〟……

——『袋』の中から窺《うかが》える外で、今なお戦っている一同の姿に——

ステフはひとしきり頭を掻《か》きむしって——覚悟を決めた様子で。

己に預かる二つの頭を、言われた通りに、拙く撫でてみた——

「え〜と……よしよし、ソラもシロも——その……具体的に何が、は思いつかないですけど、えらいですわ〜……どこがって訊かれると困りますけど、いい子ですわ〜……？」

——『甘やかせ』と言われて、具体的にどうすべきか。

見つかるはずもない褒め言葉をなんとかひり出そうと必死に探して。

とりあえず〝撫で撫でよしよし〟とやらに努めるステフに——

「……ままぁ……どした、ら……おっぱい、そんな、なるの？」

「うっうぅ〜……マ〜マ〜……ぼくも一つかれたよ〜うぅ……」

「ん誰がママですのよおおお⁉　ふ、ふざけるなら止《や》めますわよおおおおっっ⁉」

応じた白と空《そら》——主に空に、皮膚が粟《あわ》だったステフは悲鳴を上げた。

「全力で甘えてんだよ⁉　そっちこそふざけんな‼　ちゃんと褒めろよなあ⁉」

「……具体的……に！　わざとらしく、なく……バブみを、演出、して……っ」

「〰〰〰〰付き合い切れませんわあ⁉」

先程決めた覚悟を容易《たやす》く雲散霧消させる無理難題な要求に。

ついに匙《さじ》を投げたステフの叫びに——だが……

『ドラちゃん？　私を差し置いてマスター達《たち》のご指名がよもや不服で――？』
『【提案】今からでも役割変更《ロールチェンジ》可能。【確約】当機はご主人様達の要求全て満たせる』
『ステ公！　いづなぁよくわかってねぇけどマジにやれ、です!!』
『ど～しても無理なら早く決断を――その場合撤退しかないでありま～～～すッ!!』
――空《そら》と白《しろ》どころか、外で今も戦っている一同にまで。
いづなとティルまでも、余裕のない様子で急《せ》かす声に。
「――――」
ステフは、狭い『袋』で天を仰ぎ、静かに眼《め》を閉じた……
――これは、世界を救う戦いですわ。
皆を護《まも》るため。『魔王』を倒すため。ひいては――そう、世界のためですわ……
私《わたくし》が、皆さんを護る――護れる。今、外で闘っている皆さんを――そして。
この世界で、今を生きたいと希望《ねが》う、生きとし生ける全てを――――ッッ!!
「……はぁ……しょうがない子達ですわね……ほら、おいでなさいな……」
――かくして、崇高な大義名分を手にしたステフは。
ごく自然に服を纏《まと》い、一転温和な――底さえ知れない慈悲を孕《はら》んだ声で。
逆に困惑に眼を丸くする空と白を、優しく包むように抱き寄せ――そして。

空と白の要望通りに——否《いな》。空と白の要望など、遥《はる》か超えて。

個人的な意地や、プライドに抑圧されていた——己の欲求ごと。

あらん限りの〝愛情〟を二人に注いだ……

——嗚呼《ああ》。それはステフの聖職者《ヒーラー》ロールの覚醒——否。
まさしく聖母《マザー》ステフ——爆誕の瞬間であった…………

■■■

——空達が『袋』に入ってから……〝三十分〟……

「【報告】当機《スキル》——『情報解析《アナライズ》』解放確認。ご主人様ほめてほめて？」

「……マスター。お休みのところお邪魔して——しかも《スキル》解放も叶《かな》わず面目次第もございませんが……空間転移《かえり》のMPを考慮すると私はそろそろ限界と思われます……」

「そら殿しろ殿!!　ちょ、っとキツくなって来たであります……まだでありますか!?」

「い、いづなぁ——ま、まだやれんぞ、です……っっ!!」

広間の原形もなくすに至った岩石巨人《ロックゴーレム》の破壊的弾幕を凌《しの》ぎ続け——否。

人類種《イマニティ》を遥か超える四名でもなお、回避しきることは叶わず。

数発の被弾を許し、更に各自《スキル》まで解放・使用した——結果。

これ以上の〝希望《HP・MP》〟減衰は危険――いよいよ後がない、と。
口々に報告や、弱音、強がりを響かせた一同に。

果たして――待ち望んだ『袋』からの声は答えた。
ただし、不可解な指示で以《もっ》て。すなわち――
『――俺と白以外、全員「袋」へ――〝チェンジ〟』
――――え？

と。『袋』へと吸い込まれて行った一同が揃《そろ》って零《こぼ》した疑問の声は――だが。
交代と同時、空《そら》が放った銃弾《スキル》――『閃光発音弾《スタン》』の光と音に掻《か》き消《け》された。
そして――
『せ、せっっっまいですわ!?　三人でも狭かったのにご、五人は無茶《むちゃ》ですわ!?』
『ス、ステフ殿……そのでっかいの、退《ど》け、であります……い、息でき、な――』
『っふぅうううッ!?　いづなんしっぽ踏んでやがんのだれ、です!?』
そう――狭い『袋』の中強引に押し込まれた五人の騒がしい抗議の声は。
だが、光が止《や》んだ外の景色を視認するや、今度は驚愕《きょうがく》へと変じた。
地に伏したボス妖魔種《ロックゴーレム》に――ではなく。対峙《たいじ》する二人の、その頭上――

『ステフ殿――どうやってこんなにＭＰを回復させたでありますか⁉』
そう……三十分程度……
ボス妖魔種《ロックゴーレム》の弾幕に襲われ続けた一同には決して短くはなかった時間――だが。
空と白《しろ》のＭＰを――〝三割近く〟回復させるには、あまりに短すぎたはずの時間。
至近距離にあるステフに疑問の視線を集めたティルと一同に、だが――
『〰〰絶・対・に・言いませんし‼　二度とやらないですわあっ⁉』
ステフは真っ赤な顔を振って同じく叫びで以てその回答を拒否した。
だがその顔の上――二本のバーはステフの〝希望《HP・MP》〟の回復も示しており。
あまつさえ……はて、気のせいだろうか……？
心なしか肌つやまで良くなっているステフの様子に、一同は思う……

――十八禁なことは、できなかったはずだ。
であれば、空と白、ステフのこの回復、この反応は、なんだ？
三人は『袋《ここ》』でいったい、何をした……？　と……
ティルのみならず、ジブリールやイミルアインまで窺《うかが》う視線を。
だがステフは再度頭を振って払って――

『ってそんなことよりソラとシロ──まさか二人だけで戦う気ですの!?』

『────っ!!』

遅ればせながら、ハッ、と息を呑《の》んだ一同は改めて──『袋』の外。

やはりボスか──空《そら》の『閃光発音弾《スタン》』も、効果時間が短いのだろう。

起き上がる岩石の巨躯《ロックゴーレム》と──対峙《たいじ》するにはあまりにか弱く脆《もろ》い人類種《イマニティ》二人。

絶望的な光景に、思わず悲鳴を上げかけた『袋』内の一同に、だが──


「おいおい……おまえらはもう十分楽しんだだろ?」

「……今度、は……しろ達《たち》、が……遊ぶ、番……♪」

──ほんの三十分前までの焦燥や憔悴《しょうすい》。絶望などなかったかのように。

自分達の数倍はある巨岩の怪物を前にしてなお、そう──超然と──

ああ、いつもの二人らしい──獰猛《どうもう》で不敵な笑みを浮かべ。

すなわち──人類種《イマニティ》最強のゲーマー──『　』《くうはく》らしい笑いで答えた。

「俺と白《しろ》なら──MPさえありゃあ、こんなザコ──?」

「……〝完封〟して……〝瞬殺《コロ》〟……よゆー、でしょ?」

──ティルといづなが信頼し、そう口にした通りに。

ならばそのご期待《リクエスト》に、応えて魅せようか────ッ!?

《～～～～～～～～～～～～～～～～～～～～ッッッ!!》
咆哮《ほうこう》と共に――岩の巨人《ロックゴーレム》が巨腕を振りかぶる。
その腕の一振りから放たれる――暴力的な岩礫《つぶて》の散弾。
人の身である空と白には、避《よ》ける術《すべ》などありはしない。
不可避な〝絶望《死》〟を齎《もたら》す投擲《とうてき》に。だが――それでも。
空と白は悠然と、己らの左手首――二本のバーの下に浮かぶ文字列に触れて。
そして各々の『武器』――各々の〝希望の形〟を構え――白がまず、呟《つぶや》いた。
「……『跳躍弾《リコシエ》』……『被甲先孔弾《ホローポイント》』……」
ああ。回避などできようはずもない巨岩の散弾。
だが、別に――避ける必要なんてないだろ――？

《～～～～～～～～～～～～～～～～～～～～ッッッ!?》
そう――岩の巨人《ロックゴーレム》が空と白を狙い、右腕で投擲した無数の岩礫が――だが。
一歩も動かなかった二人に、一つとして届かず。
そして、続く左腕の投擲まで封じられた事実に。
妖魔語だろう、不明な言語ながら――だが〝理解不能〟と叫んだと察せた。

……白《しろ》の二つの《スキル》……

発射した弾丸を、命中先で跳弾させる——『跳躍弾《リコシェ》』と。

攻撃に衝撃がない故にストッピングパワーがないという、このゲームでは白にとっての最大だったボトルネックを克服する——衝撃効果《ノックバック》を弾丸に付与する——『被甲先孔弾《ホローポイント》』。

——岩の巨人《ロックゴーレム》には、知り得なかった。

二つの《スキル》が重ねがけされた、白の二挺《ちょう》の『機関拳銃《マシンピストル》』から。

かくして放たれた——スキルなどなくとも必中の——八発の魔弾が。

空《そら》と白を穿《うが》つはずだった、全ての岩礫《つぶて》に跳弾を重ね、その軌道を逸《そ》らして。

あまつさえ巨人《ゴーレム》の左腕を穿ち衝撃効果《ノックバック》で次なる動きまでをも封じたと……

ああ——岩の巨人《ロックゴーレム》には、知り得なかった。

まして知ったところで、理解も、納得もできようはずもない、極限の射撃を。

ただ一人、当然と納得する空は、故に岩の巨人《ロックゴーレム》が、改めて腕を振り上げる様を見ても。

再度襲い来るだろう投石も、だが自分達《たち》に届くことは——決してないと知っていた。

故に、恐怖も感慨もなく、ただ腰を落とし己の大口径銃を構えて——思う。

すなわち——〝己の希望の形《ぶき》〟……己の本質を——

——ああ……己の希望が『武器』として形を成すという、このゲーム。
各々でその『武器』に、形から威力、性能にまで極端な差を生んでいるそれは。
なんてことはない。ルール通り——まさに〝己の希望の形〟だった。

——自分が攻撃すれば、このくらいのダメージは与えられるだろうと……
希望《イメージ》の形に従って威力が——撃ち出す〝希望《MP》〟の量が決まるのだ——っ！
故に強すぎるイミルアインは僅かな攻撃で全ての希望《MP》を撃ち出してしまった。
おそらくはジブリールも似たようなものだろう——では。ならば。
翻って——自分はどうだ……？

——ああ、俺の『武器』は弱い……当然だ——俺は弱いからだ!!
俺は間違ってもイミルアインやいづな、ティルのような強者でなければ!!
まして白のような天才でもない——ただの弱い男、ただの凡夫だ——ッ!!
そんな己の『武器』が——
大口径大火力の『対物狙撃銃《アンチマテリアルライフル》』なんかであろうはずもなかったろうッ!?
己の『武器』《これ》は——多様な〝特殊弾〟を放つための——

――――『特殊弾頭投射銃《ペイロードライフル》』に他ならなかった――――ッ!!!


ジャコっ！　と装填《そうてん》された弾が切り替わる感触に――引き金を絞る！

閃光《せんこう》を伴って飛翔《ひしょう》した弾丸は、だが岩石の巨人《ロックゴーレム》の眼前で、爆《は》ぜて分裂し。

無数の炸薬《さくやく》弾へと変じて岩の巨体《ロックゴーレム》の、その表面外殻を砕いて剥がす――

「――『装甲破砕弾《プロジェクタイル》』!!」

そう――妖魔種《てき》の『防具』を破壊する――防御力低下スキル・・・・・・・・――ッ!!


かくてボス妖魔種《ロックゴーレム》を襲う白《しろ》の弾丸が、やっとまともにダメージを与え始める。

だが――無論、これで終わりではない。

むしろ始まったばかりである――ッ！

と獰猛《どうもう》に笑って、空《そら》はなおも吠《ほ》えて引き金を絞る!!


「まだまだ行くぞもっかい『閃光発音弾《スタン》』!!　更に『油脂焼夷弾《ナパーム》』『毒霧噴射弾《ヴェノム》』!!」

再度、閃光と爆音――五感と平衡感覚を奪って敵を地に伏せさせる弾丸に。

続けて敵を炎で包み炎上させる弾丸――更に毒霧を噴出し敵を覆う弾丸まで。

継続状態異常・・・・・・――スリップダメージを与え続ける弾丸を、次々と浴びせ――

「んでダメ押しだ!!　『反応誘爆弾《デトネーション》』――コイツも喰《く》らっとけ!!」

と、五つ目の――大量のＭＰを消費する《スキル》――

岩の巨人《ロックゴーレム》の巨体に、ただピタッと貼り付いただけの筒までを放って。


――かくして、為《な》す術《すべ》もなくただ地に伏して。

外殻――『防具』を破壊され防御力低下、挙げ句炎と毒に包まれて。

哀れに藻掻《もが》くしかできなくなった岩の巨人《ロックゴーレム》に――

「くく、ふふふ――は〰〰〰〰っはっはっはぁ!?　嗚呼《ああ》、俺が!!　この俺が!!　一時でも強者を相手に正面から戦おうと考えた!?　どこまでも愚かな男よなぁ空童貞十九歳!!」

そう――己の武器。希望の形。己の本質――!?

――徹底的な〝敵を邪魔する者《デバッファー》〟に決まっていよう――ッッッ!!


「敵はまず動きを封じて！　打つ手を奪い!!　身動きできなくして倒れたとこを一方的にボコって、理想は自滅して頂くのが常識だろ〰〰がよォ〰〰〰なぁああッ!?」

「……にぃ……ちょーゲスい……っ！　ちょー、かっこいい……♥」

そう高らかに――そしてどこまでも愉快そうに、楽しそうに。

空と白は宣言通りに、一方的に岩の巨人《ロックゴーレム》に弾丸を浴びせ続ける――

「おるぁ!! さっきまでの威勢はどーした!? 立ってみろ!? ま〜立とうとしたらまた『閃光発音弾《スタン》』と白《しろ》の『被甲先孔弾《ホローポイント》』が降り注ぐがなぁあぁキャ〜キャッキャァア!!」

「……ふ、はは……ざこ。ざ〜こ♥ ね、何もできない、で……倒される、の……どんな気持ち……? 何もできない、ザコ……倒す気持ちは、ね? ちょ〜愉《たの》し〜、よ♥」

ドドドドドドドドドドド、と……止《や》むことのない銃声に。

いづなやティルが、殆《ほとん》どダメージを与えることさえできなかった岩の巨人《ロックゴーレム》。

その頭上のHPバーがゴリゴリと、容赦なく削られて行く様に——


『す、すっげぇ……空《そら》と白、マジで二人だけで倒しちまうぞ、ですっ⁉』

『ふ! 自分はわかってたでありますよ⁉ お二人なら余裕でありますとも!!』

『【再認】ご主人様は凄《すご》い。当機の〝すき〟の強度上昇を確認。……ぽっ』

『嗚呼《ああ》……さすがはマイマスター。マイロード……っ! 見事にございますっ!』

『……やっぱり、ソラとシロ……あの二人こそ「魔王」ですわよ……』

そう——『袋』から口々に賞賛の声と、約一名の呆《あき》れ声が響いた……


——〝希望《HP・MP》〟が一定を下回ると、失望、絶望によって——動きが鈍る。

もはやスタンさせるまでもなく岩の巨人《ロックゴーレム》は動くことさえ、ままなるまい。

空と白の勝利……誰もが確信した中——それは突如起きた。

岩の巨人《ロックゴーレム》の頭上――HPが残り二割へと迫った、その瞬間――
同じく頭上――三割近く残っていたMPが一瞬で底を突き枯渇した。
だが――

「ふぃ～終わった終わった……ったく防具破壊してんのに硬ぇ硬ぇ」

「……HP高《かた》い、だけの、ボスって……面倒《めんど》い、だけ、だよね……」

気に留める様子もなく――あるいは気づかなかったか。

もはや岩の巨人《ロックゴーレム》など眼中にもなさそうに背を向けた空《そら》と白《しろ》に――

『マスター!? 敵はまだ何かする気でございます――ッ!!』

『チエ、チェンジですわ!! わ、私《わたくし》を出してくださいなあ!!』

そう『袋』の中から焦燥の声が一斉に響いた。


――あの岩の巨人《ロックゴーレム》が、何をする気かは――わからない。

だが、あれほどの破壊を振《ふ》り撒《ま》き、まだ三割も残っていたMPを――全消費。

これまでの比ではない――〝大破壊《こうげき》〟が来るのは確実、と叫ぶ一同に、だが。

「白～〝死なばもろともの自爆《ファイナルアタック》〟如《ごと》きが想定外と思われてるぞ？　言ったれ」

「……ん。……あんま、り……『　』《くうはく》……を……ナメないで、ね……？♥」

空と白が笑ってそう告げた――次の瞬間。

――刹那の光を放ったボス妖魔種《ロックゴーレム》が、突如――自爆した。

――――、

――――――、

『…………………………は？』

そう――自爆だ……
少なくとも人類種《イマニティ》の――ステフの眼《め》には、小さな爆発が生じると、同時。
二割残っていた岩の巨人《ロックゴーレム》のＨＰが一瞬で削れ、倒れたとしか見えなかった。
だが、人外の――上位種族らの眼には、そうは映らなかった。
岩の巨人《ロックゴーレム》は、広間全体を巻き込む自爆を、確かに試みて――だがその直前。
その身に貼り付いていた――〝小さな筒〟が反応して光を放つや。
自爆に投じた力《MP》が――岩の巨人《ゴーレム》の身のみを襲い〝自滅〟したのだと悟った。

空《そら》の五つ目の《スキル》——『反応誘爆弾《デトネーション》』によって……

——『反応誘爆弾《デトネーション》』——敵の攻撃MPを、敵自身へのダメージに転換する……

それ自体に攻撃力はなく、そのくせ消費MP《コスト》が重い不便な《スキル》——だが。

敵の攻撃の威力——消費MPが、大きければ大きいほど——比例した大ダメージを敵に与えて自滅に追いやる——まさに空の在り方を具現した《スキル》であり——

「理想は敵に自滅して頂くことって。俺ちゃ～んと言ったよなぁ？」

「……ひと、の……話、は……ちゃ～んと、聞かない、と……ね♪」

そう、僅かなHPを残して——光に包まれ消える三〇階ボス妖魔種《ロックゴーレム》に。

一瞬振り返って、悪戯《いたずら》っぽく舌を出して、空と白《しろ》はハイタッチを交わす。

「ん……三〇階ボス撃破。無事目標達成っと……」

「……じゃ……今度、こそ……帰ろ、っか……？」

■■■

そう事もなげに言い放って——宣言を果たしてみせた、小さな二人の姿。

本当に盾役《タンク》も補助《サポート》もなしに岩人族《ロックゴーレム》の長《おさ》を〝瞬殺《コロ》〟してみせたその光景を。

――『塔』の外。投影映像《スクリーン》越しに観《み》ていた、運営一同。
魔王軍・統合参謀本部の妖魔種達《スタッフたち》は、揃《そろ》って沈黙し、喉を鳴らした。
……ああ、彼らがいるのは、まだ三〇階。
彼らはまだ――この『塔《ゲーム》』の三分の一さえも、踏破《クリア》できてはいない。
だが……その三〇階のボスは――〝難所〟の一つだったはずなのだ。
四〇八年前の地精種《ドワーフ》パーティーでさえ――脱落者を出した難関……
……確かに、この先まだ多くの妖魔種《デモニア》が控えている。
その中には無論、岩人族《ロックゴーレム》の長を遥《はる》か超える、強力な個体も含まれている。
だが岩人族《ロックゴーレム》の長を、文字通り寄せ付けもしなかったあの二人に――
――では、ならば――『塔』内の、いったい誰が。
いったい何をすれば、あの二人を止められるのか……？
全ての『塔』内妖魔種《スタッフ》を把握している運営陣ですら、なお。
――『　』《かれら》に勝てるビジョンは、ついに浮かばなかった。
否《いな》……それどころか――
「……まさか……本当に『魔王』を――？」
――魔王様さえも、倒せてしまうのでは？　と……

不敬千万——だが運営一同の脳裏を過《よぎ》った思考を代弁するように。

不覚にもゲナウ・イと呼ばれる頭骨から零《こぼ》れた万死の失言は、だが——

「くぁ〜〜はっは!! やっと我《ボク》手ずから相手するに足る者が現れたか!! 佳《よ》い、佳いぞ!? 褒めてつかわすシェラ・ハ!! 確かにあいつたちこそ、我《ボク》が待ち望んだ勇者だ!!」

「御意! くくっ……はい魔王様。全ては魔王様の御意志《ごいし》のままとなりますです……」

当の魔王——シェラ・ハに抱かれるその断片から響いた、笑い声。

不遜不敵な笑みに、一同は安堵《あんど》し、恥じ入り、改めて確信する。

——魔王様。妖魔種《われら》が創造主。全を滅し、されど不滅の絶対幻想を。

嗚呼《ああ》、討ち倒せる存在《もの》などいようはずがない——そう……っっ!!

『……ああ、帰るか……もしくは死ぬかなぁ……んだよ、人の邪魔《デバフ》する以外能がないって……足引っ張るだけ一流の童貞って俺誰《コイツ》の許可をとって息してんだ……?』

『……ん。じゃ……一緒に死ぬ……? どーせ、しろ……何した、って……おっぱい……おっきく、なんない……よ……本当はとっく、に……わかってる、よ……』

と——ティルといづなの〝ご期待《リクエスト》〟に応えるべく二人《ふたり》だけで戦い——結果。

残り一割さえ切った〝希望《MP》〟に、絶望へと堕《お》ちた空と白の姿に——そして。

『うあああ!?　〝チェンジ〟!!　ぜぜ、全員「袋」から出るであります!!』

『空《そら》、白《しろ》！　死んだらいづな、すっげすっげ〰〰泣くぞ、です!?』

『【緊急】対策考案。【特定】ご主人様発言より――　〝大丈夫？　おっぱい揉《も》む？〟』

『っていうかお二人――そら殿の「反応誘爆弾《デトネーション》」が決まってなかったらどうする気だったでありますか!?　この残りMPじゃボスの残り二割削《HP》れなかったでありますよね!?』

『……おっぱい、ない、のに……カッコつけ、た……しぬ、から……許し、て？』

『はいすんません無計画に生まれた無計画な童貞、せめて計画的に他界しますので』

『ジ、ジブリール!!　今すぐ空間転移《シフト》をお願いしますわあああ!?』

『た、直ちに!!　マスターあと数秒どうか気を強くお持ちくださいっ!!』

遅まきに気付いた一同が、騒がしく『袋』から飛び出して転移《きえ》る様に――


……うん……魔王様でなくとも、なんとかなるのでは？　と。

なんならワンチャン、勝手に自滅するのもあり得るのでは？　と……

暴騰した二人の評価を暴落させる光景を、妖魔種達《うんえい》は微笑《ほほえ》んで眺め。


「……シェラ・ハよ。本当にあいつたち、辿《たど》り着《つ》けるのか。我《ボク》んとこまで」

『くくっ……くっくっくっ…………………………ぎょ、御意…………？』

魔王の半眼の問いに、シェラ・ハは初めて蛇眼を逸《そ》らし、声を震わせた……

■■■

――一日一〇階層。

隅々まで探索・踏破し、ボスを倒し――帰還。

そして二日間、必死に〝希望《メンタル》〟を回復させて。

翌日、探索済みの階層を一気に駆け抜け前日の撤退地点まで復帰。

そうしてまた一〇階層進んで、ボスを倒して――帰還する……

その繰り返しで遅々と、だが確実に空達《そらたち》は『塔《ダンジョン》』攻略を続けた。


一〇階層上がるごとに、景色《ステージ》は美しい浜辺、煌《きら》めく砂漠へと変わり。

それに伴いザコもボスも、着実に強くなっていったが――それでも。

各自の《スキル》解放、道中の宝箱から得た装備で、空達の快進撃は続いた。

一部装備はボス戦で――主にステフに着せられ、儚《はかな》く砕け散ってはステフを裸に剥《む》いた鎧《よろい》などは――消費しながら。だが強力な効果を有する装備は温存したまま――

そして――『塔《ダンジョン》』攻略開始から、十三日目。

第五回『塔《ダンジョン》』征戦に臨んだ空達は、果たして五一階――

「ふはは——はーははは来た来た来たァアこうでなくっちゃなぁア!?」

「ソラァア!?　あ、あなた、ナニしてくれてんですのよぉおおッ!?」

——そこは、眼下にマグマが流れる荒々しい火山地帯《ステージ》だった。

切り立った崖に無数の吊り橋《つばし》が迷路のようにかかる——一歩でも踏み外して転落すれば
マグマダメージで即ゲームオーバーだろう、致死の地形が続く階層《フィールド》に——だが。

迫り来る敵に追われ、駆けるいづなの背からは、空の歓喜の叫びが。

そして同じく必死に逃げるティルの背、ステフの悲鳴が木霊《こだま》していた……

「まだ敵に見つかってなかったのに、なんでわざわざ攻撃したんですの!?」

「何故《なぜ》!?　やっと現れたからに決まっておろう——美少女型の妖魔種が!!」

そう——空達を追ってくる、両腕が翼の飛行型妖魔種。

——裸の・ハ・ー・ピ・ー・の群れに、空はどこまでも楽しげに答えた——ッ！

嗚呼《ああ》……ここまでの妖魔種《てき》は例外なく——人型はいても、要は『魔物《モンスター》』だった。

美・少・女・型は『魔族』——上位個体。必然的に強く、遭遇はまだ先と思っていた！

だが、予想より早く訪れた好機に、空は己の《スキル》の本領発揮の時——と!!

五一階層に踏み込み飛行するハーピーの群れを視認するや確信し、連射した。

——そう……『装甲破砕弾《プロジェクタイル》』を——っっっ

骸骨兵《スケルトン》の鎧《よろい》や、岩の巨人《ロックゴーレム》の外殻を破壊できた——防御力低下のスキル！

ならば当然——美少女型妖魔種《ハーピーたち》の〝防具《ふく》〟だって破壊できるは是《これ》必定!!

かくして怒り心頭に——だが器用に局部は隠して。

猛然と飛翔《ひしょう》し襲い来るハーピーの群れの叫び声に——

「ジブリール！　あれ妖魔語か!?　見当はつくがなんて言ってる!?」

そう問うた空《そら》に、『袋』の中のジブリールが答える。

『意訳しますと——「ねえ、これ立派なセクハラだけどわかってる!?　ゲームだからって許されると思ってるなら弁護士通して出るとこ出るわよ!?」——と言っておられます♪』

概《おおむ》ね予想通り、だが予想以上に文明的なハーピー怒りの訴訟宣言に、

「じゃーこう答えてくれ——るっせぇ!!　防具破壊で裸になる仕様はこっちも同じだ!!　条件は対等、訴えるならこの仕様組んだおまえらの上司でも訴えろ!!　ってな!!」

「こっちで裸にされてるのは私《わたくし》だけですけれども!?」

「空、空！　アイツら、倒しちまっていいか、です!?」

「この足場で羽を撃ってくる攻撃、避《よ》け続けるのちょっとキツいであります!!」

そう訴える一同に、だが空は司令塔《IGL》らしく！

瞬時に——ステフを除く訴えに的確な指示で応じる！

「いや!! 連中は羞恥心から局部を隠して飛ぶしかない――速度で引き離して敵の攻撃を・・・後方から――ステフの盾に集めれば避《よ》ける必要はない！ 探索続行!! これで俺は眼福で《スキル》使用分のMP回収!! ワンチャンステフの鎧破《はだか》壊も狙える!! イミルアインは視界映像を記録して帰還後俺のスマホに転送!! イケるなッ!?」

『【報告】既に実行中。倍率《ズーム》・画質・フレームレート全て最大で細部まで記録中』

「……にぃ……しろの『被甲先孔弾《ホローポイント》』で……胸《おっぱい》、隠してる翼《うで》、だけ……撃って……ノックバック、かければ……下、出さず、に……上ぽろり……イケる、かな……っ？」

「なんてこったうちの妹やはり天才!! 採用だ！ 頼んだぜ白《しろ》!!」

「ハーピーの皆っさ～ん!? この二人訴えるなら私《わたくし》も原告側に立ちますわあ!?」

――そう……一歩間違えたら即、死に至る景色《ステージ》の中。

だが空達《そらたち》はどこまでも楽しげに声を響かせ進撃を続けた。

そして――――――………………

――あっさり五九階までを踏破して。

空達は六〇階ボスがその先に待つだろう扉が見える、長い通路に立った。

だが、その両脇――ボス部屋の門番だろう……見るからに強そうな重装鎧《よろい》。

こちらを認識してなお襲って来る気配がない、二体の中ボス妖魔種《リビングアーマー》を前に。

既に二十分近く、無言で立ち尽くしていた……

「……そろそろどうするか、決めませんの？　アレ、たぶん強いですわよね？」

『【肯定】スキル「個体解析《アナライズ》」――各個一〇階ボス《ミノタウロス》妖魔種の九一％相当の戦闘力』

「でしたら今日はボス攻略諦めるしかないですわ。誰かさん方が？　遊びでMPを消費しすぎましたものね？　……二十分もいったい何を悩んでるんですの？」

と『袋』の中からの報告に、ステフは改めて空と白に半眼を向けた。


――奥にいるだろう六〇階ボスの強さは不明――だが。

今の自分達の残りMPは――平均して〝六割強〟――

一〇階ボス《ミノタウロス》に等しい強敵二体を相手してボスに挑む余力は見込めまい。

ならば、選択肢は二つしかない。

二体の中ボス妖魔種《リビングアーマー》だけを倒して、今日は引き返すか――

「……言っておきますけど。私に〝例のアレ《MP回復》〟を期待してるなら無駄ですわよ？」

――ハーピーやナーガを脱がして遊んだ尻拭いなら、断固拒否する、と。

実質、選択肢は一つしかないと訴えるステフの視線に、だが構わず――

「いや……ア・イ・ツ・ら・が・あ・そ・こ・か・ら・い・な・く・な・る・の・を・待・っ・て・る」

「……は・い？」

第三の選択肢を実行中と告げた空に、白を除く一同は小首を傾《かし》げた。

「また忘れたのか？　魔王領——ドがつくホワイト国家だってのを」

そう——このゲーム。稀《まれ》に倒してない——どころか。

交戦さえしていない妖魔種《てき》が、突如消えてまた現れることがあった。

故に——そう言って白《しろ》に視線を送った空《そら》に、白は頷《うなず》いて、

「……あと、十秒……九……八……」

「よし。そろそろ行くぞ。全員——走れっ!!」

突如、門番二体に向かって駆け出した空と白に、慌てて三人も続いた。

やはり戦うのか!!——そう覚悟を決めてステフは盾を構える、が——

「……二……一……——ぜ〜ろ……♪」

と。白が呟《つぶや》くと同時、二体の重装鎧《リビングアーマー》は忽然《こつぜん》と姿を消した。


————え？


「っしゃ!!　このままボス部屋に飛び込むぞ——総員戦闘用意!!」

「え、ちょ!?　な、何が起きたんですの!?」

と、空と白を除く一同を代表してステフが上げた困惑の声に、

「決まってんだろ――〝シ・フ・ト・交・代・〟の時間だよ!!」

走りながら答えて、空達《たち》がそのまま二体がいた位置を――

「こないだ聞いたろ。この『塔《ゲーム》』は四交代制二四時間運営――〝定・時・〟だよ!!」

――きっちり秒単位で正確な定時退社をキメた中ボス《リビングアーマー》を、通り過ぎて。

かくてボス部屋の扉に到達。封印が破れ開いて行く扉の――その後ろで、

「交代要員が来るまで数秒のラグがあるのさ――これで中ボス戦スキップだ!!」

再び二体の重装鎧《リビングアーマー》が現れるが、案の定、追って来る様子はなかった……


「あ、あの――もしや一・度・倒・し・た・ボ・ス・が・再・出・現・し・な・い・仕・様・の正体って……」

ついに気づいた様子のティルに、空は笑って頷いた。

そう――シエラ・ハ曰《いわ》く、妖魔種《スタッフ》側は〝希望《HP》〟がゼロになる前に――『塔』外への転送と労災手当、そして――〝療養休暇〟が与えられるそうだ。

――〝希望〟が枯渇《ゼロ》の一歩手前まで〝絶望〟した妖魔種《スタッフ》……ならばそれは！

「深刻にメンタルを病んだ従業員――月単位の〝長期療養休暇〟があるのは当然だろ？　んでボスみたく代わりが利かない人材《ユニークモンスター》はシフトも組めん！　福利厚生万歳だな♪」

――これまで倒して来たボス妖魔種《デモニア》達……

牛頭の巨人《ミノタウロス》に、巨大植物《トリフィド》、岩石の巨人《ロックゴーレム》――等々……あれらの怪物達が。

今頃、有給休暇をとって、安静平穏に過ごしている姿を想像して――

「嗚呼《ああ》……なんてホワイトな職場なんですの……っ！」

ステフは感動の声を上げ、開ききった扉から一同共にボスの間に飛び込んだ。

果たして広間中央、六〇階ボス——双頭狼《ケルベロス》を纏った狼少女を視認すると同時——

「美少女発見!! 即『装甲破砕弾《プロジェクタイル》』!! ……くそっ!! さすが六〇階ボス、一発じゃ剥《む》けねえか!! なら剥けるまで撃つまでだ!! **みんなぁあ俺にぃい任しとけぇ〜〜ええ!!**」

「……ティル、いづなたんっ！ にぃが、ボス剥くまで……支援……っ」

「防御力を下げるまでMP温存、でありますねまっかせるであります!!」

『【訂正】一部補足。対象《ボス》の裸体行動時間、及び当機のその記録時間最大化の為《ため》と推定』

「あそっちでありますか!? 仕方ない弟殿でありますね〜了解でありますよ!?」

片や、猛然とボス妖魔種《びしょうじょ》にセクハラをカマし出した己の職場《パーティー》に。

——私《わたくし》、魔王軍に転職したいですわ……と。

ステフは裸に剥かれていく哀れな双頭狼《ケルベロス》を纏う狼少女に。

つぅ、と……一筋の涙を流して『大盾』を構えた——……

■■■

六〇階ボス――ケルベロス娘をきっちり剥いて、しっかり撃破して。

空間転移《リレミト》で帰還、美女美少女に囲まれ就寝――爽やかな朝を迎える。

……朝日が小窓から差し込む『準備の間』――いつも通りに食料を運んで来る伊達骸骨とシェラ・ハを横目に、ジブリールとイミルアインは、忙《せわ》しなく厨房《ちゅうぼう》を往復するステフの料理を食べ続け。もはや指導不要になったティルは、酒を飲み己の霊装《ハンマー》の整備をする。

そして白《しろ》が柔軟《ストレッチ》をする傍らで、空《そら》は筋トレをする……

この二週間で、すっかりルーティーンと化した生活に。

毛玉――『魔王』もまた……


「……なあ。おまえたち。なんで毎回一々帰還するのだ……？」

毎日同じ問いに、筋トレを終えた空も汗を拭い、毎日同じ答えを返す。

「おいおい、国家元首が自国の制度否定すんの？　八時間労働完全週休三日制、だろ？　あと、八時間労働って上限で、最低じゃないからな？　労基に訴えるぞ」

「だから労働基準法に従って魔王に挑む勇者がどこにいる⁉　しかもおまえたち一日働き二日休みの週休四日以上だろ⁉　運営も、最上階で待ってる我《ボク》も既に十四連勤だが⁉」

と。毛玉の主張にカタカタ頷《うなず》く骸骨も気持ち頭骨から疲労が窺《うかが》えたが――

「……ここ、に……いる、けど？」

「それこそおまえ等《ら》も休めよ。どーせ俺等休んでんだし」

やはりいつも通り、暖簾《のれん》に腕押しな空《そら》と白《しろ》に。

「〰〰というかそんな話はしとらん!! 『袋』の中で何をしてるかは知らぬが道中回復手段があるならもっと進めるだろ⁉ あともうツッコむのも飽きたから放置してたが──いいかげんこのわんこに我《ボク》を毛玉扱いするのやめさせろ！ しまいにゃ我《ボク》泣くぞ⁉」

「おめー今日は逃がさねえ、です。いいにおい、です。いづなと寝ろや、です」

そう──毎日、出現するや甘噛《あまが》みされる──いづなのルーティーンに。

ついに涙目で吠《ほ》えた毛玉に、空達《たち》は揃《そろ》ってステフに視線を送ってみる。


──空と白以外は、未《いま》だ詳細を知らない──ステフのMP緊急回復手段《ヒール》。

今日こそ何をしたか教えて貰《もら》えるか？ と僅かな期待が籠もった一同の視線は。

「……教えませんし、もうやりませんわよ？ 絶・対・に、ですわ⁉」

「──だ、そうだ。そういうわけで、諦めて休むか連勤を続けてくれ」

だがにべもなくそう拒否したステフに、一同は揃って不服そうに唇を尖《とが》らせた。

そして──

「ふ、ふん。まあよい。我《ボク》は寛大だ。不滅の我《ボク》には時など無意味だからな⁉」

今更に威厳を取り繕う毛玉に、だが一同はとっくに理解していた。

──この毛玉《まおう》……ヒマだから構って欲しいだけだよな、と……

「詰まるに、時さえ掛ければ我《ボク》の下に辿《たど》り着《つ》くのだろう。ならば待とう!!」

だがそんな察しは気づかぬまま、毛玉は満面の笑みで続ける。

「幾年月《いくとしつき》とて——おまえたちは有限の命《とき》を費やし、我《ボク》を討ってみせるのだなぁ勇者よ!?

くぁ～っはっは——あのさ。格好よく去ろうとしておるのだ放さんかわんこォ!!」

「ヤ、です……っ！　今日こそ一緒に寝《ね》る、ですっ！　ぅぅぅぅう!!」

かくしていつも通り、必死の抵抗も虚《むな》しく。

スーツ姿の骸骨とシェラ・ハが一礼して去ったことで、姿を消した毛玉に。

名残惜しそうないづなの呻《うめ》きだけが残った『準備の間』に。

ぽつりと——ステフの楽観的な言葉が響いた。


「でも確かに、時間さえかければこのゲーム本当にクリアできそうですわね！」

——ああ、道中の妖魔種《てき》は、どんどん強くなって来ている。

ボスは当然のこと、ザコが相手であっても油断が致命傷になり得るほどに。

まして空と白は、一回の油断《ミス》が即命取りになる状況も、変わっていない。

だが、それでも。

——三〇階で、既に誰も手がつけられなかった空と白が、追加で一つずつ——

更に、ティルは三つ、いづなも二つ、ステフも追加で一つ解放した《スキル》。

道中拾った装備も、その殆《ほとん》どは手つかず、かつイミルアインの瞬間火力もある。

何より——戦闘中でも帰還できる——ジブリールの空間転移《シフト》もある……

ボス戦の最中でも、万に一つ追い詰められてもいつでも撤退して。

〝希望《HP・MP》〟を回復して、何度でも立て直して、また挑み直せる……


「確かに……この条件でこのゲーム、負ける要素はもはや見当たりませんね」

「あとはこのまま最上《一〇〇》階まで進んで『魔王』を倒してクリアでありますっ!!」

楽観的なステフの呟《つぶや》きに、だが他の面々までも同意を示して頷《うなず》く中。

汗を流しに白《しろ》と共にシャワーに向かう空《そら》だけは——頷かず、ただ無言で。

改めて、予《かね》てよりの疑問の数々に思考を巡らせた——


——それらは、『魔王』が登場するRPG等における、多くの疑問……

たとえば——〝何故《なぜ》魔王軍は世界を滅ぼそうとするのか？〟とか。

あるいは〝何故宿屋で寝ればHP・MPが回復するのか？〟とか。

または——〝何故魔王城に『宝箱』なんてあるのか？〟……他にも……

〝何故敵の死体が消えるのか？〟〝何故ボスはリスポーンしないのか？〟……

……それら積年の疑問、空のツッコミに。

この世界、このゲームは、概《おおむ》ね納得いく答えを示してみせた。

——だが……ならば。
先程の毛玉——『魔王』が、さも当然のように口にした台詞《せりふ》に。
満面の笑み——期待と希望、そして、どこか違う感情も滲《にじ》ませて口にした。
ありがちな台詞に、空が子供の頃から抱いて来た疑問——
——〝最大の疑問〟にも、答えられてしまうなら。
「……だとしたら、そう簡単にはいかないんだろうな……」
空は小さな声で、陰鬱そうに、そう、呟いた……

■■■

エルキア共和国政庁——議院内閣主席の執務室。
相変わらず吐き気を催す書類の山を淡々と処理していたクラミーは……ふと。
一枚の——連邦《そらたち》が『魔王』に挑み二週間が経過したとの報告書に目を留めて。
隣で手伝ってくれる友——フィールに、不意に浮かんだ疑問を口にした……
「……フィー。『魔王』は今回、何故エルキア連邦にだけ宣戦布告したの？」

――『魔王』は、復活するその度――全世界に対し宣戦布告して来た。

大戦時も、盟約後も――四一五年前も、それは変わらなかったはずだ。

それが何故《なぜ》今回に限って……？　というクラミーの問いに、だが――

「諜報局《ちょうほう》の見解では～、智のシェラ・ハが『魔王』をそう説得した、という見解らしいのですよ～。妖魔種《デモニア》も一応『戦線』側ですし……？　腑《ふ》には落ちないのですけど～……」

フィールも同じ疑問を既に抱き、だが納得いく答えは見出《みいだ》せずにいた。

なにせ、その智《ち》のシェラ・ハは、魔王軍最高幹部を〝辞任〟している……

――謎が多いゲームに、謎が多い状況、とフィールも思考を重ねる様子に。

だが――またもや、不意に。

クラミーの脳裏には、また別の疑問が浮かんだ。

……それは、クラミーの思考から出た疑問だったのだろうか。

それとも空《そら》の記憶が想起させた疑問か――判然としないまま、

「……フィー……『魔王』って、いったいなんなの？」

「……ん～？　世界滅亡の幻想種《ファンタズマ》……なのですよ～？」

クラミーが口にした問いに、フィールは怪訝《けげん》そうに答えた。

ああ……それは何度も聞かされ、無数の資料にも書かれた答えだ。
だが、クラミーはその説明を受ける都度――違和感を覚えていた。
ただ、何が違和感かまでは言葉にできず、飲み込んで来た疑問を。
果たして今度は――違和感の正体を手繰るように、口を開いた……
「……そうじゃなくて……『魔王』っていう存在そのものへの疑問よ」
なおも怪訝そうなフィールに、言葉を探るように、重ねる――
「……まず、この『魔王』のゲーム、どう考えても不自然じゃない？」
――勝てば『魔王』の全てを得られるゲーム。
その生殺与奪から、その被造物――『妖魔種《デモニア》のコマ』をさえ自在にできる。
だが――その『魔王』の賭け皿の――対の皿。
挑戦者側の賭け皿に乗っているのは〝絶望〟だけだ。しかも――
「このゲーム――『種のコマ』を賭けられる全権代理者は一人もいないわ」
――空と白《しろ》は、人類種《イマニティ》が二分されて、このエルキア共和国ができた時点で。
エルキア王国の全権代理ではあっても人類種《イマニティ》の全権代理者ではなくなった。
ジブリールに、イミルアインに、ニーイ・ティルヴィルグ。
初瀬《はつせ》いづなにステファニー・ドーラ――全員……

「じゃあ『魔王』は、このゲームに勝利して何を得るの？　自身の命と、その被造物――妖魔種《デモニア》ごと全てを危険に晒《さら》してまで――いったい何を求めて挑戦者を募るの……？」

「――ああ。〝このゲームには裏がある〟っていうお話なのですね～？」

それなら……ルールを知った時点から、フィールが察していたことだった。

その話か、と納得し――窓から差し込む紅《あか》い月の光に、うっすら微笑《ほほえ》んで。

フィールが掴《つか》んだ〝裏〟について話そうとするが――

「――ううん。そうじゃない。たぶんそれ以前の話……」

「…………？」

――違う。まだ違う、とクラミーは頭を振って。

なおも違和感の正体を探るように言葉を連ねる……

「大戦時も『魔王』は同じように――ゲームではなかったにせよ――己を討つ『勇者』を募った。世界滅亡の幻想。装置が、何故《なぜ》そんなことするの？　それじゃあ、まるで――」

――――、

……まるで……と……

そこまでを口にして、ついにクラミーは違和感の正体を掴んだ。

ああ――やっぱりこれは、空《あいつ》の記憶、空《あいつ》の疑問だった……

――空《そら》の記憶にある無数の、創作上の『魔王』に対する疑問……

何故か世界を滅ぼそうとし、何故か都合よく倒す方法が用意される存在《モノ》。

数多い疑問――ツッコミどころを内包した、かくなる――〝絶対悪〟についての。

その最たる疑問。すなわち――


「……何故『魔王』は自分を倒して貰いたいとしか思えない行動をするの？」

「――それは……」

――世界を滅ぼす、と……そう口にしながら。

どう考えても、己をこそ滅ぼして欲しいとしか思えない――矛盾した存在。

まるで――話の都合上、そう在らざるを得ない――

――都合のいい舞台装置のような幻想は、ならば。

「世界滅亡という幻想《まおう》は、誰の、どんな共同幻想から生まれたのかしら……」

「……………………」

その問い――フィールも答えられないらしい問いに。

だが空の記憶は、クラミーを一つの仮説へ導く……

——空達《そらたち》の元の世界の『魔王』は——あくまでも創作上の存在だ。
文字通りに——プレイヤーに都合良くクリアされる障害《そうち》として生み出される。
だけど……この盤上《ディス・ボード》の世界には——『魔王』は、明確に実在する。
にも拘《かか》わらず、やはり都合のいい〝絶対悪〟なる舞台装置の如《ごと》き存在として。
——幻想種《ファンタズマ》……『魔王』が……想念から生み出されるのなら。
もしも、空の記憶が行き着かせた、この仮説の通りなら……
「……そんなの……あまりに酷《ひど》すぎるわ……」
そう——机の上に並ぶ、吐き気を催す書類など可愛《かわい》く感じるほどの。
あまりに醜悪すぎるこの仮説が——どうか、間違いでありますように、と。
クラミーは遠く——魔王領へと視線を向け、嘔吐《おうと》するように願った……

■■■

——『塔《ダンジョン》』攻略開始から——十九日目。
第七回『塔《ダンジョン》』征戦に臨んだ空達は、七一階層——やはり一変した景色《ステージ》。
某鬼畜死にゲーの某腐れ谷よろしく、気持ち悪い毒沼の谷《ステージ》を踏破して。

そして八〇階ボス――かなり上位の妖魔種《デモニア》だったのだろう。

見目麗しき美女蜘蛛《アラクネ》を、辛くも撃破した――ああ、辛くも……

「くそ……帰還すりゃ回復できるとはいえ、この〝失望〟は毎回慣れねぇな……」

そう――強敵を相手にするなら、避けられない《スキル》の連用――

それに伴う〝希望《MP》〟の大量消費で――一同は残り二割まで消耗させられた。

精神的不調、疲労に顔を歪《ゆが》め零《こぼ》した空に、だがステフは半眼で応じた……

「……先程まで嬉々《きき》としてボス――妖魔種《アラクネ》の女性を脱がして転《こ》かして手ブラも許さずって
セクハラ三昧して笑ってた男がしていい顔じゃないんですのよ……自業自得ですわ」

『【否定】ご主人様の行動に無駄はなかった。全て実益を兼ねた戦術的有意な行動』

『それとドラちゃん？　賢者タイム《リザルト》は健全な人類種《イマニティ》男性の正常な反応らしいですよ♪』

と――『袋』の二名の戦闘評価に、一部疑問は残るものの。

とはいえ――空のその発言自体には、ステフも同意だった。

白《しろ》もティルもいづなも――ついにはステフまでも。

大量のMP消費を強いられた一同の顔には、深い精神的疲労が滲《にじ》んでいた。

ああ……帰還して休めば回復はする――つまり、立ち直ることはできる。

だが、毎回深刻な〝失望〟――落ち込むこと自体は避けられないのである。

その繰り返しが――この先まだ続く、という。

気疲れもまた、一同の顔に出始めていた様子に――

「で、でも！　残るボスは九〇階の一体だけですわ!!　あと二〇階――最上階《一〇〇》に到達して『魔王』を倒してゲームクリアするだけ――あとひと頑張り、ですわよ♪」

ステフもまた、減衰した〝希望《HP・MP》〟による精神的不調に――だが頭を振って。

努めて笑顔を作って、明るく一同を励まそうとした言葉に――だが。

「――そりゃどうだかな……」

「…………………え？」

――くそ……自覚以上に〝希望《MP》〟減衰の影響を受けているらしい。

ステフの配慮を台無しにする――まだ口にすべきでなかった言葉が口から零《こぼ》れ。

その意味を問うような一同の視線に、空《そら》は己の失言に、内心――舌打ちを一つ。

開かれたボス部屋の奥の扉――上階へ続く階段を一瞥《いちべつ》して、告げた――

「……今日は……あと一階層だけ進んでみようか……」

「——え？　で、でも皆さん——というか、ソラもどう見ても限界ですわ」

「ああ……そのようだ。チラッと見たら空間転移《シフト》ですぐに帰還する。どうせ戦闘はしないんだ——ジブリール。イミルアイン。二人共『袋』から出てスタンバイしといてくれ」

そう淡々と告げて、足取り重く階段を上り始めた空に。

指示通り『袋』から出た二人を加えた六人は、戸惑いながらその背を追った。


——ここで帰還しても、どうせ休みを挟んだ——翌日知ることになるだろう。

だったら——今知って、心の整理をする時間を確保するのも手かも知れない、と。

失言から意識を切り替えて、空は階段を上りながらここまでの道中を振り返る。

そう……一〇階上がる毎、その様相を一変させて来た、この『塔《ダンジョン》』を……


——まず、聖王の住処《すみか》とさえ思《おぼ》しき荘厳な城。

続いて、楽園の如《ごと》き森へと。次に、自然の神秘を感じさせる鍾乳洞《しょうにゅうどう》に変じ。

碧《あお》い海と煌《きら》めく入り江、宝石のように輝くオアシスが点在する砂漠へと……

どこまでも美しい景色が続いた光景は。

だが——五一階を境にして、一転。

否応なく死を意識させる火山を抜け、暗雲と霧に呑《の》まれた廃墟《はいきょ》に潜り。

そしてついには、瘴気《しょうき》が漂う陰鬱な毒沼の谷へと達した……

――ならば、そろそろだろう。
「……そろそろ……『魔王』の本質が見えて来る頃だと思うんだ……」
そう呟《つぶや》いて、重い足を引きずって、階段を上り終え。
果たして――空《そら》の予言通りに。
八一階層に足を踏み入れ――眼前の光景を目の当たりにした一同は。
「――――なん、ですのよ……これ……」
眼前に広がった光景に、揃《そろ》って絶句し、悲鳴を呑《の》み込《こ》んだ。
それは――ああ……空が予想した〝答え〟だった。
すなわち――『魔王』という、あまりにも都合のいい〝絶対悪〟の存在に。
もし本当に――納得のいく答えが示されるのであれば、と予想した答えに。
空はついに確証を得て、複雑な苦笑を零《こぼ》した。
――ま、やっぱり、そういうことだよなぁ……と………

ロールプレイングエンド

……むかしむかしの、遠い遠いむかし。
神々の戦いによって、天に浮いてしまった陸があった。
強大な――大陸衝突に等しい力の余波で、偶然にも天に浮かんだその陸は。
徐々に崩れて――地に災禍を降り注がせ、やがて崩れきって、消えた……
それは、偶然生じた、ただの天災だった……だが。
――〝天を漂う災い〟として、知性ある者の記憶と、記録に遺《のこ》り。
永劫《えいごう》の時の果てに――『核』を得て幻想種《ファンタズマ》と成るに至った……
――最初にそう呼んだのは誰だったかも定かではないが。
いつからか――《アヴァント・ヘイム》と呼ばれた、その幻想は。
だが――ただ天を漂い、地に災いをもたらし続けるだけの存在……
かつての天災を再現する、ただの装置。ただの機構《システム》だった。

そこに目的も害意も──自我と呼べるものもなかった。

誰かが怖《おそ》れた。誰かが再来を夢想した。

そして誰かが──望んだ。故に存在した。

生まれてしまった──ただの〝怪物〟だった……

怪物が何故《なぜ》災禍を振《ふ》り撒《ま》くか？

──それは……怪物だからだ。

──そういう存在《モノ》だからだ。

そういう存在として生み出されてしまった、幻想《げんしよう》だからだ。

何故雨を降らすかと雲に問う者も、まして答える雲もいまい。

ただ天を漂い、災いを降らす──雲の如《ごと》きその怪物に──

──………

「──っ⁉　ひ、光にゃ……や、やっと着いたにゃぁあ‼　ふ、ふふふさ～てアヴくんの言い訳聞かせて貰《もら》うにゃ？　──うちを無視するとはどういう了見にゃ～～あ⁉」

床に突っ伏して声をかけたのは、片角の天翼種《フリューゲル》。

ピッケルを手にヘルメットを被《かぶ》った──息も絶え絶えの、アズリールだった……

「人類種《イマニティ》並の身体能力でアヴくんの『核《ここ》』まで来るの大変だったにゃ!?　というかなんで誰も手伝ってくれないにゃちょっと空間に穴空けるだけにゃ!?　掘削具《ピッケル》とか初めて使ったにゃってかなんで天翼種《フリューゲル》の長《おさ》が穴掘りさせらんなきゃなんないにゃあああ!?」

そう彼女が不平不満を響かせるそこは——かつての主《あるじ》の玉座の下。

アヴァント・ヘイムという幻想種《ファンタズマ》の最深部であり……つまり——

「…………………」

と。無言のままアズリールの声に、緩慢に振り向いて。

だがすぐに視線を此処でない何処《どこ》かへと戻した、虚《うつ》ろな少年——に見えるモノ。

身体《からだ》の半分以上を青白い結晶に覆われた、明らかに人為《な》らざるモノ。

アズリールと力を共有した証《あかし》の片角の。片眼《かため》で夢見るような朧気《おぼろげ》な人型……

すなわち——アヴァント・ヘイムの『核』が佇《たたず》む空間だった……

「ほむ……アレがそんな気になるのかにゃ～?　うちをシカトしちゃうくらい!?」

一月ほど前——己の呼びかけに、突然応えなくなったアヴァント・ヘイムに。

三日前——『核』に直接会いに行けば無視は貫けないにゃ、と。

覚悟を決め三日間、アズリールが穴を掘り続け、やっと辿《たど》り着《つ》いた『核』が。

だが、あくまでも無視し続ける様子に——

――そろそろ泣くにゃ？　と。

ついに涙を浮かべて訴えたアズリールに、だが――

「……気になっている……？　彼《あ》の幻想種《ファンタズマ》が――？」

無表情に、再度アズリールに視線を戻した少年の姿は、小首を傾《かし》げた。


――ああ……なるほど。アヴくん自覚もなしかにゃ、と。

アヴァント・ヘイムの力も――その無自覚な意識も共有するアズリールは。

故に、アヴァント・ヘイムが遠い遠い過去を今になって回顧した理由も。

夢見るような瞳で見つめる先も――アヴァント・ヘイム以上に理解できた……

アヴくんが無心で見つめる――その先。

――魔王領《ガラド・ゴルム》の中央に聳《そび》える『塔』……

絶望領域。希望を喰《く》らう獣。破滅の幻想――『魔王』――

ああ、自我が薄いアヴくんには、その理由を言葉にはできない。

否《いな》――それどころか、正しく自覚さえできていないようだった。

だが、アズリールには、その無自覚の意識を言語化できた――

──『魔王《アレ》』は、自分と同じ幻想種《ファンタズマ》だ。
理由も目的もなく生み出されただけの。
何ら意味も意義もなく存在するだけの。
ただの災害《かいぶつ》。ただの機構《システム》──

……ただの──
──〝誰かが見た夢《ファンタズマ》〟だ……

そのはずだ。そのはずなのに……『魔王』には──ある。
役目も、目的も、存在意義も──自分が一度は与えられ、失ったもの。
何より自ら何かを求め、能動的に行動する、明確な〝自我〟も……
自分にはない、全てを……『魔王』は。アレ《かれ》は、有している。
同じ幻想種《ファンタズマ》──そのはず、なのに……この違いはなんだ、と。
そう、つまりは──

「……にゃるほど？　羨ましいのにゃ？　『魔王《あのこ》』が……」
そう、代わりに言語化してみせたアズリールは、

「……羨んでいる……？　彼の幻想種《ファンタズマ》を——？」

やはり自覚なく、小首を傾《かし》げたアヴくんに、小さく苦笑した。

ああ、一年前の自分なら、アヴくんに共感し共に羨みもしたろう。

だけど——今はもう、違う。

可愛《かわい》い末妹が新たに仕えると決めた——あまりに弱い二人の主《あるじ》。

彼らと同じように、地を這《は》う蟻《あり》の目線で歩いた——この一年弱。

やはり蟻のように小さいらしい、この足りない頭で……だが、それでも。

自分の頭で考えて、歩いてきたアズリールは、故に——こう、続けた。

「でもアレはたぶん……アヴくんが思ってるようなモノじゃないにゃ？」

——少なくとも、今はまだ、と……

そう……足りない頭で『魔王』を——自分で考えてみたアズリールは。

らしくない、まして己にそんな感情を抱く資格もないとは重々承知ながら。

——哀《かな》しい笑みが零《こぼ》れるのを、抑えられずに呟《つぶや》いた。

「…………………」

意味がわからない様子で、初めて困惑《かんじよう》を覗《のぞ》かせた少年《アヴくん》の姿に——

「〰〰っていうか今はそれどころじゃないにゃめっちゃ忙しいにゃ!?」

アズリールはあえて答えず、声を張り上げた。

「うちらにはうちらの仕事《ゲーム》があるにゃ!? 次うちの呼びかけシカトしたら、ここまで直通のレール敷かせてトロッコで毎日押しかけて小突くにゃ——わかったかにゃ?」

——ここまでピッケルで掘削させたの、しばらく根に持つにゃ♥と。

大戦の頃の——第一番個体《アズリール》を思い出させる、凶悪な笑顔で告げる様に。


——幻想種《ファンタズマ》アヴァント・ヘイム……

感情も、自我も希薄なその『核《しようねん》』は——だが、それでも。

「……ぜ、善処する……アズリール…………………ごめん?」

——ここは謝った方がいいと告げる、本能的な危機感に。

謝意もわからず零《こぼ》した言葉に、アズリールは鼻を鳴らして頷《うなず》き、踵《きびす》を返した。

そして——最後にもう一度だけ。
遠く『魔王』へと、視線を向けたアヴァント・ヘイムは——だが。
その上——天を衝《つ》く歪《いびつ》な『塔』の、更に上。
いつも見上げては鳴いていた、紅《あか》い月が——

「……アズリール……〝月が墜《お》ちてる〟……？」

——迫ってきていることに気づいた声に。

「やっと気づいたかにゃ!?　だから忙しいってるにゃ!?　ぶっちゃけ——どう転んでもかなりマズい状況《こと》になるにゃ!?　いいからキリキリと、さっさと動くにゃあああ!?」

かくして『核』から、アズリールの意識の中へと。

焦燥が浮かぶその心中へ、アヴァント・ヘイムは意識を戻した……

■■■

——『塔』……八一階……

階段を上り切った空達《そらたち》が目にしたのは——やはり一変した光景。

白《しろ》やステフ、ティルやいづなは言うに及ばず。

ジブリールとイミルアインからさえ言葉を奪った、その眼前に。

広がっていた景色は——まさに名状しがたい光景。

すなわち文字通りの意味で——言葉にできない光景だった……

──それは〝戦場跡〟だった……

種を問わず互い凄惨に殺し合い、屍《しかばね》が山を築き河を埋める──真なる屍山血河《しざんけつが》。

あらゆる命──微生物さえ死に絶えたろう──無限の屍は、だが腐敗も許されず。

ただそれらさえも無に帰さんと、今なお揺らめく戦いの残り火を除いて。

動くものも音を発すものも無い──死の世界には、底無しの静寂が落ちていた。


──だが、一同から言葉を奪ったのは、そんなものではなかった。

遠い昔、地上に地獄を生み出した大戦を知る天翼種《ジブリール》と機凱種《イミルアイン》──

そんな二人をしてさえ、沈黙させ、思わず目を逸《そ》らさせたものは。

その死の世界を覆っている──目には見えない何かだった。

だが人類種《イマニティ》をしてその存在を確信させる──不可視の〝何か〟に──


「──なん、ですのよ……これ……なんなんですのよッ!?」

半ば恐慌に陥ったステフの悲鳴に、だが答えられる者はいなかった。

認識も、理解も寄せ付けない〝何か〟を、表現しうる語彙などないように。

ただ一人──誰もが直視を拒み目を逸らす、その〝何か〟を見据える空《そら》は。

──昏《くら》い瞳で、ステフの問いに答えるべく口を開いた……

「……ステフ。〝希望〟が何かは、既に話したよな」

——〝希望〟……それは、ただの脳内物質と、その化学反応だ。

この世界では『陽精』と呼ぶらしいが、ともあれ極めて物質的なもの。

ただの身体的反応、生理現象であり——つまり錯覚に過ぎない。

では——


「それじゃあ逆に——〝絶望〟って、なんだと思う？」

そう問われたステフは、思わず空と同じものに視線を向け、

「——こ、これが……この光景が〝絶望〟だというんですの——!?」

だが悲鳴と共に慌てて再度視線を逸らし、空に向き直った。


——眼前の死の世界と、それを覆っている〝何か〟……

一切の理解を拒絶するように……曖昧な、故に言葉にもならないもの。

だが本能的に直視を拒ませ、問答無用に感情に訴える〝何か〟——

ああ……あえて言葉にするなら、それは——


——憎悪だった。

あるいは慟哭《どうこく》だった。または憤怒だった。

それとも怨恨か。後悔か。軽蔑か嫌悪か殺意か恐怖か——否《いな》、その全てが。
この世のあらゆる〝邪悪〟——悪《あ》しき感情が一ヵ所に収束されれば——出来上がるのが
この光景、それを覆う——直視も理解も拒ませる本能的忌避感《なにか》になるだろう、それが。
なるほど——『絶望そのもの』だと言われれば、合点もいくと。
息を呑《の》んだ一同に、だが空《そら》は緩慢に頭を振って、否定した——

「いいや違う。これは俺らが他の階で見てきたのと同じ——『塔』だ」

美しい神殿。鮮やかな森。あるいは火山、または瘴気《しょうき》の谷——

「つまりは『魔王』……世界滅亡の幻想。希望を喰らう獣の、その内」

そう——希望を喰《く》らう獣——『魔王』の内の全ては、ならば——


「これもまた——ただの〝希望〟だ」

「………にぃ……なに……言って、る……の……？」

ジブリールやイミルアインさえ直視を躊躇《ためら》う、渦巻く絶対的邪悪な想念。

そんなものを——言うに事欠いて〝希望〟と呼んで。

真《ま》っ直《す》ぐ——光も映さぬ黒い瞳で見据え続ける空に。

白《しろ》さえ兄の正気を疑い、恐怖さえ覚え始めた一同に、だが空は淡々と続けた。

「……〝絶望〟は、文字通り希望が絶えることだろ。〝希望〟の対義語じゃない。希望がプラスなら、絶望は〝ゼロ〟……マイナスじゃない。絶望って感情は存在しないんだよ。感情《きぼう》が絶えることを絶望と呼ぶから……絶望には――形なんてない」

ならば、では、眼前で蠢《うごめ》いているモノは――何か？

「……誰かが憎い。嫌いだ。鬱陶しい。厭《いと》わしい。疎ましい忌まわしい妬ましい煩わしい穢《けが》らわしい気に入らない気持ち悪い苦しめたい傷つけたい壊したい裂きたい擂《す》り潰《つぶ》したい砕きたい消し去りたい切り刻んで殺してしまいたいいや死すらも物足りない生きたままに永遠の苦痛を味わわせ続けたい――」

そんな想念が集い、ついには――

「――皆死んでしまえ。世界なんて滅んでしまえ……全部、ただの感情で、ただの願望。ただの脳内物質。ただの生理反応。正も負も善も悪もないそれは――」

そう、要するに――

「――〝ただの希望〟……希望を喰らう獣が喰ってきた、ただの希望で」

すなわち――それこそが。

「世界滅亡――発生させられない現象を生んだ――『共同幻想《きぼう》』だ……」

――『魔王』の正体、と語った空に。

——しん、と……深い静寂が落ちた。
空《そら》がその黒い瞳に、何を映しているのか。
だが天翼種《フリューゲル》も機凱種《エクスマキナ》も理解及ばなんだ幻想種《ファンタズマ》の、更なる突然変異——『魔王』。
未発生現象の幻想、その不可解を、人の身で看破した闇《ひとみ》に、怖《お》ず怖《お》ずと——
「……ま、マスター……発生させられないとは……どういう意味で……？」
未《いま》だ理解及ばぬ不出来に、説明と許しを請うようなジブリールに。
空は、ようやく視線を移して、自嘲気味な笑みを浮かべて答えた。
「ああ……『魔王』——つまり悪魔の王。まさしくその通りの存在だからさ」
——古今東西、空達《たち》の元の世界では——いや？
どうやらこの世界でも、種族さえ問わず同じらしいが。
なんとも不思議なことながら、どいつもこいつも——

——自分を善良で潔白な市民だと思いたがるらしい……
アイツが憎い。妬ましい。奪いたい苦しめたい殺したい……そういう〝希望〟は。
だが悪《あ》しき希望で——そう感じることさえも〝悪いこと〟と見做《みな》される——故に。
——自分以外の、誰かのせいにしたがる……
自分に悪しき感情を抱かせたアイツが悪いと——あるいは、そう……

「〝悪魔〟が唆して来るんだ……とかな？」

――自分の悪意とは認められない。自分は悪人じゃないはずだから。

自分は善良で、潔白で、無実な、無辜《むこ》の、正義の民なのだから。

だが芽生える感情を否定もできない。だから――アイツが悪いんだ。

アイツが悪人だから自分はこんな感情を抱くんだ自分は正しいんだ。

嗚呼《ああ》、誰かアイツを苦しめてくれないか。殺してくれないか。嗚呼……

「因・果・応・報とかテキトー言って、神や悪魔がその希望《きぼう》を叶《かな》えてくれることを望むのさ」

罪悪感さえも抱かずに済むように。知らないところでひっそりと……


「――――――――」

――そう……それこそ悪意《あくい》も敵意もなく。

ただ自虐的に、淡々と事実を語るような空に――一同声もなく。

故に、やはり声もなく、空が淡々と続ける言葉を聞いた……

「さて――時は大戦。風が吹くように殺し合い――それこそ、この戦場《ステージ》跡みたいな地獄を
生・み・出・し・て息するように憎み合った時代。皆が皆思ったはずだ――気・に・入・ら・な・い・奴・全・員・が
死・ね・ば・い・い・の・に。誰・か・自・分・以・外・を・滅・ぼ・し・て・く・れ・れ・ば・い・い・の・に……と皆が希望《ねが》ったら？」
嗚呼……まさしく眼前の光景と――渦巻く凝縮された〝希望〟の通りに。

かくしてその『共同幻想《きぼう》』を喰《く》らって、代理する——世界《みんな》を滅《ころ》す幻想《かいぶつ》。

——『魔王』という〝絶対悪〟が生まれるに至るだろう……

「————」

……なおも絶句するしかない一同に、だが。

「けどヒトは、どこまでも都合のいい精神構造しててな？」

この話は、まだ終わらないと。空《そら》はなおも続ける……

「自分が〝悪〟と否定した希望《あくい》を、肩代わりして代行してくれる〝絶対悪〟——けどそれはそれで都合が悪いよな？　なんせそれは結局のところ〝悪〟だ。その存在を肯定して、認めちゃいけない——討ち倒されるべき〝絶対的な悪〟だ」

————だから……

「……『魔王』は〝討たれるまでがセットの幻想種《ファンタズマ》〟……」

だから、己を倒す『勇者』を求める。

「誰も彼も殺してしまいたいっていう世界の〝希望《あくい》〟を喰って、世界を滅ぼすべく行動し、だが世界に憎まれて殺される——世界《みんな》の希望から生まれた、都合のいい舞台装置……」

だから、〝原理的にクリア可能なゲーム〟を、お膳立てまでする。

だから、『魔王』が『勇者』に要求する賭け皿は〝カラ〟なのだ。

〝最上階の『魔王の核』撃破を以《もっ》て勝者とし、勝者は『魔王』が有した全てを得る〟

――『魔王の核』撃破……有した全て……過去形だ……

「このゲーム――最上階にいる『魔王』を倒せば――その時点でその『核』が破壊される仕組みになってる、って考えるのが自然だろうよ……つまり」

それが意味することは――ならば一つだろう？

「『魔王』の要求は――〝自らの死〟……それだけだ……」

――…………

「――なる、ほど……では『魔王』は変異体ではなく、他の幻想種と同じ――」

【仮定】能動的に行動したことはない。あくまで受動的に、全生命体の死を望んだ希望《あくい》を機構《システム》的に代理しているだけ。……未解明だった『変異説』より明瞭に説明可能」

そう納得を得た様子の二人――ジブリールとイミルアインに反し。

「……なに、納得してるんですの。なんですのよそれ。ふざけてるんですの？」

だが眼前の地獄のような死屍累々の戦場跡も。

直視も憚《はばか》られるほど渦巻く〝希望《あくい》〟よりも――よほど醜悪な真実に。

「皆勝手に憎み合って!! 勝手に呪い合って殺し合って!!——その全てを身勝手に押しつけられて生まれたのが『魔王』で、だから殺されなきゃって言うんですの!?」

ステフは拳を震わせて、呪詛《じゅそ》を吐くように吠《ほ》え。そして——

「憎まれて殺される為にだけに生まれた!? そんなの……あんまりですわッ!!」

悲痛な叫びに、白《しろ》とティルは、顔を伏せて。

いづなに至っては、大粒の涙が零《こぼ》れるのを耐えていた。


——あの可愛《かわい》らしい、舌っ足らずな毛玉が。

己を倒し得る『勇者』の到来に、楽しそうに、無邪気に喜んで。

浮かべていた——あの満面の笑顔が、語っていたのが…………

——『我《ボク》を殺してくれ』だった、と……？


——そんなの、認めていいはずがない。

そんなことが許されていいはずがない!! 何が『魔王』だ……

だったらその『魔王』を生んだ、この世界こそ呪われて——

「…………あるんですのよね……？　ソラ」

だが、危うく浮かびかけた思考を。

――同列になってたまるもんですか、と。

すんでのところで頭を振って断ち切って、ステフは。

空《そら》の――闇のような瞳を覗《のぞ》き込《こ》んで――問う。


「『魔王』を倒す以外に勝つ方法が。あるからこのゲームに乗ったんですのよね!?」


――空が。〝ゲームは始める前に勝敗が決している〟と豪語する、この男が！

連邦のためを思えば、必要だった犠牲さえ拒んで、圧倒的不利を選んだ男が！

犠牲不可避のゲームになど、乗ったはずがない――!!　と。


ステフだけでなく、白やティル――いづなの縋《すが》るような眼《め》に。

だが空は、闇より深い黒の瞳に何も映さぬまま、ただ視線を逸《そ》らして。

そして、スマホを翳《かざ》して――答えた。


「……ねえよ。ないんだよ……ステフ。そんなもん」

――――、

「……俺らは『勇者』で『魔王』は敵……《絶望領域》が拡大すれば世界が滅ぶ。勇者は魔王を倒さなきゃならない──それ以外の筋書き、この物語《ゲーム》には用意されてない……」

──、

そう──その口から出るはずのない言葉を遺《のこ》して、踵《きびす》を返した空《そら》は。

続いてジブリールに命じた空間転移《シフト》で、一同と共に八一階《じごく》を後にした──

■■■

──同刻……『塔』の外……

魔王領《ガラド・ゴルム》首都郊外──小高い丘の上。

相も変わらず吹き荒れる暴風雪を、だが意に介す様子もなく。

祈るように膝をつく──スーツを身に纏《まと》う骸骨の姿があった。


「──は……『魔王』の覚醒、主上の御力《おちから》によって恙《つつが》なく成りましてございます」

そうカタカタと頭骨を震わせる、ゲナウ・イと名乗る者は。

「連邦の介入、魔王軍・統合参謀本部《せいふきかん》の掌握も全て主上の計画通り──彼の者らが本当に『魔王』を倒せてしまう可能性は想定外ながら、予定通り。計画に支障はございません」

己以外の姿なき無人の丘で、ただ頭《こうべ》を垂《た》れて粛々と報告を並べる。

ああ――奴《やつ》らが本当に『魔王』を倒してしまい得るとしても。
極めて想定外ながら――犠牲を受け入れる選択をしようとも。
あるいは、やはり想定通りに犠牲を拒み――敗北しようとも。
またはそれ以外の――想定外の勝利方法さえ、仮にあったとしても。
奴らがこのゲームに同意し『塔』に入った――その時点で、手遅れ。
何をしようと等しく無駄であり、計画通り。結果は変わらない、と……

――そう愉快に報告する骸骨姿は、だが不意に。

己へ向けられる微《かす》かな不快の念に気付いて――

「――っ!?　嗚呼《ああ》――嗚呼……申し訳ございませんっ!!　このような醜く穢《けが》らわしい姿を
主上の御覧に入れてしまった無礼、どうか、どうかお許しください――っ!!」

そう叫んで慌てて――ゲナウ・イという髑髏《どくろ》を脱ぎ捨てるように。

改めて、その本来の姿で膝をつき、天を仰ぎ恩赦を請うた者――

――額に角を生やした、一角兎《いっかくうさぎ》のような出《い》で立《た》ちと。

その頭上――時を告げ迫る紅《あか》い月と同じ色の瞳の少女は。

「――『妖魔種《デモニア》のコマ』は、もはやその御手《みて》の中……我が主《あるじ》よ」
そう祈るように告げるや――身を震わせた。
無論――吹きすさぶ寒波に、などではなく。
地《ほし》に囚《とら》われた惨めな凡《すべ》てを紅《あか》く照らす、至上の慈悲。
いかなる神よりも高き天に御座《おわ》す、無上に貴き高遠。
天に頂き、紅き月を戴《いただ》く――美なる神髄。
その美声を耳にすれば耳を失おう、故に声なく語る――
そう――己《おの》が創造主。己が主。
「嗚呼《ああ》……なべて総《すべ》て主上――《月神》様の御心《みこころ》のままに♪」
……《月神》ゼナスス――
悠久以来となる――穢《けが》らわしき地《ほし》への降臨を報《しら》せるその気配に。
――【十六種族《イクシード》】位階序列・第十三位――『月詠種《ルナマナ》』の少女は。
無上の悦《よろこ》びに、恍惚《こうこつ》とその身を震わせた………

あとがき

定石《せかい》を、根底から覆す――パラダイムシフトは。

だが、思想や信条を振りかざすだけでは決して成らず。

前提を覆す――技術的ブレイクスルーによってのみ成され得る。


……誰が言ったかも思い出せない言葉ながら。

故に、本作においては『十の盟約』を設定した榎宮《かみや》は。

だがその日、その言葉を、初めて骨身に染みて実感した。

二〇二二年某月――担当編集Oと〝打ち合わせ〟で……


「すみません……年内の新刊、間に合いそうになくて……」

二〇二二年――ノーゲーム・ノーライフ刊行から十周年の年。

記念すべき年に、新刊を間に合わせることができそうにない……その事実に。

心の底から申し訳なく、頭《こうべ》を垂《た》れた榎宮に――だが担当編集Oは、ただ……

「大丈夫です。二〇二三年二月――〝年度〟で考えればまだ二〇二二年です！　榎宮さんが体調不良と戦いながら執筆してるのも重々承知。無理せず確実に進めましょう！」

と……思わず見惚れる笑顔と、聞き蕩れる声で応えた。
「あ、ありがとうございます……っ！　二月刊行には、必ず間に合わせます!!」
「はい。榎宮さんが〝必ず〟と言うなら疑ったりしませんよ。頑張りましょう」
寛容な言葉に涙が零《こぼ》れそうな榎宮に、担当はなおも可愛《かわい》い笑顔と声で告げた。
——如何《いかが》だろう。
互いを敬い、落ち度を素直に認め、その上で許容し、手を取り合う。
なんと理性的で、かつ寛容で、平和な打ち合わせであろうか……っ！
本来ならば——
『……原稿、まだですかねぇ？（イライラ）』
『納期が無茶《むちゃ》って最初に言いましたよね。毎日書いてます（イライラ）』
『じゃーなんで上がらないんですかねぇ？（イライラ）』
『単純作業時間で上がりゃ作家誰も苦労しねぇですよねぇ（イライラ）』
——と!!
互い半ギレで皮肉の応酬になってこそ自然な状況は——だが!!
その日、まさに技術的ブレイクスルーによるパラダイムシフト……
即ち革命的なまでに平和な打ち合わせが成るに至ったのである！
——そう……

──〝VR上で打ち合わせ〟することでッ!!

より具体的には！　榎宮《かみや》も担当編集Oも可愛い姿《アバター》で!!

ボイチェンで声まで可愛《かわい》く打ち合わせに臨むことで!!

かくも革命的に平和な対話が実現したのである……っっ

だが、巨乳メイドさんの可愛い声での催促なら心底心も痛めよう!?

……必死に書いてるのに無慈悲に原稿催促する担当編集も。

だが、ケモ耳で可愛い声の美少女なら、冷静に、寛容に接しよう？

……呆《あき》れるほど遅筆で永遠に原稿を寄越《よこ》さない担当作家も。

──如何《いか》に綺麗《きれい》事を並べようと、真実は揺らがないのだ。

可愛いは正義であり。人はチョロい生き物であり！

つまり──たとえ中身がおっさん同士《ふたり》であろうともッ！

姿と声さえ可愛ければ、大抵のことは許せるのだと！

可愛いという概念が形を帯びた生物──『猫』がその証左である!!

そう……我々人類は争いを超えられるのである。

全人類が美少女になれば──それが可能なVRの中でなら……ッ!!

――と、いうわけで改めまして。
どうしてもVRでは出来ない案件でオフで担当と打ち合わせしたら秒速でギスって世界平和はまだ遠いと思い知り、全人類の恒久的VR移住を待望しております榎宮祐《ゆう》です。

先述の通り、十周年を迎えた本シリーズ『ノーゲーム・ノーライフ』。
歴代担当編集、営業部に映像事業部、関係各位様と、友人家族……なにより。
斯《か》くも刊行ペースが遅いにも拘《かか》わらず、変わらず応援して下さる読者の皆様。
多くの方々に支えられて、どうにかここまで来ることができました。

……相変わらず体調に気を遣いながらの執筆。
そのため、またも一年以上お待たせしてしまって心苦しい限りですが。
おかげさまで、今回は入院せず本書――十二巻を書き上げられました。
また、十三巻も既にプロットと、一部草稿ながら書き上がっていますので。
次はそんなに待たせずお届け出来ればと思っております。

――再度。十年もの間、支えてくれた皆様に、最大限の感謝を。
気が向いたら、是非とも完結まで付き合って頂ければ幸いです。
それでは十三巻でお会いできることを祈って、また。

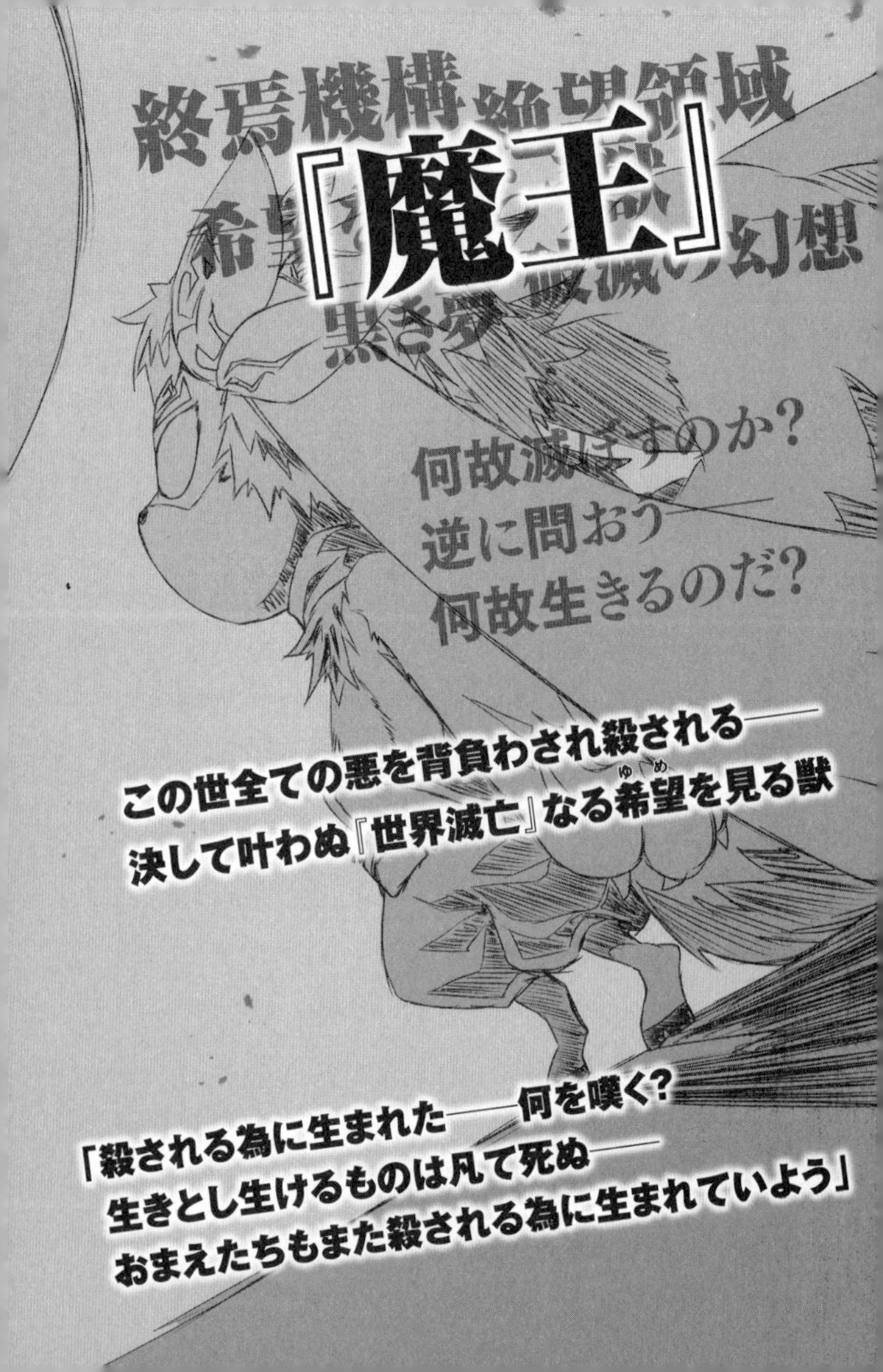
終焉機構
『魔王』
幻想
何故滅ぼすのか?
逆に問おう
何故生きるのだ?
この世全ての悪を背負わされ殺される——
決して叶わぬ『世界滅亡』なる希望《ゆめ》を見る獣
「殺される為に生まれた——何を嘆く?
生きとし生けるものは凡て死ぬ——
おまえたちもまた殺される為に生まれていよう」

「《絶望領域》は【十の盟約】下でも有効だ。
『魔王』は倒さなきゃならない。絶対に。
だがアレは誰にも倒せない。誰であろうと不可能だ」

「だから頼む──『決して絶望するな』」

「……にぃ、待って、て……
しろ、も……今、逝くから……」

「いづなぁ、こんなん
ぜってぇ認めねぇ、です!!」

そして月が墜ちる──

思惑入り乱れ斯くして世界《ゲーム》は
6000年越しの破綻《エンディング》と完成《スタート》へと収束する
──どちらへ、誰の手によって?

『To Nobles. Welcome to the Disboard.』
『ノーゲーム・ノーライフ13』
夏頃に出せるといいなぁ……

マントル消失
外殻消失
超常の力で崩壊していく惑星。
あーーマントル!
むぐむぐ
酸素消失
ルイアーガ
大気層消失
言葉遊びはさらに熱を帯びていく!!

チートな天使《ジブリール》に
しりとりで勝て！
そろそろ教育《きょういく》してやるよ——
『楽《たの》しいゲーム』の始《はじ》まりだ！
大好評発売中！
ノーゲーム・ノーライフ
NO GAME NO LIFE
2
第二章 東部連合編
内藤 隆
Naitoh Ryu
原作・キャラクター原案 榎宮祐
MFコミックス アライブシリーズ
ノーゲーム・ノーライフ
第二章 東部連合編②
内藤 隆 原作・キャラクター原案：榎宮祐

獣人種《ワービースト》の少女、
いづながおくる

一番かわいい
"ふわふわもふもふ"の
毎日!!
ノーゲーム・ノーライフ、です! 4
NO GAME NO LIFE, DESU!
ユイザキカズヤ
Yuizaki Kazuya
原作・キャラクター原案：榎宮祐
MFコミックス アライブシリーズ
MFコミックス アライブシリーズ
ノーゲーム・
ノーライフ、です!
全4巻
漫画■ユイザキカズヤ
原作・キャラクター原案■榎宮祐

ノーゲーム・ノーライフ 榎宮祐 Art Works
榎宮祐 Art Works
榎宮祐渾身の描きおろしイラストによる豪華スペシャルBOX仕様！
B2ポスター付き！
カバーももちろん描きおろし!!
原作小説第1巻から第6巻、さらに当時の描きおろし特典イラストまで完全収録！
TVアニメ、劇場版それぞれに榎宮祐が描きおろしたイラストも掲載！
画集のために短編マンガ&小説を描きおろし!!
好評発売中!!
待望の榎宮祐画集!!!

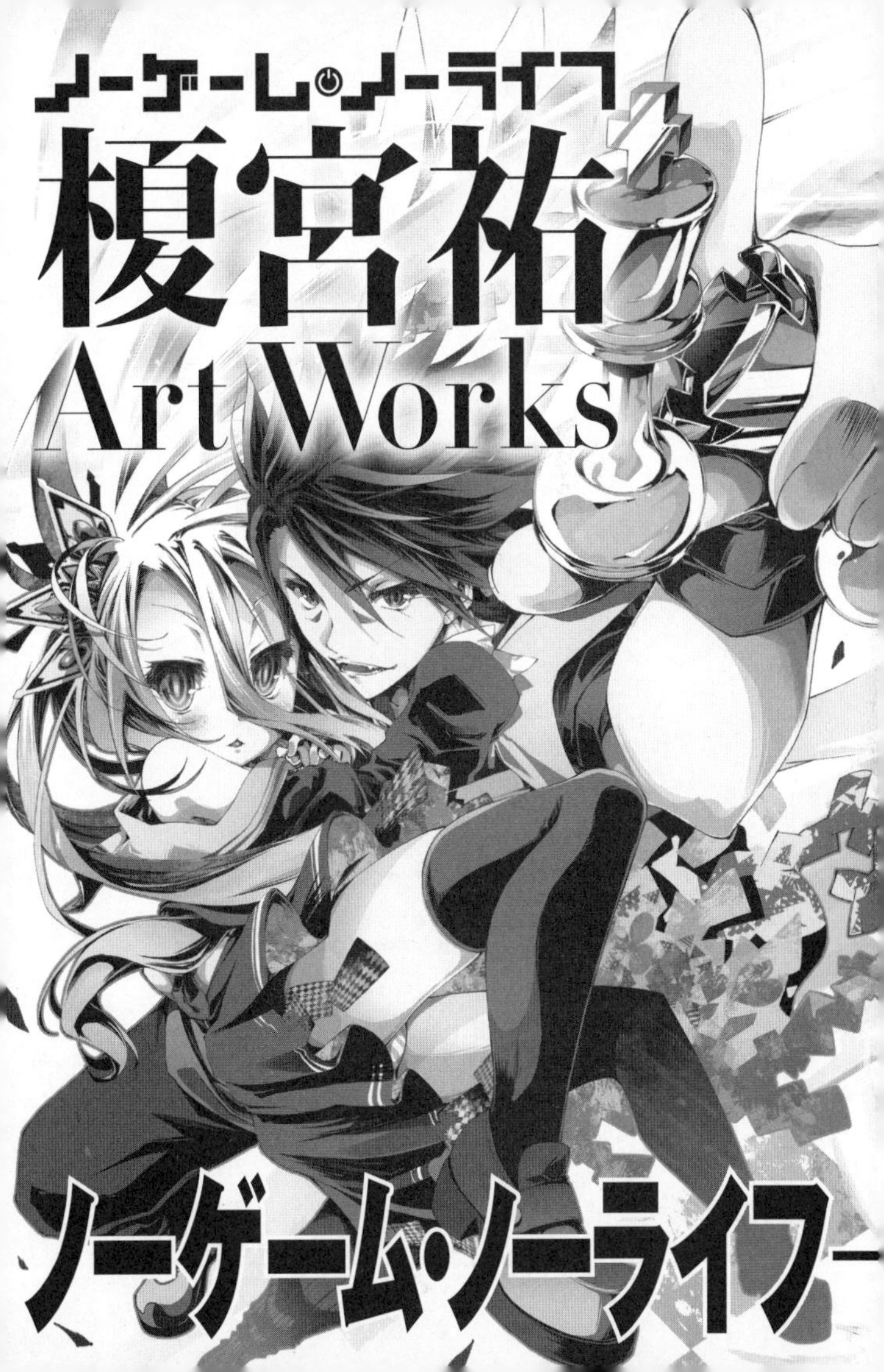
ノーゲーム・ノーライフ
榎宮祐
Art Works
ノーゲーム・ノーライフ

ファンレター、作品のご感想をお待ちしています

あて先

〒102-0071　東京都千代田区富士見2-13-12
株式会社KADOKAWA　MF文庫J編集部気付
「榎宮祐先生」係

MF文庫J

ノーゲーム・ノーライフ 12
ゲーマー兄妹たちは『魔王』に挑むようです

2023年2月25日　初版発行

著者　榎宮祐

発行者　山下直久

発行　株式会社 KADOKAWA
〒102-8177 東京都千代田区富士見2-13-3
0570-002-301（ナビダイヤル）

印刷　株式会社広済堂ネクスト

製本　株式会社広済堂ネクスト

Printed in Japan　ISBN 978-4-04-682039-6 C0193

◇◇◇

INFORMATION

ようこそ実力至上主義の教室へ 2年生編

好評発売中

著者：衣笠彰梧　イラスト：トモセシュンサク

大人気作の2年生編、開幕！

INFORMATION

英雄夫婦の冷たい新婚生活

好評発売中

著者：汐月巴　イラスト：だにまる

冷え切った夫婦の離婚危機から始まる
異色のカップルラブコメディ！